은하

은하

발행일	2018년 7월 16일			
지은이	최 순 희			
펴낸이	손 형 국			
펴낸곳	(주)북랩			
편집인	선일영	편집	권혁신, 오경진, 최예은, 최승헌, 김경무	
디자인	이현수, 허지혜, 김민하, 한수희, 김윤주	제작	박기성, 황동현, 구성우, 정성배	
마케팅	김회란, 박진관, 조하라			
출판등록	2004. 12. 1(제2012-000051호)			
주소	서울시 금천구 가산디지털 1로 168, 우림라이온스밸리 B동 B113, 114호			
홈페이지	www.book.co.kr			
전화번호	(02)2026-5777	팩스	(02)2026-5747	

ISBN   979-11-6299-229-6 03810(종이책)   979-11-6299-230-2 05810(전자책)

이 도서의 국립중앙도서관 출판예정도서목록(CIP)은 서지정보유통지원시스템 홈페이지(http://seoji.nl.go.kr)와
국가자료공동목록시스템(http://www.nl.go.kr/kolisnet)에서 이용하실 수 있습니다.
(CIP제어번호 : CIP2018021523)

(주)북랩 성공출판의 파트너

북랩 홈페이지와 패밀리 사이트에서 다양한 출판 솔루션을 만나 보세요!

홈페이지 book.co.kr · **블로그** blog.naver.com/essaybook · **원고모집** book@book.co.kr

최 순 희
장편소설

은하

북랩 book Lab

차례

테라스가 있는 집

설핏 든 잠이 깨어버렸다.

웅애! 웅애웅애!

또 아기가 운다. 아기 울음소리는 계속 이어졌다. 가까이, 때론 조금 멀리서 들리는 아기 울음소리가 점점 크게 들리기 시작했다. 에잇, 밤이면 밤마다 애를 울리고! 이젠 쉬이 잠들기는 글렀다. 핸드폰을 열어보니 새벽 2시 반이다. 새벽 1시가 넘어 겨우 눈을 붙였는데. 머릿속이 우엉우엉, 귓속은 와글와글한다.

침대에서 일어나 왼손으로 이마를 짚고 눈을 지그시 감았다. 불을 켰다. 침대에 반가부좌 자세로 앉았다. 천천히 복식호흡을 시작했다. 이윽고 마음이 조금 가라앉는다. 실내화를 끌고 거실을 나와 주방으로 향했다. 불을 켜고 식탁 위에 있는 물병의 물을 컵에 따라 마셨다. 선뜩한 액체가 내장을 휘젓고 내려가는 게 느껴졌다.

조성재는 거실로 나왔다. 불을 켜지 않은 어둑한 거실을 왔다갔다 맴을 돌며 서성거렸다. 저 멀리 가로등 불빛이 인적 끊긴 거리를 지키는 듯 쓸쓸히 비치고 있다. 아기가 아직 울고 있다. 층간 소음치고는 너무 심하다. 하루 이틀도 아니고 어찌한다? 말을 해봐, 밤에 애가 너무 운다고. 물론 아기엄마도 밤새 잠 한숨 못 자겠지. 그래도 아기를 달래야지, 어지간히 울게 말이야.

그나저나 이 불면의 밤을 또 어떻게 넘길 것인가.

불면증. 사람을 지치도록 지루하게 하고, 종내에는 미치게 한다. 더욱이 기억하기 싫은 일들만 하릴없이 눈앞에 흑백영화처럼 펼쳐지니 말이다. 짜증이 파도처럼 밀려왔다.

조성재가 주위의 밝은 빛에 눈을 떴을 때는 시계가 9시를 가리키고 있었다. 밤새 뒤채다 새벽녘에 깜빡 졸았나 보다. 침대를 정리하고 아침 식사로 어제 끓여둔 전복죽 반 공기를 전자레인지에 데워 입맛이 없어도 먹었다. 약을 먹기 위해서. 그리고는 등산화를 신고 등산복 차림에 목도리를 두르고, 야구 모를 쓰고 플라스틱 물병 하나를 들고 집을 나섰다. 이층 계단을 내려와 아래층 현관 앞을 지나도 집안은 쥐죽은 듯 기척이 없다. 저들은 아직도 잠을 자나 보다. 조성재는 자신도 모르게 조심조심, 파삭파삭하고 누레진 잔디 마당을 지나 흰색 아치형 대문을 열고 나왔다.

　날씨가 이젠 많이 풀린 것 같다. 아침저녁의 서늘하던 기온도 전과는 다르게 느껴졌다. 걸음을 걸으니 상쾌함이 콧속으로 스며든다. 짜증스럽던 기분이 조금씩 가셔졌다. 문 열린 가게들이 한산하다. 8차선 도로에는 승용차들이 질주한다. 이윽고 성지고등학교 올라가는 2차선 도로로 걷기 시작했다. 언제나처럼 이어폰을 귀에 꽂고 FM 음악을 들으며 걷는다. 학교길이긴 해도 등교 시간이 지나서 조용하다. 조금 더 오르면 학교로 가는 길과 매봉산으로 가는 갈림길이 나온다. 거기서 산길로 접어들어 십여 분 남짓 걸으면, 매봉산 쉼터에 닿는다.

　평퍼짐한 산자락 쉼터에는 나무벤치도 몇 개나 놓여 있고, 운동기구들도 갖추어져 있다. 하늘 걷기, 허리 돌리기, 파도타기, 롤러 마사지 등에서 사람들이 운동하고 있다. 거꾸리 머신에는 한 남자가 오래도록 거꾸로 매달려 있다. 언제나 여자들이 많다. 중년의 아주머니들은 벌써 운동을 끝냈는지 나무벤치에 걸터앉아 담소들을 나누고 있다.

그는 오늘도 산허리를 돌았다. 조금 가파른 산세의 정상으로 오르지 않고, 산허리만 돌아도 산책과 운동이 된다. 한 바퀴 도는 데 1시간 반이 소요되는 길이다. 꼬불꼬불한 산길은 호젓이 혼자 걷기에 꼭 알맞다. 산에는 상수리나무와 굴참나무, 느릅나무 사이로 낙엽송들이 즐비하다. 산길 아래위는 가랑잎들이 수북이 쌓여 있어, 발을 내디뎌 밟아보면 움푹움푹 빠질 정도이다. 바싹 마른 나목 가지들이 바람에 부딪힌다. 그러나 조금만 눈여겨보면 민숭민숭한 나무들이 땅 아래 물기를 열심히 빨아올려, 뻗어 나간 가지들에 수액을 보내 새싹 준비를 하고 있다. 높다란 상수리나무 가지에 청설모 두 마리가 오르락내리락하는데, 녀석들은 무척 재빠르게 나무를 잘 탄다. 특히 꼬리가 길고 풍성하다.

산허리 절반쯤 오면 몸피 굵은 소나무들이 빽빽이 서 있다. 은은한 청솔 향이 너무 좋다. 그는 언제나 그곳에서 긴 호흡으로 청량한 산소를 폐 속 깊이 들이마신다. 발 디딘 땅에는 누런 솔가리*들이 수북수북하다.

그는 주택으로 이사 온 후부터 공기 좋은 이곳으로 아침 운동을 왔다. 적당한 보폭으로 산허리만 한 바퀴 돌아도 운동이 되었다. 햇살배기 언덕 저만치 노란 게 보였다. 저게 뭐지, 다가가 자세히 보니 거뭇거뭇한 개나리 덤불에서 노란 꼬투리가 여기저기 수줍은 듯 보시시 얼굴을 내밀고 있다.

---

* **솔가리** 땅에 떨어진 솔잎(국립국어원 표준국어대사전)

신기하다. 애들은 어떻게 계절을 알고서… 혹독한 추위를 넘기고 나오는 끈질긴 생명력에 가슴이 찌르르했다. 너희들 정말 대단하구나! 거뭇한 덤불도, 노란 꼬투리도 가만가만 쓰다듬어 주었다. 언젠가부터 그는 작은 생명체에 더 눈길이 머물곤 했다.

조성재는 약수터에서 생수 한 병을 받아, 들고 내려오기 시작했다. 오후에 외출할 일이 있으니 어정거릴 시간이 별로 없을 것 같다. 단독주택에 잘 어울리는 고급스럽고 예쁜 알루미늄 흰색 아치형 대문을 밀고 마당으로 들어서던 그는 깜짝 놀라고 말았다. 1층 현관 앞에 그녀가 앉아 있었다. 이불을 둘둘 끌어안고서.

조성재가 그냥 이층 계단으로 올라가려는데, 그녀가 말을 걸어왔다.

"저기요, 우리 아기 한번 봐주세요. 얼마나 예쁜지."

아기, 아기가 어디 있어? 여자는 기쁨이 가득한 눈빛으로 안고 있는 이불을 기울였다. 그러나 아기는 보이지 않았다. 그녀가 앉은 의자도 보이지 않고, 조금 각진 그녀의 얼굴만 커다랗게 보였다. 마지못해 끌리듯 조금 옆으로 간 그에게 여자는 폭 둘러싼 보송보송한 분홍 이불을 조심조심 젖히기 시작했다. 이윽고 까만 머리가 보이더니, 아주 작은 얼굴이 나왔다.

아기다. 아기는 자는지 눈을 감고 있었다. 아기 얼굴이 작아도 너무 작은 게, 주먹만 하여 그는 깜짝 놀랐다. 인형이다. 본디 아기들은 저렇게 작은 걸까? 갓난아기를 언제 본 적이 있었던가. 그녀가 낮게 속삭였다.

"보세요, 우리 아기 예쁘죠. 그냥 보시기만 하세요. 자고 있거든요."

울보, 울보 만지라 해도 안 만지겠네. 아기는 저리 작은데 우는 소리는 어찌 그렇게 크지? 밤마다 아기 때문에 잠을 설친다고 입 안에 뱅뱅 도는 말을 차마 못 하고 가려니, 또 붙잡는다. 사진 좀 찍어 주고 가란다. 얼핏 본 여자의 얼굴은 핏기가 없고 푸석푸석 붓기가 있었다. 갓난아기 얼굴은 정말 백설처럼 희었다. 그녀는 집 안을 향해 아주 작은 목소리로 부른다.

"엄마, 빨리!"

폭신한 겨자색 털스웨터를 입은 노부인이 카메라를 들고서 나왔다. 칠순은 넘어 보였다. 건강해 보이는 노부인의 머리는 검은 머리 흰머리가 반반이어서 보기 좋았다. 아기엄마는 아주 조심스레 아기를 깨웠다. 그녀가 한 손으로 아기 볼을 부드럽게 마사지하듯 어루만지자, 아기가 반짝 눈을 떴다.

"어머나 우리 아기 눈떴네요! 아가야, 세상을 한번 보렴. 저기가 하늘이야, 파란 하늘. 저어기 하얀 것은 구름이란다. 우리 아기 하 늘 처음 보네요. 아름다운 하늘이지?"

"이층 아저씨가 우리 사진 찍어 주신대. 할머니랑 사진 찍자. 자, 우리 아기 멋져요!"

그는 노부인이 넘겨준 카메라를 조절하다 무심히 아기의 눈과 마주쳤다. 순간 아기의 새까만 눈동자가 어찌나 깊던지, 자신이 확 빨려 들어감을 느꼈다. 특히 껌뻑 눈을 감았다 뜰 땐 눈동자가 마 치 별처럼 반짝 빛을 냈다. 순간 당혹스러웠다.

아, 인형이 아닌 아기야, 아기! 카메라 렌즈에서 아기를 찾았다.

한없이 맑은 빛을 내는 아기 눈만 들어왔다. 얼굴을 들고 다시 아기를 보았다. 아기의 새까만 눈동자가 자신을 응시하고 있어, 그는 얼른 카메라를 눈에 댔다. 그리고 그네들이 갓난쟁이를 안고서 봄 햇살처럼 밝게 웃는 모습들을 몇 컷이나 찍어 주었다.

조성재, 이 일이 그와 은하의 첫 만남이었다. 흐지부지 무심히 지나쳐 버린 첫 만남의 이 순간을 기억하기 위해 훗날 자신이 얼마나 애쓰게 될지, 그때 어찌 생각이나 했으랴. 우유처럼 뽀얗던 얼굴이며 빨아들일 듯 반짝이던 새까만 눈동자, 분홍 꽃잎 같던 입이며, 꼭 인형 같던 그 갓난아기를. 포근해진 햇살이 봄 치마를 살랑이며 여인들의 뜰을 기웃거리는 삼월의 어느 한낮에 있었던 일을 말이다.

그가 지난해 겨울 초입에 이곳으로 이사 오고 나서 그녀를 본 건 두세 번이다. 이사 온 이튿날인가, 분홍색 임신복을 입고 잔디 마당을 천천히 걷고 있는 그녀를 처음 보았다. 임신복 위에 갈매색 털조끼를 걸치고 있었다. 목에 감은 크림색 목도리가 따뜻해 보였다. 어색한 인사를 나누었다.

"이사 오신 분인가 봐요?"

"아, 예."

"잘 오셨어요. 여기 공기도 좋고 조용하고 살기 좋아요. 식구는요?"

"저 혼잔데."

"그래요. 우리도 식구 안 많아요. 잘 지내 봐요."

"아, 네."

여자는 긴 파마머리에 화장기 없는 평범한 얼굴이었다. 턱이 조금 각진 얼굴이어선지, 나이가 좀 있는 듯했다. 그리고 임신복을 입은 배가 제법 불렀다. 그녀와 같이 사는 할머니도 몇 번 보았다. 그녀가 가끔 불룩한 배를 안고 할머니와 함께 승용차를 타고 외출하는 것도 이층 테라스에서 보았다.

넓은 집안은 밤낮으로 정적이 흐르는 듯 조용한 집이었는데, 얼마 전부터 이 집의 적막을 깨고 응애응애 하는 아기 울음소리가 들리기 시작했다. 그녀가 아기를 낳았나 보다 했다. 그런데 문제는 아기 울음소리이다. 낮에는 모르겠는데, 밤만 되면 우는 게 보통이 아니었다. 요즘 들어 부쩍 심해졌다. 계단을 오르면서 아차, 아기 말을 꺼내지도 못했다는 걸 알았다.

김지연은 요즘이 그냥 꿈만 같다. 이제껏 살아온 자신의 삶 중에서 지금이 제일 뿌듯하고 행복하고 아름다운 나날이다.

아! 정말이지 여자는 아이를 얻으면 삶이 달라지나 보다. 자신에게 아기가 있다니. 온전한 내 핏줄인 자식이 있다니. 평생 자식을 가질 수 없는 몸이라고 얼마나 절망했던가. 온전히 내 뱃속에서 열 달을 채우고 이 세상에 나온 내 분신인 내 새끼가 있다니. 자다가 생각해도 대견하고 꿈만 같다. 눈 코 입이며 귀가 다 제자리에 붙어 있고, 백 번도 더 세어 본 손가락 열 개며, 앙증스러운 발가락도 다섯 개씩 나란히 붙어있다. 지상의 모든 신에게 그저 감사하다. 임신하고부터 매사에 얼마나 조심했던가. 의사의 권고도 있고 해서 임신 초기에 한 달 동안 입원했다. 그리고 조마조마 임신 넉달을 넘겼을 때, 그녀는 만세를 부르며 환호성을 질렀다.

"아, 드디어 내 몸이 새 생명을 온전히 품었어. 아기가 내 자궁 안에서 이젠 튼튼하게 자리를 잡은 거야. 아가야, 고마워. 정말 고마워!"

임신하고 때로는 식욕이 없어도 태아를 위해서 꼬박꼬박 밥을 챙겨 먹고 철분 약과 비타민도 먹었다. 그러나 감기가 들어도 감기약 한 알 먹지 않았다. 배나 생강을 달여 복용했다. 입덧은 그리 심하지 않았는데, 새큼한 자두와 석류가 당겨 박스로 사놓고 먹었다. 지연은 뱃속 아기가 먹고 싶다는 것은 다 먹었다. 친정엄마와 여름에 돼지국밥을 먹고, 겨울에 냉면집을 찾았다. 뜨끈뜨끈한 장국을 끓여 먹고, 해물 듬뿍 넣은 맵싸한 해물탕이며 부추전도 자주 해먹었다.

그런 와중에 그녀를 걱정스럽게 한 것은 태아에 대한 걱정이었다. 사실 그녀는 임신 기간 내내 손가락이 하나 없거나 발가락이 한 개 더 붙은 아이를 낳으면 어떡하나, 그게 제일 걱정되고 염려가 되었다. 꿈에서도 장애아를 안고 전전긍긍했다. 누구에게도 내색은 안 했지만, 정말 걱정이 되었다. 왜 그런 걱정을 하는지 자신도 모를 일이었다. 다달이 찍는 초음파 사진을 보면서도 설렘과 걱정이 교차했다.

달이 찰수록 태아의 움직임이 부산스러워졌다. 치마가 들썩거리게 발로 툭툭 차서 깜짝 놀라기도 했지만, 태아가 건강하게 자라고 있구나 하고 안심도 되고 신기했다. 태중 아기의 성별은 아예 염두에 두지도 않았다. 자신을 찾아온 귀한 손님을 감사히 영접할 마음밖에 없었다. 그저 건강한 아기로 태어나기만을 소원했다.

만약 아들이면 피아노 학원에 보내고, 야구복을 입히고 야구모를 씌워서 야구장에 같이 가고 싶었다. 딸이면 발레학원과 태권도장에 보내고, 손잡고 마트도 가고 싶었다. 아이를 절대로 남자 여자로 구분해서 키우지 않으리라 다짐했다. 아기가 태어났을 때 지연이 간호사에게 제일 먼저 물은 것도 그것이었다.

"아기요, 몸에 별 이상 없어요?"

"그럼요. 아기가 피부도 뽀얗고 씻은 듯 매끈하네요. 공주님이세요."

"아, 건강한 아기면 다 감사해요."

그녀는 분만실에서 큰소리로 외치고 싶은 걸 간신히 참고, 맘속으로 크게 소리쳤다.

"나 아기 낳았어! 여러분, 이 김지연이 정말 예쁜 아기를 낳았어요!"

그녀는 주책없이 흐르는 눈물을 훔치며 간호사가 보듬어 준 핏덩이를 안았다. 그러자 마치 이 세상을 다 품에 안은 듯 감격스러웠다. 조금 전까지 이를 악물던 분만의 고통도, 혹시나 하는 걱정스럽던 마음도 봄눈 녹듯 다 사라졌다.

담당 의사는 첫 출산에 노산이라고 제왕절개를 권유했지만, 지연은 자연분만을 끝까지 고집했다. 어미로서 새 생명에게 자연의 순리를 선물하고 싶었다. 진통이 한나절을 넘기고 오래 끌었다. 지연은 이를 악물고 참고 버텼다. 새 생명을 얻는 고통 아닌가. 그녀는 갓난아기의 비릿한 냄새에 얼굴을 묻었다.

"아가야, 고맙다. 못난 나를 엄마로 찾아주어 너무 행복하구나. 고마워, 내 딸!"

병원 산후조리원에서 2주를 조리한 후 아기를 보듬고 집으로 왔다. 어머니가 막내딸을 기다리느라 눈이 빠질 지경이었다. 어머니는 큰 조개와 소고기를 듬뿍 넣은 미역국을 하루 삼시 세 끼가 아니라, 몇 번씩이나 차려 주었다. 아기를 위해 지연은 국을 달게 먹었다.

처음에는 병원에서처럼 아기에게 우유를 먹였는데, 미역국을 많이 먹어선지 감질나게 나오던 젖이 차츰 많이 나와 모유로도 충분했다. 지연은 아기가 꽃잎 같은 조그만 입에 젖꼭지를 물고 숨을 할딱이면서 졸졸 빨 때 너무 행복했다. 꼴깍꼴깍 젖 넘기는 소리가 세상 어느 음악보다 듣기 좋았다.

아기는 젖을 넘기다 목에 가로채여 껄떡이며 딸꾹질을 할 때도 있었다. 그러면 아기를 어깨 쪽으로 안고 토닥토닥 그 여린 등을 조심조심 토닥여 주었다. 아기가 이윽고 트림하면서 젖이 넘어갔다. 갓난아기는 배불리 먹으면 슬그머니 입에서 젖꼭지를 놓고 잠이 들었다. 지연은 아기가 하는 모양이 예쁘고 신기하여, 목이 빠지도록 내려다보느라 고개가 다 아팠다. 흰 목화솜보다 부드러운 갓난쟁이 몸은 만지기도 조심스러웠다. 엄마와 아기 목욕시킬 때면 행여 감기라도 들까, 목욕물이 입으로나 귀로 잘못 들어갈까 쩔쩔맸다.

그런데 조리원에서는 잘 자던 아기가 집에 와서부터 잠자리가 바뀌어선지 잠투정을 부렸다. 잠이 들 때도 울고, 잠이 깨어서도 울었다. 안고서 흔들어 주기도 하고 등을 토닥여 주기도 했지만 소용없었다. 울 만큼 실컷 울고 나서야 우는 소리가 잦아들며 겨우 잠들었다. 특히 밤이면 우는 게 더 심했다. 지연은 울며 보채는 아기로 인해 몸조리를 제대로 못해 엄마의 걱정 어린 소리를 들었다. 밤잠을 푹 못 자서 조리원에 있을 때보다 얼굴이 푸석했다. 그래도 그녀는 울면서 잠 못 드는 아기가 안쓰러워 가슴이 쪼개졌다. 어머니는 자식 키우다 보면 삼 이웃이 알게 밤에 우는 아이도 있다면서, 그러다 저절로 낫는 거라고 했다. 하지만 지연은 걱정만 되었다. 지연이 하도 갓난아기 목 아프겠다고 걱정을 하자 엄마가

"많이 운 아이는 목청이 트여 이담에 노래 잘한다더라!"

하면서 딸을 웃게 했다. 아기도, 아기엄마도, 할머니도 밤이면 자다 깨기를 반복했다. 그러다 새벽녘이 되어서야 아기는 거짓말처럼 새근새근 잠들었다. 그러면 두 모녀도 따라서 세상모르게 잠에 떨어졌다.

정서가 왔다. 정서가 그가 이사한 집으로 찾아왔다. 조성재가 이곳으로 이사 온 후 그녀의 첫 방문이다. 그저께 정서에게서 전화가 왔다. 방문하겠다고. 전처럼 밖에서 만나자고 해도 부득부득 이사한 집으로 오겠다고 우겼다. 토요일인 어제, 거실만 조금 치운다는

게 결국 대청소로 이어졌다. 그리고 마트에 가서 이것저것 손님 맞을 준비를 했다. 잘 가지 않는 꽃집에도 들러 화사한 프리지아 두 다발과 안개꽃을 샀다. 흰 화병의 풍성한 안개꽃과 막 피기 시작한 노란 프리지아 꽃향기가 기다리는 가슴을 설레게 했다.

오늘 정서는 자신의 애마 빨간색 마티즈에 주황색 꽃이 다섯 개나 활짝 핀 군자 화분과 케이크를 싣고 11시에 도착했다. 그는 정서를 보는 순간 가슴이 찌르르, 전기에 닿은 듯 펄떡거렸다. 아, 윤정서! 화분을 안고 정서와 같이 집안으로 들어오다 아래층 그녀와 마주쳤다.

"손님 오시나 봐요?"

마당에서 플라스틱 볼을 들고 정서를 찬찬히 보는 그녀에게 목례를 건넸다. 그는 언뜻 아기엄마인 그녀에게 예쁜 정서를 자랑하고 싶은 마음이 든 자신에 실소했다. 정서를 데리고 천천히 이층 계단을 올랐다.

"선배, 집주인?"

"아니, 1층에 사는 아기엄마 아주머니야."

정서는 현관을 들어서며 코를 벌름거렸다.

"흰색 아치형 대문이 정말 예쁜 집에 기분 좋은 냄새랄까, 이 향기는요?"

"저기 천장이 편백이야. 나무 무늬가 보기 좋지. 나갔다 들어오며 현관을 들어설 때 은은한 편백 향이 언제 맡아도 좋아."

"저게 편백! 편백나무 베개도 불면증에 좋대요."

"공기 좋은 조용한 주택가를 찾았어. 가까이 산도 있고 그래서 선택한 집인데."

"선배 얼굴 보니 많이 좋아 보여요. 그런데 뭐가 맘에 안 드는 게 있나 보네요."

정서는 재빨리 그의 기색을 살폈다. 그는 아기 울음에 관한 말을 하려다 그만두었다.

"아니야. 그냥, 서울시민이 아니어서 그래."

"그건 조성재 씨 취향 아닌데요. 어머, 안개꽃하고 프리지아네. 아유, 예뻐라!"

정서는 노란 프리지아 꽃향기를 맡으며 활짝 웃었다. 정서 너는 더 예쁜 꽃인걸. 그의 입가에 저절로 미소가 지어졌다.

정서가 자연스레 그의 품에 안겼다. 그는 정서를 가볍게 포옹했다. 익숙한 정서의 체취가 그를 아찔하게 했다. 바로 코 밑의 정서 머리에서 사과 향 샴푸 냄새가 났다. 정서가 웃을 때마다 생기는 볼우물 보조개며 립스틱을 안 발라도 선명한 붉은 입술이 젊은 남자의 가슴을 마구 뛰게 했다. 그만 정서를 와락 끌어안고 침대로 가고 싶은 욕망이 요동을 쳤다. 간신히 뜨거워지는 숨결을 가라앉혔다. 정서를 꽉 껴안고 있던 포옹을 풀면서 자신도 모르게 한숨이 나왔다, 정서가 이렇게 가까이 있어도, 그간 그립고 보고 싶던 마음이 가시지 않는다.

"윤정서, 오늘 더 예쁜데!"

"어머머, 난 맨날 예쁘다고 여겼는데."

정서가 눈을 흘기며 까르르 웃는다. 웃는 입술 사이로 드러난 가지런한 하얀 이빨이 청결하다. 빗장뼈가 드러나는 V형 흰 티셔츠가 정서의 깨끗한 피부를 더욱 환하게 받쳐 준다. 달라붙는 청바지를 입은 정서의 S라인 허리선이 아름답다.

그녀는 발걸음도 가볍게 집안을 둘러보기 시작했다.

"어머나, 선배, 테라스가 있는 집이네요. 멋져요. 봄이나 여름에 너무 좋겠어요. 다탁이 놓였네요. 커피도 마시고 책도 보고, 여름에 비치 파라솔 하나만 세우면 정말 좋겠는데요."

"나도 테라스가 마음에 들었어."

"서재도 잘 꾸몄네요. 이사할 때 많이 버렸다더니, 그래도 책이 많군요."

"정말 많이 버렸어. 과감히 정리했거든. 트럭 한 대는 버렸지."

"지금도 많은데…. 선배, 혹시 우렁각시 숨겨둔 것 아니에요? 집안이 너무 깔끔한데요?"

조각처럼 반듯한, 그러나 아직 창백한 그의 얼굴에 조용한 미소가 지나갔다.

"그래, 우렁각시 있다. 어쩔래?"

"안 되지. 내가 그 우렁각시 찾고 말 테니 두고 봐요."

정서의 가벼운 발소리에, 그녀의 재잘거림에 적막하던 집 안으로 머뭇대던 봄 햇살이 마구 쏟아져 들어왔다. 정서가 앉아 있는 베이지색 거실 소파가 주인을 만난 듯 잘 어울렸다.

얼마 만인가, 이 집에 방문객이 찾아온 것이. 정서의 상큼한 체취가 온 집안에 좍 퍼지는 것 같다. 그는 문득 이런 게 사람 사는 집이구나 생각되었다. 준비한 따끈한 보이차를 내왔다. 정서의 얼굴이 눈앞에 들어온다. 쌍꺼풀이 뚜렷한 서글서글한 두 눈, 예쁘게 선 도톰한 코, 키스하고 싶게 하는 붉은 입술, 어깨까지 내려오는 갈색의 풍성한 긴 머리카락이 청결하고 아름답다. 문득 정서 부모님 생각이 났다.

"안부가 늦었네. 부모님도 안녕하시지?"

"참 선배도. 아픈 사람이 왜 남 걱정하고 그래요. 늙은 사람들이 건강 더 잘 챙기거든요?"

정서의 얼굴에서 일순 웃음기가 싹 걷혔다. 이젠 자신과의 결혼을 반대하는 부모님 때문에 정서가 괴롭겠지. 그래서 근래 만남도 뜸한 거고. 키가 작고 좀 뚱뚱한 대머리이던 정서 아버지의 얼굴이 퍼뜩 떠올랐다. 정서가 얼른 화제를 돌렸다.

"선배. 보이차, 입안이 개운하고 향기로운데요."

"그래. 조금 쉬었다 점심 먹어야지."

그는 정서의 찻잔에 따끈한 보이차를 조금 더 따랐다. 소파에서 쉬고 난 정서가 주방에 들어오려는 것을 그가 막았다. 이미 식사 준비는 다 되어 있다. 정서가 집에 오겠다니, 그녀에게 점심밥을 대접하고 싶었다. 그간 요리 솜씨가 늘었기에 자신이 있었다.

잡곡밥은 이미 압력솥에 안쳤고, 해물탕도 준비를 해두었다. 멸치와 다시마를 우려낸 국물이 팔팔 끓을 때 손질된 큼직한 도다리와 새우, 낙지 두 마리를 넣었다. 어슷어슷 썬 무와 바지락조개, 새송이버섯, 양파, 마늘, 고춧가루, 대파와 청양고추도 조금 넣었다. 굵은 소금으로 간을 하고 맛을 보니 시원하고 맛있었다. 인터넷에서 배운 요리이다.

"윤정서, 해물탕 맛 좀 봐봐."

"어머나, 보기만 해도 침이 넘어가는데요."

호호 불며 맛을 본 정서가 쌩끗 윙크를 보내며 엄지를 쳐들었다. 순간 성재는 미소가 지어지고, 가슴이 아주 따뜻해졌다.

식탁에 반찬이 푸짐했다. 김치, 깻잎장아찌, 쌈 채소, 조기구이 등. 식탁 중앙에 받침대를 깔고 보글보글 끓는 해물탕 냄비를 냈다. 정서는 국자로 해물탕을 덜어 맛있게 먹었다. 이마로 흘러내리는 머리칼을 쓸어 올리는 정서의 표정이 오월의 햇살처럼 밝다. 성재는 그래서 정서를 좋아하는지 모른다. 자꾸만 외롭고 어두워지는 마음에 정서는 아침 햇살이요, 자연림의 산소 같은 여자였다.

군 제대 후 복학해서 우연히 어떤 모임에서 알게 된 대학 후배로, 서글서글한 눈과 겸손하고 조용한 모습이 언뜻 그의 눈을 끌었지만 졸업과 취업 등으로 그녀를 잊었다. 그러나 예쁜 후배와의 인연은 다시금 이어졌다. 뒷날 그녀가 졸업 후 그의 직장 S 증권에 들어와 직장 후배가 된 것이다. 입사 초기에 정서는 어려운 업무에 부딪힐 때마다 대학 선배여서 마음이 편했는지 곧잘 그에게 문의했고, 성재는 그녀를 친절하게 돌봐주었다. 정서는 그를 많이 의지하고 따랐다. 그녀는 말수가 적고, 적당한 거리를 두었으며, 침착했다.

조성재는 아름답고 특히 목소리가 청량한 후배에게 마음이 갔다. 산소처럼 맑은 정서의 목소리에 업무의 피곤함이 가시고, 전화 한 통에 기분이 좋아지곤 했다. 퇴근 후 다른 모임이나 약속이 없으면 머뭇거리는 정서를 데리고 식사하러 갔다. 정서는 가리는 음식이 별로 없이 어떤 메뉴든 맛있게 잘 먹었다. 정서는 포장마차에서 가락국수나 우동 먹는 걸 좋아하고 치킨, 맥주를 즐겼다.

정서는 언제나 그의 말을 조용히 경청했고, 자신의 애기는 잘하지 않았다. 그도 자신의 아픈 가족사 애기는 하지 않았기에 정서 가족에 관해서는 의식적으로 묻지 않았다. 그는 정서와 그렇게 가까이 지내다 언젠가부터 텅 빈 가슴을 조금씩 채워 주는 사랑을 하게 되었다. 바위처럼 꼼짝 않던 정서도 조금씩 마음을 열어, 결국 그들은 연인으로 발전하게 되었다. 정서도 전과는 달리 그를 뜨겁게 사랑하기 시작했다. 그리고 그에 대한 호칭도 어느 날부터 선배님에서 선배로 바뀌어 갔다.

점심을 푸짐하게 먹고 나서 설거지는 정서가 우겨 같이 했다. 성재는 실로 오랜만에 행복한 마음이 되고, 안정감이 찾아들었다. 맘속으로 다시금 각오를 다졌다. 변함없이 자신을 믿고 사랑하는 정서를 위해서라도 어떤 노력을 해서든 병마를 이겨내리라.

커피를 마시며 정서는 그간의 사무실 이야기를 눈에 보이듯 다 일러바쳤다. 요즘도 그를 찾는 고객이 있다고 했다. 그는 묵묵히 듣기만 했다. 그러나 정서의 입에서 끝내 결혼 말은 나오지 않았다. 전에 만나면 어쩌다 던지던 결혼이란 말은 그가 발병하고부터 아예 쏙 들어가 버렸다. 아니, 어쩌면 자신에게 부담을 주지 않으려고 그러는지 모른다.

정서가 졸랐다. 그가 아침마다 산책 간다는 그 산에 가보자고 보챘다. 아직은 차가운 산바람을 맞고 싶다 했다. 그들은 전처럼 손을 꼭 잡고 천천히 산길을 올랐다. 정서가 걸음을 멈추며 혼잣말처럼 중얼거렸다.

"선배, 나는 혹한의 시베리아 바람을 마시고, 중동의 사막 위를 걷고 싶어요."

"그래, 그럼 우리 같이 가자."

선배도 참! 정서는 그의 농담 같은 대답에 희미한 미소를 지으며 고개를 외면했다. 잎새 하나 나지 않은 벚나무에 다글다글 매달린 붉은 꽃망울들이 벙글려고 입을 벌리려 한다. 여기 봐, 곧 벚꽃 피겠네! 정서의 목에 두른 코발트색 머플러가 깃발처럼 바람에 날린다. 정서가 그의 팔에 바짝 매달리며 사슴처럼 슬픈 눈망울로 조그맣게 속삭였다.

"선배, 사무실이 텅 빈듯해요. 빨리 돌아오세요."

이층 남자는 오늘 아침에 차를 끌고 나가더니 1시가 넘어서 돌아왔다. 남자의 차는 검은색 소나타이다. 대문을 들어서는 그의 안색이 몹시 피곤해 보인다. 힘이 없어 권투라도 하고 오나 하다가 실소했다.

훤칠한 키에 조금 마른 체격이 늘씬하다. 그러나 어딘지 차갑게 보이는 인상이다. 회색 티셔츠에 카키색 점퍼가 어울린다. 이층 남자는 언제나 모자를 썼다. 대개 야구모자이다. 얼굴이 희어서 그런지 창백하게 보인다. 반듯한 이마에 곧은 콧날, 짙은 눈썹, 면도한 파르스름한 턱이며 지성을 느끼게 하는 깊은 두 눈, 언제나 다물고 있는 남자의 입은 웬만해서는 열리지 않는 대문이다. 굳게 다

문 입술에서 이층 남자의 강한 고집이 엿보인다.

　그 남자는 별로 표정이 없다. 언제나 담담한 얼굴이다. 슬픈 얼굴도 아니지만, 기쁜 표정이나 웃는 얼굴도 보지 못했다. 아, 꼭 한 번 있다. 얼마 전 여자친구인지 애인인지, 찾아온 예쁜 아가씨를 데리고 들어올 때, 이층 남자는 흥분한 표정에 기쁨이 얼굴 가득했었다. 주황색 꽃이 선명하게 핀 군자 화분을 안은 남자와 케이크 상자를 든 날씬하고 예쁜 아가씨, 그들은 언뜻 봐도 잘 어울리는 한 쌍의 연인으로 보였다.

　이층 남자는 어디 나갈 때나 들어올 때 절대로 한눈을 팔지 않고 바로 대문으로 나가고, 이층 계단으로 곧장 올라간다. 어쩌다 마당에서 은하를 안고 있어도 가볍게 눈인사만 하고 지나갔지. 지연은 도무지 이해가 되지 않았다. 세상에 이렇게 귀여운 아기를 보고도 눈길 한번 주지 않고 무심히 그냥 지나칠까.

　그뿐만이 아니다. 새롭게 올라오는 마당의 초록 잔디에도, 담장 아래 아기 손바닥 같은 고운 잎을 보송보송 펼쳐 보이는 단풍나무에도 눈길을 주지 않았다. 주차장 담장에 겨우 두 가지 뻗은 어린 은행나무가 예쁜 연두 새순을 날마다 조금씩 내놓아도, 눈길 한번 주지 않는 남자이다. 젊은 남자가 참 감성이 없는 사람인가 싶었다.

　그러나 밤에 은하가 너무 울어 지연은 미안한 마음을 가지고 있었다. 그녀로서는 어쩔 수가 없다. 아기가 꼭 밤에 잠투정이니 말이다. 저 남자는 아마 지금 보행기에서 새록새록 잠든 은하를 보고, 분명히 아기가 낮엔 저렇게 잠만 자니 밤에는 울기만 한다고 생각할 것이다. 결혼하지 않은 젊은 남자가 무엇을 제대로 알랴. 새들이 물 한 모금 찍어 먹듯, 병아리가 물 한 모금 넘기고 하늘 한 번 보고, 모이 한번 먹고 하늘 한번 보듯이, 아기들이 조금씩 먹고 자고, 또 먹고 자고, 그렇게 밤낮으로 먹고 자고 놀고 자면서 하루가 다르게 쑥쑥 자란다는 사실을 절대로 알 리가 없지.

오늘도 바로 이층 계단을 오르려는 남자를 향해 그녀가 한마디 던졌다.

"어디 다녀오시나 봐요?"

"예? 아, 예."

남자는 깜짝 놀란 듯 발길을 멈추고 그녀에게 눈길을 준다. 초식 동물처럼 선한 눈빛이다. 지연은 자주색과 흰색 선이 교차된 스포츠웨어를 입고 있었다. 조금 긴 머리는 끈으로 질끈 묶었다. 귀밑으로 처진 잔머리가 보인다. 아기를 낳고 집에 있다 보니 몸도 마음도 편안해진 탓일까. 친구들이 자신을 보고 후덕해진 모습이라면서 쿡쿡 웃던 게 생각났다.

"저기요. 어쨌든 한집에 사는데 통성명이나 하고 지내는 게 어떠세요?"

"아, 예, 그러시죠. 저는 조성재입니다."

"조성재 씨, 알겠어요. 나는 김지연이고, 여기 우리 아기는 은하에요, 은하. 은하 엄마라고 불러 주시면 돼요. 자주 오시는 분은 은하 할머니시고."

"예, 그럼 저는."

그러고는 남자는 아기를 제대로 보지도 않고 마치 집에 눈 빠지게 기다리는 사람이 있기라도 한 듯 황급히 이층 계단을 성큼성큼 뛰어 올라갔다. 쯧쯧, 아래 위층 한집에 사는데 저렇게 편치 못해서야 어떻게 지내려나 싶다. 아기가 깔딱 잠을 자고 깨어 응애응애 울기 시작했다.

"아유, 우리 아가씨 잠 깨셨어요? 쭉쭉, 쭈욱! 키 크기 운동 해야지요."

위층 남자는 거의 아침이면 매봉산을 다녀온다. 언제나 시계이다. 아침 8시면 대문을 나선다. 보아하니 한창 젊은 나이인데 집에 있다. 놀고 있는지 쉬고 있는지는 모르지만, 어쨌든 직장에 나가는 기색은 없다. 그러나 허술하게 보이는 구석이 없다. 매무새도 깔끔하다. 혼자 산 경험이라도 있는지 허둥댄다거나 불편하게 보이는 구석이 없고, 묻는 말에 겨우 대답이나 하는 남자다. 저 남자는 도대체 하루에 말을 몇 마디나 하고 지낼까. 차갑고 이성적인 사람, 저 남자가 먼저 말을 건넨 적이 언제 있었던가. 항상 자신이 먼저 말을 걸었지 않나.

그래 당신 잘났어! 지연은 위층을 향해 괜스레 눈을 흘겼다.

은하가 태어난 지 백일이 되었다. 지연은 백설기를 맞추고 식혜와 양갱, 예쁜 과자도 만들었다. 엄마도 청도에서 올라왔다. 사진관에 가서 은하 백일사진을 찍고 가족사진도 찍었다. 지연은 쟁반에 백설기를 두텁게 담고 유리그릇에 식혜를 담고, 과자도 가지런히 하여 위층에 보냈다. 위층에 다녀온 엄마가 껄껄 혀를 찬다.

"에고, 사람이 보통 정갈한 사람이 아니네. 집안이 말갛더라. 입성도 항상 반듯하고."

"남자가 키도 훤칠하고 인물도 잘난 편이지 뭐. 실수는 생전 안 할 사람으로 보이던데."

"사람 사는 집은 따신 훈기가 있어야 좋은데, 혼자 사니 썰렁하지."

점심때 언니들, 큰언니와 작은언니가 왔다. 지연은 은하 백일상을 푸짐하게 차려냈다. 언니들은 아기의 순면 속옷과 분홍 아기 옷을 선물했다. 지숙이 또 떠든다.

"애, 은하 너무 살찌는 거 아니니? 아기돼지 같아."

지연이보다 엄마가 펄쩍 뛴다. 하기야 엄마는 옛날이나 지금이나 딸들이 비만이라고 다이어트 걱정하면, 언제나 딱 보기 좋다고 우기는 어른이다.

"무슨 소리 하누? 다 젖살인데. 갓난쟁이는 그저 아프지 않고 쑥쑥 잘 크면 제일 고맙고 신통하지."

"엄마, 옛날과 달리 요즘은 소아 비만도 걱정하는 시대라니까요."

"큰언니, 걱정하지 마. 내가 어련히 알아서 돌볼까."

"아, 글쎄 여자는 남자 복이 있어야 한다니까. 그게 제일이지. 아이가 무슨 죄야. 은하는 그럼 평생 아빠를 모르고 살아가란 거야? 아니지. 지연이 너는 은하 아빠 알고 있지? 우리한테 숨기고 말이야."

"참 언니, 왜 또 그래. 은하는 시험관 아기잖아."

지애가 큰언니에게 눈짓하며 말린다. 엄마가 큰딸 옆구리를 막내딸 모르게 쿡쿡 찌른다.

"그러니까 내 말은, 시험관 아기라도 정자 주인이 있을 게 아니냐 이 말이지. 우주에서 온 남자도 아니고, 별에서 온 남자도 아니고. 지연이 너 잘 생각해 봐라. 지금이야 은하 얻은 기쁨에 너 혼자 자식 잘 키울 것 같지. 아서라. 자식은 크면 클수록 버거워진단다. 벽을 지고 있어도 아버지가 있는 것과 없는 것은 다르다는 옛말도 있다. 더 늦기 전에 애 아빠에게 은하 출생은 알려야 된다니까."

"큰언니, 지금 무슨 말을 하고 있어? 우리 은하 저 방에서 자는데. 애가 다 듣겠다."

"자는 애가 듣긴 뭘 들어?"

"언니, 이젠 그만해. 듣기 좋은 꽃노래도 한두 번이지. 우리 은하 김은하로 출생신고 했고, 새 가족법에 따라 내 호적에 올렸어. 내가, 이 김지연이 아빠 노릇 엄마 노릇 다 잘할 테니 걱정하지 마. 언니보고 도와달란 말 절대로 안 할 테니까."

지연은 정말 성질이 나서 일어나 안방으로 들어가 버렸다.

"쟤는 돈만 있으면 다 되는 줄 아나 본데, 아직 뭘 몰라 저러지. 애들 학교 들어가 가정조사 하면, 은하는 맨날 아빠 죽었다 할 거야, 이혼했다 할 거야? 은하가 자라서 다른 애들 다 있는 아빠 저만 없어 아빠 찾으면 뭐라 할 거야? 애 기죽이고 왕따 당하는 것 잠깐이다."

"쯧쯧, 너는 지연이 듣기 싫다는데 왜 그러누? 뭔 오지랖이 그리 넓어설랑."

"엄마, 나는 부모 학력 란에 눈 딱 감고 대졸이라고 적어요. 내 새끼 기 안 죽이려고. 담임도 중졸하고 대졸 다르게 볼 것 아냐."

"지숙아, 그만해라. 옛날부터 팔자 도망은 못 간다는 말이 있느니라."

평소 길흉화복은 운수소관에 맡기는 엄마가 껄껄 혀를 차면서 고개를 돌린다.

"엄마, 내가 애들 키워 보니 힘이 들어서 그래. 나는 가방끈이 짧아 지연이 같은 능력도 없고, 정 서방 아니면 애들 못 키운다는 말 나오겠더라고요."

이때 방에서 나오던 지연이 시큰둥하게 대꾸했다.

"언니는 또 그 말이네. 언니, 나 대학 고학으로 졸업했다고 몇 번이나 말했어. 아버지나 엄마한테 정말 학비 도움 안 받았어."

"어찌했든 너는 고등학교 나오고 대학도 나와 돈 잘 벌었지 않니. 나하고는 천양지차지. 지금이야 애 키운다고 쉬지만, 너 잘나 갈 때 우리 주리 대학 들어가 서울에 원룸 얻어 줄 형편 아니고 해서 애 좀 데리고 있어 주라 해도 못 들은 척하고선. 동생이 돈 잘벌고 이모가 잘나가면 뭐해."

"새벽에 들어왔다 아침에 나가고 바빠서 내 한 몸도 건사하기 어려운 판에 어떻게 조카 애를 맡아? 그러다 무슨 탈이라도 나면 그 원망은 어떡하려고? 그러나 저러나 언니 나한테 따지러 왔어, 시비 걸려고 왔어? 나는 애써 백일상 차렸더니만."

"내가 뭔 별소리했다고 그래. 네가 내 말을 예민하게 받아들여서 그러지."

"엄마, 오빠 특수작물 농사는 잘되우?"

지애가 말머리를 돌린다. 대기업에 근무하다 쉰이 넘어 돌연 사표를 내고 고향으로 귀농한 오빠 부부이다. 하우스를 짓고 버섯을 재배하며 블루베리도 심었단다.

"왜 사서 그 고생 하는지 내사 마 모르겠다. 열심히는 하더라만 농사일이 그리 쉬우냐. 오죽하면 농작물이 주인 발소리 듣고 자란다는 말이 있을까."

"하우스 짓느라 밑천도 많이 들어갔을 텐데, 어쨌든 시작했으니 잘되어야지요."

"농사를 개나 소나 아무나 짓나 뭐. 그럼 다 직장 때려치우고 시골 내려가게."

지숙이 콧방귀를 뀌었다. 엄마가 질색한다.

"무슨 말을 그리하누! 그럼 너희 오라비가 개나 소란 말이냐?"

"엄마, 그게 문제가 아니고, 오빠 고향집 오자마자 뒷골 대추밭 팔아 하우스 밑천 했는데 차차로 아버지 문전옥답 다 팔면 어떡해? 내가 분명히 말하는데, 그 전답들 다 오빠 차지는 절대 안 돼요."

큰딸 지숙이 엄마 코밑에 바짝 다가앉으며 정색을 하자, 엄마는 또 시작이다 싶은지 입을 다물어 버린다. 지숙이 동생들을 보고 한쪽 눈을 찔끔하며 신호를 보낸다.

"딸자식들하고 인연 끊지 않으려면 엄마가 처신 잘해서야 해요. 니들은 왜 가만히 있어?"

"……"

"죽으나 사나 아들만 생각하는 우리 엄마지. 니들 비협조하면 나중에 국물도 없다!"

"쯧쯧, 시끄럽다 마. 내가 오늘 내일 죽는다던?"

"엄마 명의로 된 찬샘 논은 우리 몫이우. 오빠 주면 절대 안 되지. 옛날 엄마들은 이상하다니까. 돈이나 재산은 아들 다 주고선, 바라고 치대는 것은 딸들한테 한다니까."

엄마가 소태 씹은 얼굴이 되었다. 언니들이 가고 나서 지연은 친구들 맞을 준비를 서둘렀다. 친한 친구 여섯 명을 저녁에 집으로 초대했다. 은하의 백일을 진심으로 축하해 줄 사람들로.

은하는 요즘 우는 게 좀 덜한 것 같기도 하지만, 조성재는 한때 이사까지 심각하게 고민한 적이 있었다. 밤이면 밤마다 우는 아기 때문에 그는 자신이 부쩍 예민해져 감을 느꼈다. 물론 야행성인 자신의 잠버릇 탓도 있다. 새벽 1시가 넘어도 쉬이 잠들지 못하는 지라, 아래층 은하의 울음소리가 그렇게 크지 않아도 그의 예민한 귀청에 걸렸다. 모든 것을 접고 몸도 마음도 쉬고자 이곳으로 왔는데 이렇게 신경질이 되면 자신의 건강이 더 나빠질 것 같다.

그리고 몰랐던 사실인데, 본래는 이 집은 위아래층을 다 같이 쓰는 구조인데 사업가라는 집주인이 세를 놓으면서 은하네가 일층만 쓰겠다고 해선지는 모르지만 분리한 것 같았다. 이층으로 올라오는 실내계단 끝의 폐쇄된 문이 아래층과 위층을 단절하는 벽이었다. 그래서 아이의 울음이 잘 들리는 모양이다.

이 집은 대지가 120평, 건평이 54평인 이층 주택이다. 주위의 주택들도 비슷비슷한 단독주택들로 새 집들이다. 집마다 독특한 문양의 아치형 주물 대문과 담장에 신경을 써서 보는 즐거움이 있었다. 가까이 산도 있고, 서울 시내 가기도 그렇게 멀지 않고, 그래서 전세가가 높았지만 테라스와 거실이 마음에 든 집이었다.

그는 얼마 전 부동산에 들렀다. 현재 사는 집을 소개해 준 오십 대의 여사장은 좀 뜨악한 눈치였다.

"이사 온 지 반년이나 되나요, 어째서?"

그는 그냥 가까운 주위로 옮기고 싶다고만 했다.

"여긴 조용하고 공해도 없고 위치도 좋고 새 집들이라 전세는 아예 안 나와요. 찾는 이들은 줄 서 있어도."

"아, 네."

그 후로 부동산에서도 소식이 없었고, 그도 그냥 눌러 앉아 버렸다. 이사에 따른 자질구레한 일들이 너무 번거롭고 귀찮아서 옮기려는 생각도 그만 접어 버렸다.

회사, 코스피, 코스닥, 주식, 펀드, 선물 옵션, 고객 등, S 증권 강남지점의 실력 있는 젊은 PB이던 그에게 무리한 업무 때문인지 근래 든 감기가 질질 끌었다. 간간이 기침도 나고 하여 여간 성가시지가 않았다. 회사와 가까운 내과를 틈나면 다녔으나 개운하지 않아 동료가 추천하는 이비인후과에 갔다. 진료를 마친 의사가 머리를 갸웃하며 신중하게 입을 열었다. 종합병원에서 정밀진단 받기를 권유했다. 그러나 몸에 별 이상이 없었고, 회사에서 실시한 건강진단을 받은 지 채 두 달도 안 되고, 그럭저럭 감기도 다 나았다. 코스피, 코스닥 고객들의 주문통화 등 눈코 뜰 새 없는 바쁜 업무와 고객과의 중요한 약속, 큰손 고객과의 자산관리 미팅, 옵션 만기 친구, 지인들과의 저녁 약속 등으로 하루하루를 정말 바쁘게 보냈다.

그러다 업무의 과중 탓인지 어깨 결림이 오고, 생전 변함없던 체중의 감소가 어느 날 나타났다. 어딘가 찜찜해서 큰맘 먹고 예약한 날 종합병원에 갔다. 여러 검사가 시작되었다. 소변과 혈액을 채취하고 X선 촬영, 흉부 촬영, CT 검사, 객담 검사, 기관지 내시경, 조직세포 심전도 검사, 초음파 등. 여기저기 검사실을 옮겨가며 많은 검사가 이어졌다.

병원에 오기 전에는 별 걱정을 않았는데, 여러 검사가 진행될수록 불안한 마음이 커져만 갔다. 왠지 안 좋은 기분이 들었다. 대체 무슨 검사들을 이렇게나 많이 하는 걸까? 불안하고 찜찜하던 예감이 이튿날 현실로 나타날 줄이야.

삶이란 때론 자신이 생각도 못 할 천길 벼랑으로 내몰릴 때가 있다. 도저히 수긍할 수 없고 있을 수 없는 기막힌 일이 일어나기도 하는 게 삶의 길이란 말인가.

"폐암입니다."

특진 의사 안 박사의 말이 하나도 귀에 들어오지 않았다. 아프리카 말인지 화성인의 말인지, 그냥 박사의 움직이는 입 모양만 보였다. 잘못 들었나 봐, 내가 잘못 들었어. 무심결에 담배를 꺼내려던

손이 부들부들 사정없이 떨리고 있음을 보았다. 앉은 자리가 붕 뜨는 듯 어질어질했다. 박사는 다행히 다른 장기에 전이되지 않은 상태이고 초기이니 수술하여 종양을 절제하라고 권유했다. 박사는 '다행히'를 몇 번이나 강조했으나, 그의 귀엔 아무 말도 들어오지 않았다.

이건 아니다. 뭔가 잘못됐어. 왜 하필 나란 말인가? 이건 아니야. 엑스레이 영상 사진이 다른 사람과 바뀌었나 봐. 뭔가 정말 잘못되었어. 어떻게 이런 일이 있을 수 있지? 안 박사의 말을 부정하고 싶었다. 나중에 진료 차트가 바뀌었다고 전화가 올 거야. 허둥지둥 어떻게 진료실을 나왔는지도 몰랐다. 병원 복도를 걷는 발걸음이 휘청휘청했다. 자신도 모르게 대기실 소파에 쓰러질 듯 주저앉아 버렸다. 가슴이 블랙홀처럼 뻥 뚫렸다.

어머니! 아버지!

보고 싶은 얼굴이 제일 먼저 떠올랐다. 엄마 나 어떡해요?

애절한 그리움에 가슴이 무너졌다. 못난 자식, 못난 자식이어서 정말 죄송합니다!

"아, 정서야!"

정서의 얼굴이 나타났다. 당장 보고 싶은 얼굴이다. 핸드폰을 꺼내 정서의 단축번호를 누르다 아, 급히 꺼버렸다.

정서한테 뭐라 해야 하나? 뭐라고 말하나? 뭐라고 한단 말인가? 어떻게 이 사실을 말할 것인가?

나 자신도 수긍할 수 없는 사실을, 천길 벼랑에 떠밀리는 억울함을 세상 어디에 호소할 곳도 없음에 그는 더욱 절망했다. 자신의 존재가 꼭 하루살이 같다고 생각되었다. 하루살이 인생을 가지고 무엇을 위해 그렇게 바쁘게 버둥거렸던가? 성난 파도에 휘말려 가 뭇없이 사라질 자신이 불쌍했다. 친구들과 직장 상사와 동료들의 얼굴도 차창 밖 풍경처럼 빠르게 지나갔다. 그는 시간이 갈수록 점차 더 깊은 절망의 나락으로 굴러 떨어졌다. 혼자 삭히고 감당하기에는 너무도 버거운 돌덩이가 그의 가슴을 내리눌렀다.

병원을 나오자 비가 오고 있었다. 이게 뭐지? 비, 비는 살아 있는 생명체지. 살아 있으니 이렇게 내리는 거겠지. 펄펄 살아 이렇게 움직이는 거야. 살아 있어! 나는, 나는. 하염없이 내리는 빗방울을 바라보는 그의 가슴에 굵은 소금 빗줄기들이 사납게 뿌려대고 있었다.

나는 어디로 가나? 어디로 가야 하나? 길이 없어. 내가 걸어갈 길이 없어졌어. 내가 디딜 땅이 꺼져 버렸어. 천길만길 푹 꺼져 버렸어. 아, 엿 같은, 정말 개떡 같은 인생이구나.

"가족이 같이 안 왔어요?"

가족? 저는 가족이 없습니다.

안 박사의 물음에 부끄러워 대답도 못 했지. 어떻게 가족이 없느냐 말이다. 그래, 그런 사람이 나로구나. 나는 가족이 없지. 나는 달랑 혼자야. 나는 나를 보호해 줄 사람도, 기다리는 사람도 하나 없지. 나는 길 없는 길 위에 버려졌으니까. 그놈의 비극은 절대로 한번으로 끝나지 않는구나. 끝까지 물고 늘어져, 이젠 내 숨통을 조여드는군. 이젠 끝이야, 끝!

"아아! 나를 어떡해? 나는 어쩌면 좋아?"

대리운전을 불러 아파트까지 어떻게 왔는지도 모르게 돌아온 그는 크게 소리도 낼 수 없는 피 울음을 밤새 혼자 삭여야만 했다. 서른둘, 너무 젊고 아름다운 나이에.

💮

남상호는 지연에게 첫사랑이었다. 남상호도 지연이 첫사랑이었다. 고등학교 1학년 때부터 지연을 따라 다닌 남고 2학년 학생이었다. 그러나 그 당시 그들은 사월의 풀잎처럼 여리고 지고지순한 마음이었다. 지연은 동성의 친구가 좋아 식스그룹이라 하여 여섯 명이 줄곧 붙어 다녔다. 남상호는 언제나 그들 뒤를 어정어정 따라 다니던 남학생이었다. 어쩌다 하굣길에 단둘이 되었을 때, 남학생의 순진한 얼굴은 빨갛게 되었다. 별일 아닌 일로 티격태격하여 얼마간 만나지 않을 때도 있었다. 그러다 고교를 졸업하고 남학생은 진학하여 서울로 갔다.

지연은 시골에서 한 해를 빈둥대며 놀았다. 차양 넓은 모자를 쓰고 '몸빼'를 입고 토시와 장갑을 끼고 아버지의 농사일을 거들었다. 그러나 하면 할수록 일감이 더 많아지는 농사일은 결국 자급자족일 뿐이었다. 아버지는 동네 젊은이들처럼 돈이 되는 특수 작물은 엄두를 못 냈다. 번쩍 정신이 들었다. 부모님의 만류를 뿌리치고 무작정 서울로 올라왔다. 이듬해 아르바이트를 하면서 전문대학에 들어갔다. 경양식 레스토랑에서 서빙을 하다 손님으로 온 남상호와 딱 마주치게 되었다. 대학 동기들과 어울려서 온 남상호는 지연을 보고 장승이 되어 버렸다. 놀라긴 지연도 마찬가지였다.

"김지연! 너 만나려고 아무리 수소문해도 다들 모른다더라."

아는 사람 하나 없는 서울 낯선 바닥에서 고학하며 산다는 게 얼마나 어려운지를 실감하면서 지연이 외로움에 젖어 있을 때였다. 객지에서 고향 까마귀만 봐도 반갑다는데, 자신을 따라 다닌 남상호를 보자 반갑지 않을 수 없었다. 밤낮으로 일을 뛰는 지연이라 시간이 별로 없었지만, 그들은 가끔 만나곤 했다. 가난한 연인들은 만나면 포장마차에서 우동을 시켜먹고 라면을 먹어도 즐겁고 행복했다.

남상호가 대학 2년 때 군대에 입대하고부터 그들의 군사우편 러브레터가 시작되었다. 그들은 지나간 추억과 애틋한 그리움을 백지에 담아 주고받았다.

지연은 전문대를 마치고 종합대학 3학년으로 편입했다. 아르바이트를 뛰면서 고생고생하며 졸업하고, 홈쇼핑 회사에 취업하고부터 경제적으로 조금씩 안정을 찾을 수 있었다. 남상호도 대학을 마치고 어렵다는 대기업에 공채로 들어갔다. 상호의 집에서 결혼 독촉이 이어졌다. 상호도 그녀와 한집에 같이 있고 싶어 안달이었다. 저녁이나 휴일에 만나며 상호는 빈 원룸에 돌아가기 싫어 투정을 부렸다.

결국 그들은 하늘이 더없이 맑고 파랗던 가을날 결혼했다. 다세대 주택에 간소한 살림의 신혼집을 차리고, 집들이를 하고, 맞벌이 부부로 정신없이 바빴지만 행복했다. 새록새록 불어나는 통장의 잔액도 행복이었고, 모처럼 쉬는 날 부부가 늦잠을 자고 일어나 과일 샐러드와 구운 식빵에 잼을 바르고 금방 내린 그윽한 커피를 마시는 브런치는 그들의 소소한 즐거움이 되었다. 조금이라도 시간이 나면 자가용으로 가까운 관광지를 다녀오는 것도 둘만의 행복이었다.

신혼 시절엔 바빠도 청도 시댁에 자주 오르내렸다. 명절과 제사, 시어른 생신, 대소가 결혼식 참석 등으로 자주 내려가야 했다. 홈쇼핑에서 지연의 일이 많아지면서 조금 문제가 되기도 했지만 그보다도 아기가 없다는 게 문제였다. 직장 일이 하도 바빠 아이 생각은 별로 생각지도 않았지만, 어쨌든 피임을 하지 않아도 그들에게 사랑의 결실인 아기가 생기지 않았다.

사실 그들 부부는 그렇게 아이를 기다리지 않는데, 결혼 오 년이 넘어가자 시부모님의 관심은 부담이 되었다. 남들은 쑥쑥 잘 낳는 아이가 그들에게는 없었다. 그러자 점차 딱한 시선들이 와 닿았다. 그런 동정의 시선들이 얼마나 사람을 거북하게 하고 피폐하게 만드는지 지연은 조금씩 실감했다.

자신들보다 이태 뒤에 결혼한 동서가 달덩이 같은 딸을 낳고 연년생 아들을 낳았다. 시어른들의 기쁨은 물론 본인들의 행복함도 이바지 인절미처럼 두텁고 단단하게 보였다. 손아래 시누이도 결혼하자마자 딸 쌍둥이를 낳았다. 명절에 본가에 모이면 시끌벅적 애들로 인해 떠들썩하고, 난리가 나고, 웃음과 고함이 났다. 응애응애, 웅성웅성, 사람 사는 집이 되어 갔다.

그러나 그들 부부는 마냥 웃을 수도, 웃지 않을 수도 없었다. 앉은 자리가 거북해지면 남편은 담배를 찾아들고 슬그머니 밖으로 나가 버렸다. 그러면 다들 눈짓을 주고받으며 웃음을 뚝 그쳤다.

지연은 설거지가 끝난 주방에 들어가 여기저기 다시 뒤적거리며 불편하고 어색한 시간을 보냈다. 본가에서 머무는 명절 동안 고향 친구들을 만나는 남편은 밤마다 술이 곤드레만드레 되어서 집으로 돌아왔다. 이것은 남편도 지연도 서로가 못 할 짓이었다. 서울 자신들 집에 있을 때는 둘 다 아이 문제로 그렇게 심각하지도 않았고, 또 기죽지 않고 부부만으로 그냥 잘살 수 있다고 생각되었다. 그런데 본가에 가거나 친척이나 지인들 돌잔치에 초대받아 나가면 초조해지는 자신들의 모습을 감출 수가 없었다.

그렇게 고통을 당하면서도 둘 다 병원에는 가지 않았다. 주위에서 왜 아기가 생기지 않는지, 누구에게 문제가 있는지 검사해 보고 치료를 받아 보라고 권유했다. 그러나 그것을 무시해 버렸다. 각자 자신에게는 이상이 없다고 굳게 믿었기 때문이다. 둘 다 지극히 건강했기에, 그보다 상대를 믿었기에 상대방에게 책임을 전가하는 비열한 마음을 가질 수가 없었다.

지연의 친정도 마찬가지였다. 오빠가 애 셋이고 큰언니네 조카가 세 명이고 작은 언니도 남매를 두었다. 모이기만 하면 떠들고 장난치는 아이들로 인해 호호 하하 웃음이 터지고 큰소리가 났다. 저들끼리 잘 놀다가도 금방 싸움이 붙고, 얻어터지고, 장난감들이 부서지고, 방바닥에 과자 부스러기가 버석거려 난리가 아니었다. 엄마는 애들 용돈 챙기기 바빴다. 지연은 이혼을 결심했다. 그녀도 엄마 말에는 조금 수긍도 했다.

"지연아, 너 좀 쉬어 봐라. 일 년만 몸과 마음을 푹 쉬면 임신할 것이다. 밤낮없이 그렇게 설쳐 대니, 아기가 어디를 어떻게 비집고 그 몸에 들어가기나 하겠나?"

그러나 어떻게 얻은 직장인데, 그리고 지금의 자리까지 어떠한 피나는 노력으로 올랐는데…. 더욱이 지연은 그즈음 홈쇼핑 쇼 호스트로 인정받아 눈코 뜰 새가 없었다. 그녀는 홈쇼핑 행사 팀장이었다. 담당 쇼 호스트가 갑작스러운 발병으로 결방하는 바람에 대타로 나간 식품 런칭에서 대박을 터뜨렸다. 그야말로 완판녀가 되어 하루아침에 유명해졌다. 그러니 지연으로선 쉬고 싶다고 쉴 수 있는 간단한 몸이 아니었다.

"저는 죽으라고 일만 좋아하면서 남자를 놔주지도 않고. 자식도 못 낳으면서."

시댁에서 어처구니없는 소리가 입을 건너 들려오고, 여자의 본능적인 감각에 남편이 밖에서 여자를 만나는 느낌이 왔다.

지연은 결국 결혼 7년 만에 이혼이라는 절차를 택했다. 남편도 그간 정신적으로 얼마나 힘들었는지, 슬그머니 따라주었다. 7년의 연애도, 7년간의 결혼생활도, 수백 통 주고받은 러브레터도 연기처럼 사라져, 그들이 남으로 갈라서는 데는 아무런 장벽이 되지 않았다. 지연은 33살 나이에 이혼녀가 되었다.

이혼 후 남들 보기에는 그냥 씩씩하고 아무렇지도 않은 듯했으나, 남몰래 숱한 갈등과 아픔을 겪었다. 지연은 참으로 허전하고 외로웠다. 지친 몸으로 집에 오면 아무도 없는 빈집이 무덤처럼 적막했다. 언제나 밀려서 허둥대던 집안일도 없어지고 아침저녁 반찬 걱정도 없으니 그냥 아무 할 일이 없어졌다.

사람 하나가 그렇게 일이었던가 싶었다. 그렇게 퍼붓던 아침잠도 신기하게 사라졌다. 일을 미루어도, 끼니를 건너도, 청소를 하지 않아도 그뿐, 아무도 말하지 않았다. 유난히 아침밥을 찾는 이도 없다. 그녀는 알게 되었다. 그간 남편을 위하여 바쁘게 차리던 밥상이 나를 위한 끼니였음도 알게 되었다.

어느 날 아침 베란다에 서서 무심히 창밖을 내다보던 그녀의 시야에 건너편 아파트에서 젊은 부부가 손을 잡고 출근하는 모습이 잡혔다. 바삐 걷다가 아내는 남편 등 뒤의 양복 상의의 구김이 보였는지 탈탈 털며 바로잡아 주었다. 남편은 아내가 핸드백을 열고 잠시 뭔가를 찾을 동안 아내의 긴 머리를 손으로 빗질하듯 빗겨주었다. 부부는 다시 손을 잡고 바쁘게 계단을 내려갔다.

저들은 지금 자기들의 모습이 얼마나 아름답게 비치는지 모르겠지. 행복은, 행복은 내가 의식하지 못할 때 행복했나 봐. 나도 저렇게 행복할 때가 있었지. 행복은 혼자일 때가 아니었어. 남편 또는 가족, 친구 동료라도 함께할 때 행복했어. 행복은 거창한 게 아니야. 삶의 소소한 일상에서 묻어나고 느껴지는 즐거움이 진정한 행복이라는 것을 이제 알겠어.

지연은 우두커니 혼자인 게 너무도 쓸쓸하고 서러워 집에 있기가 싫었다. 자신이 무엇 때문에, 무엇을 바라고 이렇게 밤낮없이 악착스럽게 사는지 알 수가 없었다. 더구나 이혼하고 반년도 지나지 않아 남편이 득남했다는 지인의 귀띔에 지연은 눈이 퉁퉁 붓도록 밤새워 울고 울었다. 끝없이 서럽고 또 서러웠다.

'그래, 당신은 아주 행복하겠네.'

재혼, 엄마 말대로 귀신에 씌었는지 번갯불에 콩 구워 먹듯 벼락 치기로 해버렸다. 동거라는 말에는 거부감이 느껴져 결혼의 형식을 택했다. 마음을 묶어 두기 위해 혼인신고부터 했다. 그녀를 반 년 넘게 스토커처럼 따라 다닌 사람으로 매너가 좋은 서울 남자였다. 그래, 저렇게 나 좋다고 죽자 살자 따라 다니는데 산 사람 원이나 풀어 주자. 그렇게 결혼하고 보니 남자는 정말 알뜰한 살림꾼이었다.

　작은 회사에 다니는 남자는 한창 바쁜 지연을 대신하여 집안일이며 마트에서 장보기며 요리, 재활용 쓰레기통 비우기 등 입안의 혀같이 돌았다. 마음이 편했다. 어쩌다 시간이 나면 둘이 나가서 맛있는 식사를 하고 극장을 갔다. 그러나 그것도 남자가 외식을 싫어하여 한 달에 한두 번이었다.

　남자는 생필품은 마트에서 사고, 채소와 과일은 먼 거리 재래시장에서 사왔다. 시장에 가면 자신의 단골이 있어 덤을 많이 준다고 자랑했다. 지연도 시골에서 자라고 고학으로 고생하여 절대로 낭비하는 스타일이 아닌데, 남자는 지연보다 더 절약했다.

　남자는 자기가 번 돈도 자기 돈이고, 지연의 수입도 전부 자신이 관리하려 했다. 아파트 관리비도 생활비도 전부 지연의 통장에서 나갔다. 이 문제에 대해 지연이 입을 떼려다, 전남편과 돈 때문에 헤어진 것이 아니었기에 그만두었다. 그러나 남편이 솔직히 쇼 호스트로 뛰는 자신의 수입에 더 많은 관심을 가지고 눈독을 들이고 있는 게 느껴질 때면 좀 섭섭하기도 했다. 언젠가 사정이 급한 친구에게 얼마간의 돈을 빌려주었다고 했을 때 남자는 길길이 뛰며,

자신에게 의논도 없이 돈을 빌려줬다고 화를 냈다. 한 달 후 지연에게는 말도 없이 친구에게 전화로 닦달하여 이자까지 다 받아 냈다.

남자의 간섭은 날이 갈수록 심해져, 이젠 지연의 옷 사는 일이나 화장품 구매하는 일까지 간섭했다. 방 하나를 꽉 차지하고도 남는 게 전부 옷인데, 별로 입지도 않을 옷을 산다고 잔소리를 하고, 화장품은 들어오는 샘플만 써도 남는다고 우겼다. 모처럼 청도에서 올라온 엄마 용돈도 지연이 봉투에 넣어 놓고 출근하면, 남자는 몇 장 빼냈다.

남자는 한번도 아이 말을 하지 않았다. 남자 스스로 피임을 했다. 지연은 아무 말도 하지 않았다. 그런데 지연은 근래 속이 거북하고 피자나 빵집을 지나가며 구토가 났다. 별다른 것을 먹은 것도 없는데. 그뿐인가. 족발이 당기고 시골집 새콤한 묵은 김치가 난데없이 먹고 싶었다. 생리도 한 달, 아니 두어 달이 빠진 듯하다. 혹 임신? 아니야, 피임하고 있잖아. 그런데 이 증상은 뭐지? 혹여 피임이 실패? 아닐 거야, 하고 고개를 강하게 흔들면서도, 퇴근길에 난생처음 약국에서 임신 테스트기를 샀다. 쿵쿵 심장이 마구 뛰었다. 남편에게는 아무 내색하지 않고 설레는 가슴을 안고 일찍 잠자리에 들었다. 하지만 쉬이 잠이 오지 않았다. 아침 첫 소변, 그러나 임신 테스트기에 줄은 두 개가 아닌 하나였다. 지연은 화장실에 푹 주저앉아 버렸다. 상상임신이란 말인가. 남편이 피임하고 있는데 무슨 아기가 생긴다고, 바보!

어느 날 지연이 감기몸살에 좀 일찍 퇴근하여 집에 들어왔는데 남편이 화장실에서 누군가와 긴 핸드폰 통화를 하고 있었다. 그 내용을 지연은 열린 문 새로 듣고 말았다.

"그럼 그렇지. 잡은 고기에게 먹이 주는 바보가 어디 있어. 내가 이혼녀 구제사업 하냐. 요즘 한창 주가 올리고 있거든. 홈쇼핑에서 소문났잖아. 일명 완판녀야. 물론 그것도 한때지. 나이 들면 퇴출이거든. 그럼. 어쨌든 앞으로도 입안의 혀같이 돌아 사업자금 마련해야지. 나는 열 번 죽었다 깨어나도 다시 내 사업 일으킬 마음밖에 없어."

아, 내가 눈알이 뒤집혀 사람을 잘못 보았나?

남상호와 헤어지고 외로움의 미망이었던가?

언뜻 소 도적질도 처음 한번이 어렵다는 속담이 생각났다. 옛말 틀린 게 하나 없구나. 지연은 결혼 이태 만에 가정법원에 두 번째 이혼서류를 접수하고 말았다. 아이가 생기지 않은 게 정말 다행이라는 생각도 이때 했다. 아이가 태어났으면 이혼을 했을까? 돌아보니 남자는 두 해 동안 생활비를 내놓은 적이 한번도 없었고, 아이 말을 입에 올린 적도 없었다. 툭하면 큰언니가 지껄이는 남편 복이 자신에겐 정말 없다는 생각이 들었다. 지연은 결혼의 미련을 깨끗이 떨쳐 버렸다.

남자, 이젠 구토가 아닌 똥물이 올라오려 했다.

엉킨 실타래처럼 잘못 엉킨 인연은 풀기가 어렵지. 끊어버려야 해. 그녀는 부르짖었다.

"내 인생에 이제 남자는 없어!"

"선배, 만나고 싶어요!"

정서의 전화다. 핸드폰으로 들려오는 정서의 목소리가 어쩐지 청량하지가 않다. 조성재는 사실 정서의 맑은 목소리에 매료되어 사귀기 시작했다. 정서의 목소리는 아침이슬처럼 맑고 투명했다. 정서의 산뜻한 목소리만 들어도 피곤이 가시고 기분이 좋아지곤 했으니까. 그는 이제껏 정서처럼 기분 좋은 목소리를 가진 여자를 보지 못했다. 그런데 오늘 정서의 음성은 힘이 없고 처져 있었다. 그가 약속 장소에 갔을 때 정서는 먼저 와 기다리고 있었다. 정서는 회색 시폰 원피스를 산뜻하게 입고 있었다.

지난해던가? 백화점에서 정서가 그 옷에 눈이 꽂혀 매장을 떠날 줄 모르기에 그가 선뜻 선물한 옷이다. 지금 봐도 정서에게 잘 어울리는 맞춤 원피스이다. 사실 성재는 그동안 그녀에게 옷이며 화장품 선물을 많이 했다. 그녀에게 선물하면 마음이 더 즐거웠기 때문이다. 그런데 오늘 정서는 전에 없이 우울한 모습이다. 하긴 전에도 정서는 가끔 이런 우울한 모습을 나타냈다. 무슨 걱정 있어? 얘기해 봐. 들어줄게. 그러면 아니라고 강하게 머리를 흔들곤 했다. 오늘도 정서는 무언가 자꾸만 다른 생각에 마음을 앗기는지 침착하지 못했다.

성재는 경양식 레스토랑에서 알맞게 익힌 연한 소고기 스테이크며 연어 튀김을 곁들인 식사를 하고 후식까지 천천히 즐기며 들었다. 정서는 평소의 절반밖에 먹지 않았다. 포크를 떨어뜨리고 글라

스의 물을 쏟기까지 했다. 어딘지 불안한 모습이 평소의 정서답지
않다.

"윤정서, 오늘 뭐 안 좋은 일이 있었어?"

"아니요. 내가 딴생각 좀 하느라고 실수했어요."

정서는 얼른 표정을 바꾸었다. 식사비를 정서가 계산하려는 것
을 말리고 성재는 자신의 카드로 처리했다. 이제껏 둘이 사귀어 오
면서 식사비 등 웬만한 것은 그가 다 지불했다. 그는 가족이 없기
에 돈 나갈 일도 크게 없는 데다, 처음에는 귀여운 후배이기에, 나
중에는 예쁜 연인이어서, 그리고 사주고 싶어서였다. 그러한 일들
이 그에겐 기쁨이고 행복이었다. 정서는 극장표도 예약하고 있었
다. 옛날엔 좋은 영화 나오면 더러 갔었는데, 그가 병이 나고부터
는 별로 가지 못했다. 정서는 옛날처럼 커피를 들고 팝콘을 먹으며
영화를 보았다.

극장을 나와서 돌아다니는 내내 정서는 그의 팔짱을 꼭 끼고 다
녔다. 그러다 자신도 모르게 한숨을 토해 내곤 했다. 성재는 언뜻
정서 부모님이 자신과의 교제를 만류하고 있다는 생각이 들었다.
그래서 근래 둘의 만남이 뜸하지 않았던가.

그녀 목에 매어진 실크 스카프가 미풍에 날리는 게 보기 좋았
다. 익숙한 그녀의 체취가 바람결에 파고든다. 인사동 거리를 걷다
전통찻집에 들러 따끈한 대추차를 마셨다. 그리고 그날은 정서가
먼저 그를 모텔로 이끌었다. 룸에 들어가자마자 정서가 그에게로
덮치다시피 하며 목을 끌어안고 열렬한 키스를 퍼부었다. 마치 자
신의 모든 걱정을 떨치려는 듯. 정서와의 진한 키스는 실로 오랜만

이다. 그가 폐암 진단을 받고 나서는 처음이다. 치료 기간이기도 하고 정서를 생각하여 그가 자중했다. 정서와 이렇게 모텔에 든 일도 언제였던가. 병이 나고는 처음이다. 그는 뜨겁게 달아올라 팽창하는 자신의 몸을 느끼며 정서를 으스러지도록 껴안고, 한 손으로 정서의 매끄러운 머릿결을 쓰다듬었다. 사과 향 같은 기분 좋은 샴푸 냄새가 콧속으로 스민다. 이윽고 정서는 실오라기 하나 없이 옷을 다 벗어 버리고, 그의 목에 매달리며 가슴속을 파고들었다.

사랑하는 연인들의 오랜 입맞춤이 이어졌다. 유달리 하얀 정서의 피부다. 아찔하도록 아름다운 알몸의 곡선, 그곳에 묻혀 잠들고 싶은 여자의 가슴에 그는 숨이 멎었다. 그는 여자의 터질 듯이 풍만한 유방에 얼굴을 묻고, 탄력 있는 향기로운 젊은 연인의 몸을 애무하기 시작했다. 얼마나 애타게 그리워한 연인의 몸이던가. 보고 만지고 느끼고도 돌아서면 또 보고 싶은 정서의 몸이 아니던가. 바디워시 거품처럼 매끄러운 피부는 아무리 만져도 사랑스럽다.

정서의 고집으로 한번도 긴 밤을 함께 보내진 않았지만, 그들은 가끔 호텔이나 모텔에 들어 젊음을 불태웠다. 병마가 들고부터 정서가 어쩌면 병든 자신을 버리고 떠날 것만 같아 얼마나 많은 불면의 밤을 보내며 가슴앓이를 했던가. 결코 떠나보내고 싶지 않은 연인이기에 아픈 몸 못지않게 마음도 괴로웠다. 그러나 정서는 떠나지 않았고, 이렇게 내 곁에 있다. 우리는 한 몸이 되어 사랑을 나누고 있지 않은가. 행복, 행복이 뭐 별거던가. 행복한 순간에는 다 잊고 마음껏 행복해지자!

회사에 휴직계를 내고 이사를 한 후, 멀어진 거리만큼이나 정서의 전화도 조금씩 뜸해지고 만남도 멀어졌다. 먼저 정서 부모님의 반대를 생각했다. 발병하기 전에는 둘의 결혼을 간간 재촉했지만, 폐암에 걸려 수술까지 한 사내한테 어느 부모가 선뜻 딸을 주려 하겠는가.

그러나 이젠 정서만 자신 곁에 있어 준다면 병을 이겨 내리라. 나를 위해서. 고마운 정서를 위해서. 정서 부모님도 찾아뵙고 인사를 드려야지. 두 분이 좋아하실 선물도 준비해야지. 외동딸인 정서 부모님의 노후도 내가 끝까지 책임지리라. 봄여름이 가고 가을 겨울도 지나 내년 봄, 신록의 계절에 웨딩마치를 울리면 좋겠다. 정서를 행복한 오월의 신부로 만들어 주고 싶다. 눈같이 하얀 드레스를 입은 예쁜 신부가 보인다. 정서가 행복한 웃음을 짓는다. 그 옆에 턱시도를 갖춰 입은 자신의 모습도 포개진다. 친구들이 와! 하고 축하의 박수를 보내 준다. 정말 행복하다.

정서는 그의 몸 아래서 격정에 몸부림치며 신음을 높였다. 오랜만에 살과 살이 뜨겁게 닿는 황홀함과 몸을 섞는 흥분에 젊은 연인들은 한밤을 불태웠다. 사랑에 취해 이대로 세상 끝이라 해도 그는 행복할 것 같았다. 그는 연인과의 육체적 사랑의 행위가 천 마디 만 마디 말보다 더 진실한 약속으로 느껴졌다.

아, 나한테는 정서가 있어. 이렇게 정서의 몸을 뜨겁게 하고 행복하게 해줄 수 있어서 행복해. 나에겐 희망이 있어. 아름다운 밤이야.

격랑의 파도가 지나고, 정서가 그의 가슴에 얼굴을 묻고 나직이 속삭였다.

"선배, 미안해요."

"너 또 그 소리야! 한번만 더하면 내가 화낸다."

정서는 그와 사랑을 나누고 나면 언제나 그 말을 했다. 미안하다고. 그는 사랑스러운 연인의 하얀 귓밥을 살짝 물어 주었다. 정서는 그의 품을 더 파고들었다. 그는 여인을 놓치기 싫었다. 간절히, 오늘은 유달리 정서와 하룻밤 같이 보내고 싶었다.

"정서야, 오늘 밤 같이 보내고 싶어. 안 되지?"

"부모님이 기다리셔서요. 선배도 잘 알면서."

정서는 그전에도 그와 뜨거운 사랑을 나눌지언정 절대로 긴 밤을 보내진 않았다. 언젠가 1박 2일 여행지에서 낮은 비명소리에 일어나 보니, 정서가 욕실 큰 타월을 뒤집어쓰고 커텐 뒤에 몸을 숨긴 채 바들바들 떨며 울고 있었다. 눈물이 그렁그렁한 알몸의 정서를 꼭 껴안았다.

"정서야!"

"선배, 무서운 악몽을 꾸었어요. 무서워요. 난 잠을 잘 수가 없어요!"

정서와 뜨거운 밤을 보낸 두 주일 후, 정서에게서 만나자는 전화가 왔다. 그는 기분이 들떠서 약속 장소인 커피숍으로 갔다. 가게 바깥까지 커피 향이 날린다. 창가에 정서가 먼저 와서 서 있었다. 얼굴이 좀 수척해 보였다. 정서는 무슨 생각에 젖어 있다가 그가 앞에 서자, 화들짝 놀라며 그를 향해 미소와 함께 손을 내밀었다. 정서의 따뜻한 손을 잡으며 옆자리에 앉았다. 커피 향 짙은 실내에는 슈베르트의 〈겨울 나그네〉 중 '보리수'가 흘러나오고 있었다.

> 성문 밖 우물곁에 서 있는 보리수
> 나는 그 그늘 아래 단꿈을 꾸었네
> 가지의 희망의 말 새기어 놓고서
> 기쁘나 슬플 때나 찾아온 나무 밑

정서가 제일 즐겨 듣는 가곡이다. 데이트할 때도 이어폰을 하나씩 꼽고 같이 곧잘 들었다.

"아 오랜만에 듣는 '보리수'네."

"'보리수', 제가 여전히 제일 좋아하는 곡이에요."

그러면서 정서는 조그맣게 따라 불렀다.

> 오늘 밤도 지났네 보리수 곁으로
> 캄캄한 어둠속에 눈감아 보았네
> 가지는 흔들려서 말하는 것같이
> 그대여 여기 와서 안식을 찾아라.

정서의 얼굴이 야윈 듯하다. 정서는 본디 군살 하나 없이 날씬한 체격이다. 목이 길고 쇄골 라인이 아름다운 정서이다. 오늘따라 서글서글한 정서의 두 눈이 더 깊어 보였다. 루주만 조금 발랐을 뿐 화장기 없는 투명한 피부가 밝지 않은 실내에서도 창백하게 보였다.

"업무가 많아졌나, 더 날씬해졌어."

"아녜요. 보기만 그렇지 몸무게는 그대로예요."

잘 구워진 빵을 떼어 진한 커피에 조금씩 적셔 먹던 정서가 한참을 망설이더니 어렵게 입을 떼는데, 전에 없이 굳은 얼굴이다. 정서가 도대체 무슨 말을 하려고 저럴까. 그는 자신이 더 긴장하고 있음을 느꼈다. 설마 이별을 통고하는 것은 아니겠지.

"선배, 부탁 하나만 들어 줘요!"

"무슨 부탁인데 그렇게 망설이는 거야. 말을 해야 알지."

"저 선배, 실은요… 돈이 좀 필요해서요."

"뭣 하려고 그래?"

"독립하려고요. 잔소리가 엄청 심해서 힘들어요. 오피스텔 하나 얻어 나오려고요. 그런데 자금이 조금 모자라서요."

"그 문제로 우울했구나. 부모님이 섭섭하시지 않을까? 자식이 정서 하나뿐인데."

"하나뿐인 자식이란 게 얼마나 피곤하고 힘든 줄 아세요? 미치겠어요. 물론 선배는 부모님이 안 계시니 잔소리도 속상할 일도 없겠지만."

"글쎄, 그럴까."

그는 안도의 한숨을 내쉬었고, 정서는 여전히 우울한 얼굴이었다. 이미 집 나올 결심이 굳은 듯하다. 정서는 눈을 내리깔고 긴장한 표정이다. 긴 속눈썹이 눈꺼풀을 덮었다.

"나도 그간 치료받느라 무심했어. 정서 부모님을 정식으로 한번 찾아뵈어야 하는데."

"아뇨, 선배. 그건 급할 것 없으니 천천히 해도 돼요."

정서가 발딱 고개를 좌우로 흔들며 손까지 내저었다. 정서가 자신의 부모님을 천천히 만나라고 말한 것인지, 결혼 말을 천천히 하라고 말한 것인지, 그로선 좀 헷갈렸다.

"그래. 얼마가 필요한데?"

우울하고 시무룩하던 정서의 표정이 조금 밝아졌다.

"저기, 선배, 오천이요. 정말 미안해요."

"알았어."

이날은 정서가 만날 때마다 시시콜콜 잘 들려주던 직장 사무실 얘기도 별로 하지 않았다. 알 수 없는 그늘이 드리워진 정서의 얼굴에선 볼우물도 보이지 않고, 생글생글한 미소도 보이지 않았다. 정서의 목소리에서 상큼함이 사라졌다. 그의 느낌에 정서가 집 때문인지 다른 일 때문인지 바쁜 듯하여 저녁만 먹고 헤어졌다. 헤어지기 전까지 거리를 걸으면서 정서는 예전처럼 그의 팔을 꼭 끼고 다정히 걸었다. 정서는 전에도 아주 가끔 우울한 얼굴이 되곤 했다. 그는 지레짐작으로 정서의 가정환경 탓이라고 짐작했다.

그가 대충 알기로 정서는 외동딸이다. 정서가 한번도 시원히 말을 하지 않았지만, 정서 아버지는 조그만 공장 경비로 일하다 나이가 많아, 이젠 아파트 경비를 하는 것으로 알고 있다. 정서의 아버지는 좀 비만한 몸집의 대머리였다. 어느 날 퇴근하여 나란히 나서는 그들 앞에 키가 작고 이마가 훌렁 벗겨진 나이 든 영감님이 우뚝 나타나 앞을 가로막았다. 그는 영문을 모르고 있는데, 정서가 까무러치게 놀라더니 재빨리 영감님을 옆 골목으로 데려가서 볼멘소리로 투덜거렸다.

"다음에 천천히 소개한다고 했는데 왜 오셨어요!"

"얘는 만날 담에, 담에 하고 미루기만 하지. 딸자식 가진 부모 처지에서 어디 그런 거여. 내가 연락도 없이 이렇게 와부러 쪼매 미안치만 이해하시더라고."

정서 아버지? 그도 갑작스러운 정서 아버지의 출현에 잠시 혼란스러웠다.

"아, 예, 한번 인사드린다는 게 차일피일 늦었습니다. 어르신, 죄송합니다."

그는 소문난 한우 식당으로 정서 아버지를 인도했다. 정서 아버지는 번들번들한 이마의 땀과 얼굴과 목을 물수건으로 쓱쓱 닦았다. 그는 물수건을 하나 더 요청하여 영감님 앞에 놓았다.

"야가 결혼 말만 하면, 지는 사람이 있다고 펄쩍 뛰는 기라. 그라믄서 결혼은 언제 할지 모린다믄서 자꾸 미루고만 있은께. 인사도 안 시키지, 내가 내 눈으로 사람을 한번 봐야 걱정을 안 하고 지 말을 믿지라, 고럼."

"회사 일이 바쁘다고 했잖아요."

"허허, 회사 일을 혼자서 다 하능가. 야는 다그치면 맨날 한다는 소리가 때 되믄 인사시킨다 그 소리제."

아닌 게 아니라 성재는 정서와의 결혼을 다급하게 생각하지 않았다. 집에서 결혼을 독촉하는 사람도 없을 뿐더러, 날마다 정서를 회사에서 얼굴 대하고 지내며 시간 나면 휴일에 놀러 다니고, 맛집을 찾아 식사하고, 영화를 보고, 불꽃 같은 사인이 오가며 호텔이나 모텔을 가는 사이인지라, 당연히 정서와 결혼할 것이라고 여기고 있었다. 언젠가 정서가 자기 부모님은 딸의 말이라면 그대로 믿는다면서, 말만 듣고도 선배를 사윗감으로 생각하고 있다고 하지 않았던가.

정서 아버지는 코가 뭉텅코인 데다, 입술이 두툼하고 부리부리한 눈에 뻣뻣하게 선 일자 눈썹이 유난히 검었다. 보아하니 정서는 아버지를 별로 닮지 않았다.

정서 아버지는 그가 구워 주는 소고기를 널름널름 잘도 먹었다. 채 익지 않은 고기도 집어갔다. 처음에는 그가 따라 주는 술을 마시다 성에 차지 않는지, 자신이 벌컥벌컥 컵에 부어 마셨다. 혼자서 소주를 네댓 병이나 비웠는데, 열 병이라도 마실 듯했다. 정서는 아버지의 얼굴에 취기가 벌겋게 오르자 파랗게 질색했다. 기분이 좋아 술을 계속 마시려는 아버지를 술에 취해 실수라도 할까 봐 걱정해선지, 콜택시를 불러 아버지를 억지로 차에 밀어 넣어 태우고 후딱 가버렸다.

그 후 조성재는 정서의 만류에도 어버이날이나 연말이면 한정식집에 정서 부모님을 초대하여 대접했다. 그때마다 정서 아버지는 매우 흡족해했다. 그가 준비한 선물도 어린애처럼 기뻐하며 당연한 듯 받았다. 정서 어머니는 고생을 많이 해선지 예순다섯 나이보다 늙은 모습이고, 작은 키에 두 손은 아주 거칠었다. 염색을 않은 파마머리에는 하얗게 서리가 내렸다. 그리고 내내 말없이 미안스러운 표정으로 어색한 웃음만 지었다.

그네는 딸의 숟가락에 고기를 얹어 주고, 정서는 어머니가 좋아하는 반찬들을 살갑게 숟가락에 올려 주었다. 정서의 늘씬한 키도 미인형 얼굴도 부모님을 별로 닮지 않았다. 알고 보니 정서 어머니는 청각장애였다. 그러나 정서가 간단한 말이나 손짓만 해도 금방 알아챘다. 왼쪽 귀가 더 심하다고 했다. 그가 뒷날 정서 어머니에게 보청기를 맞추어 선물하자, 어린아이처럼 순진하게 좋아했다. 그 모습이 성재의 뇌리에 남아 있다.

정서 어머니는 식당을 나가기도 했는데, 근래 무릎관절이 안 좋아 집에 있다고 했다. 정서가 주는 용돈은 거지반 약값으로 들어간다고 언젠가 정서가 속상해 했다. 정서는 그에게 부모님에 관한 얘기는 별로 하지 않았다.

이상하게 꿈자리가 며칠간이나 뒤숭숭했다. 왠지 불안하고 허전한 느낌이 파고들었다. 이즈음 정서의 전화도 뜸했다. 옵션 만기 등 사무실 업무가 정신없이 바쁘겠다 싶어 그도 전화를 하지 않았다. 딩동, 메일이 왔다. 정서가 보낸 메일이다.

선배!
죄송해요, 저 떠납니다. 아무런 변명도 하지 않으렵니다.
저는 선배 곁에 남을 수가 없어 떠납니다.
저를 아주 철저하게 버려 주세요.
우리의 추억은 가져갑니다.
너무 보고 싶을 때나 힘들 때 가끔 펼쳐 보려고요.
건강을 지키세요. 정말 미안, 미안해요.
선배의 건강 회복만은 진심으로 염원합니다.
제가 세상 어디서 살든지요.

-정서

이게 뭐야! 너 장난치고 있니? 나를 놀리고 있지? 야, 윤정서! 너 장난이 심하잖아. 그런데 왜 갑자기 정서의 얼굴이 떠오르지 않지. 어떻게 생겼더라? 어떻게 생겼더라? 정서가 입었던 옷들은 눈앞에 어른거리는데, 정서의 얼굴이 도무지 떠오르지 않으니 어이가 없어 헛웃음이 나왔다. 정서의 상냥한 목소리도 들리지 않는다. 귓속에 맹꽁이가 들어와 와글와글한다.

윤정서, 정서의 단축번호를 눌렀다. 선배! 하고 부르는 정서의 다정한 목소리가 듣고 싶었다. 그러나 통화는 연결되지 않았고, 정서의 핸드폰은 이미 신호가 끊긴 상태였다. 몇 번을 눌러도 마찬가지였다.

"정서야! 그래서 나더러 어떡하라고? 나도 추억만 가지라고?"

갑자기 수술 받은 곳에 통증이 몰려왔다. 숨도 쉬지 못할 정도로 극심한 아픔에 눈물이 배었다. 바람인가. 나에게 또 태풍 같은 거센 비바람이 몰아치나 보다. 그래, 그랬어. 슬픔도 허망도 언제나 남겨진 자의 몫이었지.

정서는 이따금 지나가는 말처럼 부모님이 결혼을 재촉한다고 했다. 그도 정서의 부모님을 몇 번 만났다. 지지난해와 지난해 어버이날 즈음에. 그들의 행색은 가난한 서민이었다. 그때 정서 아버지는 식사 도중에 그에게 결혼 말을 직접 했었다.

"자네나 정서나 나이가 차니, 너무 미루지 말고 결혼식 올리더라고."

"아, 예. 걱정하지 마십시오."

조성재가 명절이면 달리 인사 갈 데도 없는지라 집으로 한번 찾아가려 했으나 정서가 한사코 거절했다. 마포 쪽 작은 아파트에 산다는 말을 직원한테서 얼핏 들은 적이 있다. 그는 정서를 만나는 날이면 헤어질 때 싫다는 정서 손에 노인들이 좋아할 제과점 부드러운 빵이나 과자를 곧잘 사서 들려 보냈다. 그도 정서 외에 달리 사랑하는 사람이 있는 것도 아니고, 언제든 결혼하면 그녀와 결혼할 거라고 철석같은 생각을 했다. 그러면서도 업무에 바쁘다 보니 차일피일 미룬 것이다.

그러다 지난해 벚꽃이 화사하게 피어 있는 여의도 윤중로 벚꽃길을 걸으며 내년 봄에는 꼭 결혼식을 올리자고 정서와 약속했다. 정서를 화사한 오월의 신부로 만들어 주고 싶었다. 정서 부모님께만 알리면 자신은 달리 결혼 허락을 받을 데도 없고, 사무실 직원들도 그들 관계를 눈치 채고 있는지라 어려울 게 없었다. 신혼집도 새로 얻을 필요 없이 살림살이가 다 갖춰져 있는, 부모님이 물려주신 그가 사는 34평 아파트가 있으니 정서는 몸만 오면 되지 않는가. 정서와 의논하여 오래된 소파와 싱크대를 교체하고, 벽지와 장판을 새로 바르고, 커튼만 바꾸면 된다고 여겼다.

그러나 사람이 한 치 앞을 모른다고 누가 그랬던가. 가을이 오기 전 지난해 여름에 생각지도 못한 몹쓸 병이 예고 없이 찾아왔다. 그것도 폐암으로. 깊은 나락으로 떨어져 절망하고 방황하던 마음을 우선 다잡은 다음에야 용기를 내어 정서에게 말할 수 있었다. 그녀에게 병의 상황을 솔직하게 말했다. 정서는 그의 가슴에 얼굴을 묻고 하염없이 울고 또 울었다. 그는 위로의 말을 듣지 못해 가슴이 아팠다. 정서야, 나 좀 위로해 주렴. 지금은 내가 심신이 너무 아파. 날 좀 잡아 주렴. 그는 사랑하는 연인의 위로를 간절히 바랐다.

"윤정서, 울지 마. 나 그렇게 나약한 인간 아니야. 시초라고 하니 꼭 이겨낼 거야!"

"그래도 선배, 다른 병도 아니고 폐암이라면서요."

그는 1기 폐암 근치 절제술을 받았다. 박사는 선암이라며 다행이라고 했다. 그 후 몸을 추스르고 회사에 출근하니 그의 폐암 소식이 사내에 파다하게 퍼져 있었다. 만나는 사람마다 위로하며 묻는 말에 대답하기도 귀찮아지고, 동정의 눈빛도 부담스러웠다. 옆에서 도와주었지만 과다한 업무와 피곤이 겹쳐 정말 건강이 걱정되었다. 망설이다 결국 휴직을 결정했다. 그리고 서울 시내를 벗어나 전원주택으로 이사를 했다.

그때부터 정서 부모님의 결혼 독촉도, 정서의 결혼 말도 거짓말처럼 쑥 들어가 버렸다. 멀어진 거리처럼 정서와의 만남도 그간 뜸했다. 섭섭한 마음도 들었으나 정서를 기다렸다. 아니, 그보다 발등에 떨어진, 수술 후 정기적으로 받아야 하는 항암치료가 우선이었다.

아직도 조성재는 정서가 떠나 버린 충격에서 벗어나지 못하고 있다. 잊으려 해도 잊히지 않는 연인 윤정서! 고작 메일 하나 던지고 자신을 떠날 연인이 아니지 않은가. 아무렴, 우리가 이렇게 헤어질 사이더란 말인가. 내 곁에 있을 수가 없어 떠난다고? 그게 무슨 말이야? 자신을 아주 버려 달라고? 아니지, 나를, 이 조성재를 철저히 버리려는 게지. 그런데 왜 장난처럼 느껴지지. 얼마 전 집을 나온다고 돈을 부탁하더니. 자신도 병원비로 적지 않은 돈을 썼지만, 그는 두말하지 않고 오천만 원을 인터넷 뱅킹으로 정서 통장에 넣어 주었다. 자신이 폐암 환자라서 드디어 결별을 선언한 것인가. 뜨겁지 않은 심장이 얼음처럼 싸늘해짐을 느꼈다. 선배 곁에 남을 수가 없어 떠난다고? 변명이 아니고 사실이지. 병이 나고부터 늘 염두에 둔 일이었지만, 그렇게 결혼을 재촉하던 정서 부모님의 결혼 재촉이 뚝 끊긴 지난 가을, 그때부터 짐작한 일 아닌가. 폐암 걸린 남자를 누가 봐주랴.

정서가 미국으로 갔다는 말은 뒷날 남의 입을 통해 들었다.

조용한 술집에서 만난 그들의 관계를 알고 있는 직장 후배, 정서와 입사 동기인 후배는 조심스레 입을 열었다. 정서가 직장을 그만둔 것은 사실이었다. 정서는 아무도 모르게 미국으로 가버렸다고 했다. 정서 아버지가 뒤늦게 알고 회사를 찾아와 딸의 퇴직금을 찾으려 했지만, 이미 다 정리된 상태를 알고는 노발대발 넘어갔다고 했다. 정서 부모님의 충격을 헤아리고도 남는다.

정서는 왜, 왜 그랬을까? 회사에 사표까지 내고 계획된 해외 출국이다. 도무지 알 수 없는 의문이 꼬리에 꼬리를 물었다.

나를 감쪽같이 속이고, 등신으로 보였지. 커피숍에서 마지막으로 만난 날, 전에 없이 수척하고 우울하던 정서가 떠올랐다. 빌려간 오천만 원도 전세금이 아니라 미국행에 필요한 돈이더란 말인가. 그는 후배에게 심한 부끄러움을 느꼈다. 일 년 전만 해도 당당하던 자신이 후배에게 얼마나 초라한 모습으로 비치고 있나 싶어 벌떡 일어났다.

윤정서, 나한테 솔직하게 말하는 게 좋았잖아. 내가 너 못 가게 붙잡고 늘어질 줄 알았어? 이 조성재가 이젠 자존심까지 다 병든 인간으로 보이더냐? 나쁜 계집애. 나를 이처럼 우습고 비참하게 만들 수 있어? 생각할수록 어이가 없고 증오와 미움의 분노가 타올랐다.

"떠나면 떠난다고 내게 직접 말하지 그랬어."

그는 또 자포자기 모든 것을 놓아 버리는 기분이 되었다. 한 가닥 잡고 있던 삶의 끈이 툭 끊어졌다. 몸이 더 아픈지, 마음이 더 아픈지, 기운이 빠지고 식욕이 떨어졌다. 끊었던 담배 생각이 간절했다. 산에도 가지 않고, 헬스도 가지 않았다. 신문도 보지 않아 쌓였다. 테라스에도 나가지 않았다. 간간 들리는 지연의 웃음소리도 지겹게 느껴지고, 전보다 덜해졌지만 은하의 울음소리도 예민한 신경을 건드렸다. 불면의 밤은 늘어만 가고 메꿀 수 없는 생채기가 깊어 갔다. 그는 자신의 삶이 세찬 격랑에 휩쓸려 제멋대로 흘러가고 있음을 느꼈다.

어느 날 수술한 부위를 만지니 감각이 느껴지지 않았다. 덜컥 겁이 나고 소름이 확 돋았다. 병의 재발은 너무도 겁이 났다. 아픔으로 하얗게 밤을 새우는 그 순간순간들이 너무도 두려웠다. 정신이 번쩍 들었다. 정기검진 예약 날이 아직 열흘이나 남았으나, 병원을 찾아 자신의 심장처럼 차가운 시트에 몸을 뉘었다.

나에게서 다들 떠나가는구나. 내가 사랑하는 이들은 하나같이 내 곁을 떠나는구나. 언제까지고 나를 지켜 주실 것 같던 부모님도 가시고, 정서도 떠나고, 달랑 나 혼자 남았어.

광활한 모래사막에 혼자 버려진 서글픈 외로움이 목젖까지 꽉 차

올랐다. 병실 차창에 빗물이 소리 없이 줄줄 흘러내렸다. 병든 가슴
에 버려지고 남겨진 자의 슬픔의 덩이들이 꺼이꺼이 흘러내렸다.

　무심한 날들이 무심히 흘러갔다.
　항암치료도 일단은 끝이 났다. 방사선 치료가 남아있다. 지긋지
긋한 항암치료였다. 그리고 하나 다행인 것은, 독한 약을 먹어도
머리가 심하게 다 빠지지는 않았다는 것이다. 본디 아버지를 닮아
머리카락 결이 세고 숱이 많았는데, 빠지기는 해도 다른 사람들처
럼 뭉텅뭉텅 빠지진 않았다. 그에게 항암치료는 수술 후의 국소 재
발이나 원격전이의 가능성을 낮추기 위해 시행하는 보조치료라고
안 박사는 말했다.
　어쨌든 며칠간의 입원을 끝내고 집으로 돌아왔다. 그러나 입원
실에서 본 환우들이 좀처럼 지워지지 않는다. 척추나 어깨, 갑상선
이나 골반 등에 전이되어, 마취제를 달고 있어도 아픔을 호소하는
환자들. 수술이 잘되어 환자나 가족들이 기뻐하는 것도 잠시, 한
두 달 뒤 종양이 뇌로 전이되어 다시 입원한 환자, 수술하려 가슴
을 열었다가 종양이 너무 퍼져 황급히 도로 닫았다는 환자 등, 두
렵고 끔찍한 암 병동이었다.
　그리고 잘 버텨 오다 갑자기 양쪽 폐에 종양이 몇 개나 퍼져 삶
을 포기하는 환자도 보았다. 잘 낫는다는 환자는 보기 어렵고, 그
나마 암세포가 더 진행되지 않았다는 검사 결과에 환자와 그 가족
들은 눈물을 글썽이며 기뻐했다. 폐암 환자 생존 수치는 안 보는
게 약이었다. 사실 사람은 남의 일에 대범할 뿐이다. 그는 기침 한

번에도 너무 예민해지는 자신을 느꼈다.

가끔은 아무도 모르게 어느 날 자신의 생명이 끝나 버리는 게 아닌가 하는 두려움이 너울 파도처럼 몰려왔다. 고독사! 노인들만 고독사하랴. 친구들은 직장과 일상의 생활로 다들 바쁘다. 정기적 모임이 아니어도 친구들은 자신을 배려하여 전화도 자주 넣고 찾아들 오고, 불러내 식사를 하고 잡담을 나누기도 하지만, 한겨울 강변처럼 황량하고 적조할 때가 더 많지 않은가.

성재는 지나온 투병 생활이 파노라마처럼 스쳐갔다. 보이지도 않는 조물주나 운명의 신을 향해 죽도록 원망할 뿐, 누구에게 딱히 하소연할 데도 없는 자신이 때론 한없이 불쌍하고 측은했다. 운명의 신은 그때 부모님의 사고의 순간 자신도 이미 내버린 게 아니던가. 그 사고, 그 악몽의 사고. 삶이란 때로는 TV 드라마나 영화의 잘 꾸며진 스토리보다 더 황당한 일이 현실에서 일어난다는 것을 그는 그때 알았다. 천지가 무너지고 억장이 무너진다는 그 말보다 더 잘 표현할 수 있는 단어가 있더란 말인가.

그가 사립명문 K대 경영학과에 입학한 그해 봄, 부모님은 고3 뒷바라지도 끝나고 해서 아버지는 은행 하기휴가를 앞당겨 패키지 서유럽 여행을 떠났다. 간간이 밥 잘 챙겨 먹으라는 어머니의 전화가 걸려왔다. 잘 지내고 있으니 즐겁게 관광하고 오시라고, 선물 기대한다고 했다. 보름간의 서유럽 관광을 마치고 인천공항으로 귀국하던 날, 공항에 마중 나오지 말라는 아버지의 전화에 그는 집에서 기다렸다. 비행기에서 내려 여행 가방을 찾아 택시를 타고 집으로 가고 있다고 했다. 도착하면 맛있는 식사 하러 나가자는 아버지의 전화에 이어 어머니가 우리 아들 빨리 보고 싶어 안달이 난다고 하던 통화가 부모님과의 마지막 인사가 되었다. 중앙선을 넘어 달려온 음주운전 트럭에 의해 택시기사와 부모님이 한꺼번에 사망했다.

부모님의 도착만을 눈 빠지게 기다리던 그는 병원 응급실에서 처참하게 피투성이가 되어 주검으로 실려온 아버지 어머니를 봤을 때 혼절하고 말았다. 비몽사몽 깨어날 때마다 현실이 아니기를 빌었고, 15일 전으로 시간이 되돌아가기를 간절히 꿈꾸었다. 그래. 지금 꿈꾸고 있어. 악몽일 뿐이야. 그러나 그 일은 정녕 꿈이 아니고, 끔찍한 현실이었다. 부모님의 장례를 어떻게 치렀는지 모른다. 혼이 빠진 몸으로 그냥 친지들을 따라 다녔다. 외톨이로 남겨진 자의 의식을 커다란 너럭바위가 내리눌렀다. 고통과 슬픔을 얹어서.

서유럽 여행지에서 찍은 이백 장도 넘는 부모님의 사진만이 마지막 흔적으로 그에게 남겨졌을 때, 그는 정말 모든 삶의 의욕을 송두리째 잃어버리고 말았다. 이렇게 일순간에 모든 걸 앗아간 신도, 절대자도 용서할 수 없었다. 지극히 평범하게 보통의 삶을 살아온 한 가정에 대해 무언가를 용서할 수 없다면, 그럼 아들인 자신도 같이 데려가야지 어떻게 달랑 혼자 남겨 둔단 말인가. 선하게 살아오신 아버지 어머니가 무슨 죽을죄를 지었다고. 그는 자다가도 벌떡 일어나 분노에 치를 떨었다. 눈에서 도저히 지워지지 않는 부모님의 참혹한 모습이 가슴을 조이며 빙글빙글 맴을 돌았다. 낮이 가고 밤이 오는지, 추운지 더운지, 배가 고픈지 아픈지 몰랐다. 이모가, 큰아버지, 큰어머니가 걱정해 주고 친구들이 많이 위로했으나,

그의 방황은 오래오래 계속되었다. 비통한 심정에서 도저히 헤어날 수 없던 그는 부모님의 마지막 발자취를 찾아 유럽으로 떠났다.

하이델베르크의 대학과 고성을 둘러보고, 물의 도시 베네치아를 찾았다. 청동 말상이 우뚝한 베네치아 산마르코 광장에서 행복하게 웃으며 기념 촬영한 부모님이 섰던 자리에서 그는 떠날 줄을 몰랐다. 아름다운 베네치아에서 부모님이 탔던 얼룩말 무늬의 상의를 입고, 노를 젓는 곤돌라에 앉아 대운하를 따라 세워진 대리석 궁전과 리알토 다리도 보았다. 관광객들이 산타 루치아를 합창했으나, 그는 입을 다물고 있었다.

로마의 유적지를 들렀다. 특히 어머니가 손을 집어넣고 활짝 웃는 모습으로 사진을 찍은, 영화 〈로마의 휴일〉에 나오는 진실의 입에 오랜 시간 줄 서서 기다린 뒤에 어머니처럼 손을 넣어 보기도 했다.

부모님은 로마와 베네치아에서 행복하게 많이 웃었다. 유적과 신화의 도시 로마 시내 곳곳에 잘 보존되어있는 그리스신화와 로마신화의 섬세하고 아름다운 조형물들, 거대하고 웅장한 성당들의 화려함에 그는 잠깐씩 넋을 놓기도 했다. 특히 이탈리아 밀라노의 장엄하고 화려하고 너무도 아름다운 두오모 성당, 고딕 건축물의 뾰족한 첨탑들과 첨탑 꼭대기 성인들의 조각상이 밀라노 시내를 내려다보고 있었다.

미켈란젤로의 고향 피렌체에서는 미켈란젤로 언덕에 서 보았다. 세계에서 가장 작은 주권국가 바티칸시국을 방문했다. 그는 그만 미켈란젤로의 숭배자가 되어 버렸다. 바티칸시국의 돔 천장에 그려진 성화에 전율을 느끼고, 성서의 인물들 실핏줄 하나하나까지 섬세하게 나타낸 예수와 성인들의 조각상에 대해 감탄을 넘어 경이로움으로 온몸이 부들부들 떨렸다. 그리고 방대한 건축물과 유물 예술품들을 오랜 세월 너무도 잘 보존해 온 로마인 후손들을 존경하지 않을 수 없었다. 우리의 유물, 유구한 우리의 역사를 새삼 돌아보게 했다.

봄과 여름, 가을과 겨울의 사계절을 관광객들에게 한꺼번에 다 보여주는 유럽의 지붕 스위스의 산악 등반 열차로 오른 융프라우 만년설을 마주하는 순간, 끝없이 펼쳐진 만년설에 선글라스를 쓴 눈이 마냥 시렸다. 저 하얀 눈들은 백 년, 천 년, 아니, 만 년이 가도 저렇게 그 자리에 있을 것이라는 생각에, 찰나라고 여겨지는 지극히 짧은 인간의 생명에 비길 수 없는 자연의 위대함에 소름이 돋았다. 하늘 끝 그곳에서 마주한 컵 '신라면'은 마치 '아리랑'을 들을 때처럼 가슴 뭉클했다.

거대한 에펠탑, 센 강 유람선도 올라 보고 박물관에서 모나리자의 미소도 담담히 보았다. 버킹엄 궁 앞에서 근위병 교대식을 보면서 환히 웃음 짓는 아버지 어머니는 손을 잡고 다정히 서 있었다. 그는 부모님의 여행 사진 속 그 자리에 꼭 한번 발을 디뎌 보고서야 걸음을 옮겼다.

"아버지, 어머니, 먼 이국땅 마지막 이 자리에서 행복하셨습니까? 두 분은 지상에서의 마지막 여행을 하셨습니다. 혼자 남은 저는 부모님 발자취마다 눈물 자국입니다!"

큰아버지를 찾아가 봐? 이모에게 기대볼까? 그러다 단념했다. 결국은 홀로서기를 해야 한다고 생각했다. 부모님의 그 일 이후 대학 생활을 하면서, 그는 누구에게도 의지하지 않고 혼자 자립하여 살아왔다. 그렇게 내내 아픔을 삭이며 지내 왔는데, 이제까지 두려웠던 그 암울한 기억에서 벗어나려고 정말 죽을힘을 다해 노력하며 지냈는데 덜컥 폐암이라니. 누군가가 자신의 등을 천 길 낭떠러지로 떼미는 기분이었다. 곰곰이 생각에 생각을 거듭하여 휴직을 결정했다. 지금은 어쩔 수 없이 건강만을 최우선으로 지켜야 한다. 그것만이 자신과 떠나가신 부모님에 대한 도리라고 생각했다.

대학 졸업 후 공채로 들어가 정말 열성으로 일한 회사. 실력을 인정받아 남들보다 일찍 팀장으로, 과장으로 승진했다. 그에겐 오랜 세월 관계를 유지해 온 고객이 많았다. 그의 성실함과 명석한 두뇌 활용으로 알게 모르게 고객들은 주식투자와 펀드로 돈을 벌었고, 그에게 맡기면 자금이 불어난다는 입소문을 타고 큰손 고객들의 재무 컨설팅도 적잖이 맡게 되었다. 그도 사실 회사를 쉬게 되는 상황에서 고객들과의 인계업무 처리가 제일 조심스럽고 신경이 갔다. 고객들은 그가 지점을 옮기면 따라가겠다고 했다.

부모님은 떠났지만 그대로 살고 있는 아파트. 두 분의 흔적이 곳곳에 밴 아파트지만 어쩔 수 없이 옮기기로 했다. 몸이 아프니 어린애처럼 부모님의 손길과 따뜻한 위로가 뼈에 사무치게 그립고 아쉬웠다. 그 옛날, 특히 고3 때 때로는 지나치다 싶을 정도로 보살피고 신경 써주어서 성가시기까지 했던 어머니의 손길과 엄하면서도 아들의 등뒤로 끝없는 관심과 눈길을 보내던 부정(父情)이 목을 메이게 했다. 모질게 자신을 다잡는 수밖에 없었다. 담배를 끊었지만 생각하면 아직도 손에 떨림이 온다.

이제부터, 아니 종양 절제수술을 받은 그날부터 긴 투병 생활이 시작되었다. 자신의 의식주 생활 전반을 돌아보고 몽땅 다 바꾸는 혁신이 필요했다. 슬프게도 결국 자신을 지켜줄 사람은 오직 자신밖에 없지 않은가. 신체 건강한 거지보다 더 초라하고 불쌍한 자신의 존재가 아닌가.

빠져나갈 길 없는 캄캄한 동굴에 갇혀 주문을 외웠다. 병마를 이기겠다고, 나을 수 있다고 주먹을 쥐었다. 그는 병마가 침투한 자신의 육체에서 희망 찾기를 시작했다.

"그래, 난 키도 183, 여직원들이 모델을 해도 좋겠다고 소곤거렸지. 나는 심장도 눈도 코도 지극히 정상이고, 아직 상한 이빨 하나 없지. 귀도 밝고 위장도 튼튼해. 팔과 다리도 골격이 좋고, 내 머리는 수학을 잘하고 아주 명석하지. 내 몸에서 안 좋은 곳이 하나 있지만, 건강한 곳이 99%야. 이게 얼마나 고마운가. 이제껏 나는 내 몸에 너무 감사할 줄 모르고 살아온 거지. 건강한 99% 내 몸속 항체가 1%인 나쁜 병균을 물리칠 거야. 식물이든 동물이든 고금을 막론하고 우수 유전자가 마지막까지 살아남아 종족을 번식시키니까. 난 살 수 있어. 난 이겨 낼 수 있어. 희망도 희망을 바라는 사람에게 찾아온다고 했지!"

입원하여 수술을 받고, 퇴원을 하고 정기적인 검사와 항암치료에 들어갔다. 한숨을 돌렸다. 유산으로 상속된 부동산과 부모님의 사고로 받은 보험금 등 적지 않은 예금이 있어, 휴직이 자신의 생활에 크게 영향을 미치지 않음이 다행이었다. 그래서 아파트는 세를 주고, 서울 시내를 벗어난 전원주택으로 이사를 했다. 걸어서 산책 다닐 산이 가까이 있고, 주위가 조용하고 깨끗한 신흥 주택지였다. 신문도 경제지 1개와 일간지 하나로 줄였다. 그리고 잡곡 현미밥에서부터 채소와 고기, 생선, 과일 등을 골고루 충분히 섭취했다. 부모님 가시고 난 뒤 외식으로만 살던 식생활을 돌아보았다. 과중한 업무, 잦은 회식과 음주, 고기 위주의 식습관, 헬스나 수영은 몇 번이나 등록했으나 제대로 다닌 적이 없었다. 그는 청정 채소를 사고 요리는 인터넷 포털에서 배웠다. 레시피가 상세하게 나와 있어 웬만한 요리는 따라할 수 있었다.

음식을 만들다 보니 요리는 무료한 일상에 뜻밖의 흥미를 주었다. 식습관, 등산, 헬스, 독서, 그리고 기상과 취침도 시간을 정했다. 직업병인 인터넷의 증시 시황 체크도 규칙을 정했다. 좋아하는 록 음악, K팝, 가요, 트로트를 불문하고 즐겁고 경쾌한 음악이 집 안에 흐르게 하고, TV에서 전에 안 본 개그 프로와 흥미와 웃음을 유발하는 대담 프로나 노래자랑, 〈동물의 왕국〉 등을 즐겨 보았다. 몸의 수술 흔적은 조금씩 나아가는데, 참담한 어둠에 떨어졌던 정신적 충격은 시간이 지나도 잊히지 않았다. 33세. 이 젊은 나이에.

토요일 오후. 4명의 절친한 친구들이 찾아왔다. 고교 동창들이다. 고향이 광양인 박정태는 광양 백운산 고로쇠 물을 큰 플라스틱 통에 세 통이나 승용차에 싣고 왔다. 이규석은 국산 굵은 생도라지 1박스, 이선구는 말린 대추와 영지버섯을, 권인수는 호박고구마 1박스와 과일을 가득 들고 왔다. 각각 다른 대학을 갔어도 직장이 서울이기에 그들 7명 멤버들은 정기적인 모임을 하고 있었다.

친구들은 정서의 미국행에 고개를 흔들며, 고무신 바꿔 신고 떠난 여자라고 깨끗이 단념하라고들 했다. 그는 정서가 욕먹을까 봐 오천만 원을 차용한 것에 대해서는 아예 말도 하지 않았다. 집에서 차와 간식을 먹으며 얘기하다 그는 친구들을 데리고 가까운 식당으로 향했다.

그의 발병 소식은 고교와 대학 동기들에게 알려졌다. 수술하고 입원해 있는 동안 고교 동창들이 차례로 그의 병실을 지키며 시중들어 주었다. 처음에는 친구들에게 알려지는 게 내키지 않았으나, 나중에는 호의로 받아들였다. 결국 사람에게는 사람의 위로가 제일 큰 힘이 된다는 걸 알게 되었다. 정서는 그때 그의 발병을 듣고는 환자보다 더 충격을 받아 큰 눈이 둥그레져서, 벌린 입을 다물지 못하고 낮은 비명을 질렀다.

"선배, 어떻게 그런 일이, 어떻게 그런 일이 있어요! 정말이에요?"

언젠가 정서가 했던 말이 언뜻 떠올랐다. 껌딱지, 그땐 재미있어 웃어넘겼지.

"선배, 내가 껌딱지처럼 선배 곁에 붙어 있을 거예요."

여름이 되어선지 은하 식구들이 곧잘 잔디 마당에 나와 있었다. 잔디에 돗자리를 깔고 모녀 삼대가 나와 놀았다. 전기선을 연결하

여 선풍기도 돌리고, 은하가 잠들면 이동 모기장을 펼쳤다. 모기향
도 피웠다. 은행나무 옆에 흰 플라스틱 야외 의자도 하나 놓았다.

갓난쟁이 은하가 어느새 보행기를 타고 논다. 아이 엄마가 '뽀르
르 딩동댕' 같은 신나는 유아 음악 테이프를 켜놓으면, 보행기를 타
고서 흔들흔들 몸을 흔들고 다리를 버둥대는 게 웃기기도 했다.
은하는 복숭앗빛 두 볼에 살이 올라 통통하고, 눈망울도 또렷하고
머리카락도 제법 자라 분홍 머리띠도 했다. 반짝이는 별이 그려진
분홍 원피스를 입고 보행기를 타고서 마당을 왔다 갔다 잘 놀았
다. 정말 얼굴이 작은 방울만 하던 갓난아기가 언제 저렇게 자랐
나 싶어 그로선 신기할 따름이었다. 오목조목 붙은 눈이며 코, 귀,
산딸기 같은 쪼그만 입, 손가락은 보행기 위에 있는 인형 손이랑
똑같았다.

그네들은 때론 다과상에 저녁 식사도 차려 나와서 먹을 때도 있
었다. 수박을 한 쪽씩 곧잘 올려 줘서 그는 수박을 아예 한 통을
사서 돗자리에 놓아두었다. 이젠 은하의 울음이 전보단 훨씬 나았
으나, 마당에서 울면 그 울림이 가까이 들렸다.

어제만 해도 그렇다. 강아지 인형을 안고 보행기를 타며 흔들흔
들 잘 놀기에 그가 지나다 잠시 보았는데, 애가 기겁을 하고 달아
나려다 그만 보행기랑 같이 홀랑 넘어졌다. 지연이 화들짝 놀라 아
이를 안아 일으켜서 달래고 하는 동안 그는 난처한 처지가 되고
말았다. 아이는 숨넘어갈 듯이 울고 또 울었다. 미안하기도 하지만
동시에 억울했다. 어휴, 꼬마야, 이젠 너 안 봐.

은하 할머니는 은하가 잠투정으로 칭얼거리면 얇은 포대기를 둘

러 곧잘 업었다. 대문 앞을 왔다갔다 하기도 하고, 잔디 마당을 걸으며 언제나 노래를 불렀다.

자장자장 우리 아기 자장자장 우리 아기
멍멍 개야 짖지 마라 꼬꼬 닭아 우지 마라
우리아기 잘도 잔다 우리 아기 잘도 잔다

'녹두장군' 노래도 은하 할머니의 자장가이다.

새야 새야 파랑새야 녹두밭에 앉지 마라
녹두꽃이 떨어지면 청포장수 울고 간다
새야 새야 파랑새야 우리 논에 앉지 마라
새야 새야 파랑새야 우리 밭에 앉지 마라.

곡을 붙여 부르는 노래가 조금은 처량하게 들리는데, 등에 업힌 아기는 새근새근 잠이 들었다. 가만히 자신의 어린 시절을 기억하자 어머니가 불러 주던 노래 하나가 떠오른다.

엄마가 섬 그늘에 굴 따러 가면
아기는 혼자 남아 집을 보다가
바다가 불러 주는 자장 노래에
팔 베고 스르르르 잠이 듭니다

어머니는 트로트를 좋아하셨지. 주방에서 라디오를 들으며 트로트를 즐겨 따라 부르던 모습이 불현듯 떠올랐다.

은하 할머니는 마당의 돗자리에 은하를 누이고, 은하 발목을 잡고 천천히 앞으로 당겼다 위로 밀었다 반복하면서 노래를 불렀다. 그럴 때는 은하가 재미있는지 까르륵까르륵 넘어갔다.

사설 동요를 듣다 보니 반복되는 구절이 은근히 중독성이 있어, 그는 자신도 모르게 은하 할머니의 노래를 귀에 익히고 있었다.

알강달강 알강달강 알강달강 알강달강

밀양 장에 가서 밤 한 되를 사다가

바가지에 담아서 살강 위에 두었더니

머리 까만 새앙쥐가 오며가며 다 까묵고

밤 두 개가 남아 있네 껍데기는 할미 주고

벌거지는 아배 묵고 보니는 에미 주고

알맹이는 우리 은하 다 먹게 주지

알강달강 알강달강 알강달강 알강달강

(알맹이는 니캉 내캉 사이좋게 갈라 묵고)

이층 남자는 도대체 어디가 아픈가? 겉으로는 세상 멀쩡한데 왜 그리 얼굴이 창백하단 말인가. 병가를 내어 직장을 쉬고 있는 것일까. 아니면 진짜 백수인가. 쓸데없는 의문이 꼬리를 문다.

요즘 들어 이층 남자는 전에 없이 우울한 기색이 역력하다. 아이들 같으면 조금만 건드려도 울음보가 터질 듯한 기색이다. 하루도 안 빠지고 잘 다니던 아침 운동도 거르는 것 같다. 무엇 때문인지 모르지만, 어깨가 처지고 얼굴이 더 핼쑥하게 보였다. 두 눈은 갈맷빛 바다처럼 깊고, 반듯한 이마에 그늘이 드리워졌으며, 입은 아예 테이프로 붙여 버렸다. 자신이 잔디의 잡풀들을 뽑고 있어도 눈길 한번 없이 밖으로 나가거나 이층으로 올라가 버린다. 주위에 아주 무관심한 얼굴이다.

언젠가 꽃 핀 군자 화분을 들고 찾아왔던 예쁜 아가씨도 근래 집에 오는 걸 못 봤다. 하기야 만나도 밖에서 만나겠지. 그는 귀엽기 짝이 없는 은하를 봐도 정말 본 체 만 체다. 이층 남자는 처음에 은하가 밤에 많이 울어선지 데면데면했다. 그러다 은하가 유모차를 타고 있거나 보행기를 타고 잔디 마당을 돌아다니면 신기한 듯 잠시 시선을 주곤 했는데, 요즘은 인색하게 외면하고 지나간다.

은하는 아직도 할머니나 이모들 외엔 낯을 가린다. 낯선 얼굴만 보면 우는데, 물론 이층 남자를 봐도 쭈뼛쭈뼛 울어 버려 미안해진다. 은하의 잠투정은 이제 많이 나아졌다. 밤을 새우던 울음도 이젠 그쳤다. 아직도 자다가 선잠을 깨서는 성질대로 긴 울음을 울 때도 있지만, 대체로 잘 먹고 잘 자고 잘 노는 예쁜이가 되었다. 엄마는 청도에서 자주 올라와 은하를 돌보았다.

큰언니 지숙이 또 화가 나 있다. 지지난해 돌아가신 아버지 명의의 2천 평 전답이 전부 오빠 앞으로 상속되었기에, 남은 땅, 엄마

명의로 된 찬샘 논 3마지기는 딸들 몫이라고 엄마만 보면 조른다. 큰딸이 암만 그래도 엄마는 쉬이 승낙을 않는다.

"니들 오라비 위로 천연두와 돌림병에 아들 둘이나 잃었다. 내가 큰아이 머리에 열만 조금 올라도 벌벌 떨고 간이 쿵 떨어지더라. 그 자식 다섯 살 먹을 적까지 잠 안 자고 머리맡에 앉아 장등으로 지켜낸 자식이니라."

장남이고 외아들이라 아래로 줄줄이 난 딸들하고는 천양지차로 가슴에 품고 키운 귀한 아들임을 언제나 내세운다. 며느리가 싹싹하지 못하고 입으로 아들을 머슴같이 부려먹어도 어쩌랴. 뒤늦게 힘든 농사일하는 아들이 안쓰러울 뿐이다.

"요즘 세상에 엄마처럼 그렇게 아들딸 차별하는 사람도 드물어. 오빠는 대추밭 팔아 하우스 밑천하고 아버지가 남긴 문전옥답 2천 평 다 가져갔으니 찬샘 논은 우리 주어야 마땅하지. 옛날에 오빠는 공부만 시키고 방학 때 집에 와도 아들 아까워 언제 농사일 시켰수? 줄줄이 딸이라고 딸들만 들일 밭일 다 시키고선. 인삼 넣은 삼계탕도 아버지와 오빠만 먹고, 딸들은 국물만 병아리 눈물만치 얻어먹었지. 난 겨우 중학교 나와 새빠지게 농사일만 거들다 시집갔지 뭐."

"찬샘 논 그거 얼마 된다구, 셋이 가르면 몇 평씩이나 돌아온다고 난리를 치누?"

"엄마, 몇 평 되고 안 되고가 문제유? 우리도 자식이다 이거지. 니들은 아니냐?"

큰언니의 아킬레스건이다. 공부도 안 시켜 주고 도회지로 돈벌이도 못 나가게 붙잡아 두고 농사일만 죽도록 시킨 것이 언제나 큰언니를 화나게 하는 원인이다.

큰언니는 2남 1녀 자식들에겐 너무도 헌신하는 엄마이다. 공부에 한이 져서 아들딸 차별 없이 학교 보내며, 자신이 못다한 학업의 아쉬움을 자식들에게 물려주지 않으려고 돈 버는 일은 어떤 일도 마다하지 않는다. 대학생과 고등학생, 중학생 이렇게 줄줄이 있다 보니, 숨 돌릴 여유가 없어 보인다. 애들에게 세상없이 잘해주고 싶은데 그게 맘대로 되지 않으니, 짜증은 만만하니 친정엄마와 동생들에게 쏟아진다. 근래 와서 엄마만 보면 찬샘 논을 들먹여 지연의 귀에도 딱지가 앉을 정도이다. 엄마가 찬샘 논마저 오빠에게 준다면, 큰언니는 아마도 엄마와 모녀지간 연을 끊을 태세다.

언니는 작은 슈퍼도 했다. 처음에는 쏠쏠하니 재미를 보았는데, 새로 생긴 대형 마트 때문에 세도 안 나와 가게를 접었다. 그러나 작은 기업체에 다니는 형부의 봉급으로는 그 식구 살기가 어렵다는 것이 뻔하다. 옛날에는 동네에서 계주도 했다. 언니는 직장에 다니는 게 아니고, 선거 때면 메뚜기도 한철이라고 후보 연설 유세에 피켓 들고 박수부대로 따라 다니고, 계절 따라 시골에 매실 따러 가고 양파 캐러 갔다. 가을이면 단감 따는 일꾼으로 친구들과 어울려 봉고차를 타고 멀리까지 가기도 하며 제주까지 밀감 따는 일을 가기도 했다. 간혹 중매를 놓아 중매비도 톡톡히 받는다.

"네 옷 정리 언제 하냐? 목 빠지겠다."

옷은 언제나 지연에게서 얻어갔다. 자매가 비슷한 체형이기에 유행이 좀 지난 옷이거나 몇 번 안 입는 옷, 눈에 들어 샀는데도 잘 안 입는 옷들과 괜찮은 옷들을 같이 줄 때가 많았다.

지숙은 계절이 바뀌면 언제나 지연이 옷 정리하기를 기다렸다. 지연이 직장을 다니느라 어쩔 수 없이 산 옷들인데도, 쟤는 돈이 남아돌아 옷들을 쟁여 놓고도 새로 산다고 입을 삐죽인다. 가져갈 옷이 없으면 오나가나 저 몸뚱이 하나뿐인데, 쌔가 빠지게 벌어서 옷도 안 사 입고 뭘 거냐면 구시렁거렸다. 지연이 잘 안 드는 핸드백이나 가방, 화장품도 다 가져갔다. 지연으로서는 별로 사용하지도 않고, 그래도 버리긴 아까운 괜찮은 물건들은 모아 두었다가 심통스런 잔소리를 들으면서도 큰언니를 주었다. 선물 받은 비누나 치약, 수건, 그릇들도 핏줄이라 그런지 줘도 아깝지 않았다.

작은언니 지애는 성질이 느긋하여 안달복달하는 게 없다. 손에 쥐어주면 가져가고 안 주면 그만이다. 아이들 학원도 애들이 가고 싶어 엄마를 귀찮게 졸라 대면 보내주고, 아니면 그만이란다. 지애 말로는 반에서 1등 하는 애도 있고 꼴등 하는 애도 있다고 하여 폭소를 짓게 했다.

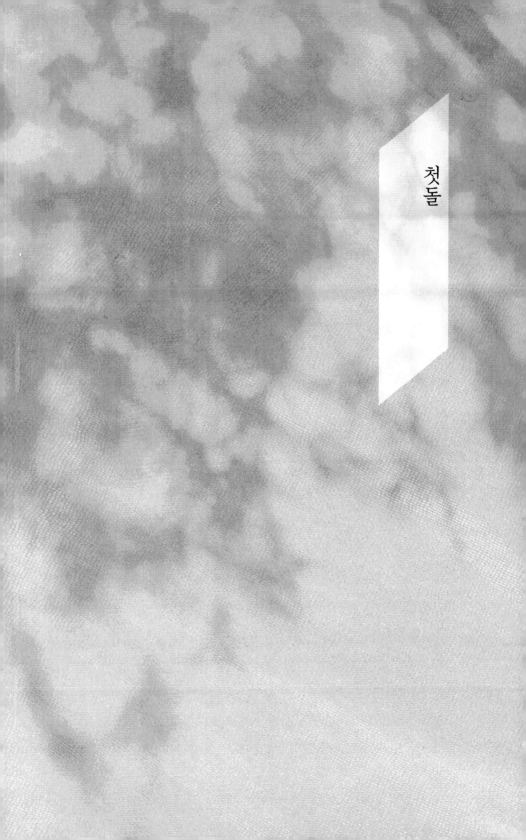

첫돌

아침나절 성재가 인터넷 서핑으로 자료를 찾고 있는데 벨이 울렸다. 은하 엄마였다. 미장원을 다녀왔는지 올림머리를 하고 화장도 화사하게 하여 아름답게 보였다. 자주색 원피스를 입은 그녀가 열린 문틈으로 이른 봄바람을 데리고 왔다.

"조 선생, 바빠요?"

은하 엄마는 그때 통성명한 후부터 마땅한 호칭이 없는지 그를 조 선생이라 불렀다. 그는 대체로 은하 엄마라는 이름을 붙이지 않고 그냥 말했다.

"아, 아니요."

"저기, 오늘이 우리 은하 첫돌이거든요. 여기 돌떡 조금 갖고 왔어요. 혹 시내 나올 일 있으면 저녁에 놀러 오세요. 안 오셔도 돼요. 부담 갖지 마시고."

그녀는 행복한 웃음이 묻어나는 얼굴에 약간 상기된 표정이었다. 그녀가 두고 간 소반에는 무지개떡과 수수경단, 수육과 쌈장, 그리고 한과가 세 개의 장미꽃 접시에 소담스레 담겨 있었다. 은하 사진이 붙은 초대장도 있었다. 사진의 아이는 실제 은하보다 커 보이고, 예쁜 모자까지 쓰고 한껏 멋을 부리고 있어 픽 웃음이 났다.

은하는 요즘도 그만 보면 울었다. 은하는 그를 안 보려고 고개를 획 돌렸다가 다시 살그머니 쳐다보곤 와아, 하고 운다. 그 조그만 얼굴에 눈물을 뚝뚝 흘리며 울어서 매번 그를 난처하게 했다. 울보가 낯가림까지 심하다. 그럴 때마다 지연이 미안해했다.

벌써 그 울보의 첫돌인가. 망설여졌다. 오후에 시내 나갈 일은 있지만, 은하네 외엔 아는 사람 없는 낯선 돌잔치에 가기가 맘이 내키지 않았다. 어쩐다? 지난 겨울 첫딸 돌잔치를 한 박정태에게 전화했다.

"한집에 사니 웬만하면 가는 게 좋지. 안 가도 그뿐이지만. 그러나 돌떡 그냥 안 먹는다."

정말 부담스러웠다. 집에서 노는 줄 뻔히 알면서 안 나와도 된다니, 그로선 지연의 마음을 이해해 보려는 것 자체가 신경 쓰이고 귀찮게 느껴졌다.

뭘 한다… 그림책을 사줘? 장난감을 사줘? 내가 애들 물건을 봤어야 알지.

고민하던 그는 결국 돌떡 담아온 소반에 흰 봉투 하나를 얹었다. 그러나 그날 은하 돌잔치에 가지 않은 그 일은 나중에 그가 두고두고 후회하는 또 하나의 일이 되고 말았다.

성재는 오늘 우연히 정서 아버지를 만났다. 고속도로에서 추돌로 중상에 가까운 교통사고를 당하여 입원한 대학 동기 병문안을 간 날이다. 다행히 그간 상태가 많이 좋아진 친구의 억울한 넋두리도 들어주면서 머물다가, 환자들 저녁 식사가 들어오는 바람에 병실을 나왔다. 병원 주차장으로 걸음을 옮기는데 낯익은 얼굴이 보였다. 정서 아버지였다. 정서 아버지는 눈에 띄게 초라해져 있었다. 모른 척 그냥 가려다 병원 로비로 들어가려는 정서 아버지 앞으로 걸음을 빨리하여 가서 인사를 했다. 노인은 화들짝 놀라 뒷걸음치며 손까지 내저었다.

"자네가, 자네가 여기에 어떻게?"

굵고 억센 주름이 노인의 얼굴을 그득히 덮고 있었다. 입고 있는 밤색 잠바도 회색 바지도 초라했다. 정서 아버지는 그새 폭삭 늙어 버렸다. 이마와 광대뼈, 눈 아래에 검버섯이 그득 피었고, 조금 붙어 있던 뒤통수의 머리도 다 빠져 완전 대머리가 되었다. 정서. 가슴에 체증처럼 얹혀 있는 정서 소식을 조금이라도 알고 싶었다. 병원 부근의 식당에 들어가 앉자마자 노인은 욕을 하기 시작했다.

"옛말 틀린 게 하나 없지라. 머리 검은 짐승은 거두는 게 아니라고 했는디, 정서 고 가이내가 내 가슴에 칼을 꽂고 도망간기라. 이보슈 젊은이, 내가 전에 결혼하라고 재촉할 적에 내 말대로 후딱 식 올리시믄 이런 사단이 안 났제. 꾸물꾸물 미루더니 좋을 끼 뭐여. 그 가이내가 미국 아니라 어디를 가도 바로 몬 살고 죗값 받을 거여!"

노인이 무슨 저런 말을…. 아무리 집 나간 자식이 밉기로 자신을 보자마자 이런 악담을 퍼붓다니. 그리고 머리 검은 짐승이라니. 말이 어째 이상하다.

"정서 아버님, 정서한테 전화는 자주 오나요?"

"전화는 무슨 얼어 죽을. 그 가이내가 우리한테 소식 전하믄 사람이게. 등신 여편네는 그래도 딸년이라고 감싸고 있지만, 나가 완전 눈이 뒤집혔제. 여기 있었으믄 지가 죽든 내가 죽든 하모 사단 났지라. 대학도 안 시키고 그년 버르장머리를 일찍 때려잡아 뿌려야 했는디, 혹 그쪽에 그년이 돈 앗아가지 않은 기여?"

"아, 아니요. 정서 미국 간 줄도 몰랐습니다."

"몰랐다고. 거짓부렁하구마. 나가 고런 흰소린 귀에 들어오도 않더라고잉."

그는 얼떨결에 아니라고 했지만, 노인의 억지에 비위가 상했다. 불판에 삼겹살이 올려졌다. 그는 부지런히 고기를 구웠다. 노인은 연신 정서 욕을 하면서 물 마시듯 소주잔을 비우고, 몇 달 만에 고기를 맛본 듯 덥석덥석 덜 구워진 고기도 입에 넣었다.

"가이내가 내 얼굴에 침 뱉는 이 짓거리만 안 저질렀으믄 나가 눈감을 때까지 입 꾹 다물었제. 정서 고 가이내 쓰레기장에서 울고 있는 거지새끼를 주워와 애지중지 키운 기라. 우리한테 자슥도 안 나고 하여 여편네가 죽자 살자 끼고 살았제. 나이를 물으게 손가락 네 개를 폈다 다섯 개를 폈다 하데. 어쨌거나 그래도 자슥 새끼라고 여편네가 끔찍하게 키웠는데, 고 가이내가 항시 지 생각을 먼저 하더랑게. 또 버려질까 봐 겁이 나서 그런지 먹을 것도 챙겨 두고, 어릴 때 누가 돈 한 푼을 쥐어 주면 절대로 안 내놓고 꽁꽁 숨카 두더라고. 회사 댕긴다고 떠벌려도 겨우 지 밥값 내었제. 우리야 저 시집보낼 행펜이 아닌께 저라도 알뜰히 모아 시집갈 추선 하면 고맙다 생각했제. 지 어미가 뜨신 밥 해먹여 가며 이제껏 키운 가이내가 공덕도 없이 우리한테 말 한 자리 없이 달아났다 말이여. 기가 차서, 사람 새끼가 아니지. 인간이 불쌍해서 거두었더니 우리가 독사 새끼를 키운 기라. 고 영악한 가이내가 나가 미치는 꼴 볼라꼬 그라제. 분통이 터져 진즉 죽는 줄 알았는데, 생목숨 간대로 안 끊어지더라고."

침방울을 튀기며 딸에게 저주를 퍼붓는 노인의 눈빛이 증오로 번들거렸다. 섬뜩했다.

"죽은 자슥 고추 만진다고, 은자 아무 쓰잘데기없는 말이지만, 내가 젊은이 병난 것 알고도 가이내보고 결혼하라고 했지라잉. 몇 번 만나 보니 젊은이가 사람이 좋고 위아래 알아보고 처부모도 섬 길 사람이라고 생각했으께. 요새야 약이 좋아선지 병도 잘 낫드랑 게. 그라고 암 걸렸다고 금방 죽는 것도 아니고. 나가 결혼하라고 하자 이 가이내가 뭐라고 한 줄 아남. 몇 년 못 살 암쟁이한테 저 보내서 생과부 만들고 싶냐고 대들었제. 내가 안 할 말로, 그 사람 한테는 재산이라도 있지 않냐 했더니, 지 년 팔아서 우리 호강시켜 주기 싫다고 아주 지랄발광을 하데. 나쁜 년, 우리 처지에 대학까 지 가르쳤더니 호강은커녕 요렇게 늙은 부모 빌어먹으라고 날랐으 니 내가 욕만 나올까. 내 손에 잡히면 모가지를 비틀어 죽일 년!"

대학 생활 때 아르바이트를 뛰던 정서가 떠올랐다. 중간시험, 기 말시험이며 친구들 노트를 빌려보며 시간에 쫓겨 대학 도서관에서 밤을 새우던 정서, 진 바지 청 셔츠 하나로 봄을 보내던 정서, 직장 생활을 하면서도 변변한 옷 한 벌 선뜻 못 사던 정서였다. 그러기 에 성재는 데이트 비용이며 그녀에게 옷 선물을 더러 했는지 모른 다.

그러나 정서는 구김살이 없었다. 생활을 불평하지 않았고, 어려 운 가정사 얘기는 일절 말하지 않았다. 자신이 입양된 사실도 눈 곱만치도 비치지 않았다. 언제나 햇살처럼 밝은 정서였는데, 어떻 게 그런 밝은 표정을 지었을까? 그의 머리는 뒤죽박죽이 되었다.

자작으로 소주를 몇 병이나 비우고 깻잎에 파, 마늘, 삼겹살을 얹 어 볼이 미어지게 입에 넣는 노인을 물끄러미 바라보았다. 빠진 이빨도 몇 개나 보였다. 노인은 귀가 절벽인 여편네가 무릎 연골이 다 닳아 걸음을 걸을 수 없는 지경이라, 집구석에 돈이 없어 다리 한쪽만 인공관절 수술을 받아 그 병원에 입원해 있다고 푸념하면서 은근히 그의 눈치를 살폈다. 그러나 조성재는 모른 척했다. 그가 회사도 관두고 멀리 이사까지 했기에 연락하여 귀찮게 하고 싶어도 못 했으리라. 딸에게 모진 악담을 퍼붓는 노인이 바퀴벌레처럼 징그러웠다.

뭐라고? 독사 새끼를 키웠다고?

앞에 앉은 늙은이가 이빨 빠진 하이에나 같았다.

그는 그날 노인을 보내고 병원 원무과에 들러 정서 어머니의 입원 수술비를 카드로 처리하고 집으로 돌아왔다. 전에 몇 번 만날 때마다 정서 어머니는 정서에게 너무도 사랑스러운 눈길을 보내지 않았던가. 딸에게 고기반찬도 올려 주며 예뻐했다. 지난날을 돌이켜보니 정서는 언제나 엄마만 알뜰히 챙겼다. 친 모녀가 아니라고는 생각지 못했다.

몇 년 못 살 암쟁이라고. 틀린 말은 아니지. 그런데도 귓전을 맴도는 그 말이 내내 거슬렸다. 노인의 말을 곧이곧대로 다 믿을 수도 없지만, 말없이 가출한 정서에게 좋은 말이 나올 리 없지 않은가.

정서가 쓰레기장에서 주워온 아이라고? 아, 정서가 고아였던가. 혹 잃어버린 미아는 아니던가? 불쌍한 정서. 세상천지 누구에게도 말 못 하고 얼마나 외로웠을까. 겨우 너덧 살에 고아로 버려진 정서가 너무 불쌍하여 가슴이 미어졌다. 가끔 정서의 얼굴에 드리워지던 그늘과 우울한 모습들이 그런 아픔이었을까? 갑자기 정서가 보고 싶다. 못 견디게 정서가 보고 싶다. 정서야, 그간 얼마나 힘들었니? 나만 네게서 위로받으려 했구나. 미안해!

집으로 돌아오는 차에서 성재는 슈베르트의 〈겨울 나그네〉 중의 '보리수'를 켰다. 정서가 즐겨 듣던 '보리수'이다. 그는 오늘따라 곰곰이 '보리수' 가사를 음미하기 시작했다.

성문 밖 우물곁에 서 있는 보리수

나는 그 그늘 아래 단꿈을 꾸었네

가지에 희망의 말 새기어 놓고서

기쁘나 슬플 때나 찾아온 나무 밑

오늘 밤도 지났네 보리수 곁으로

캄캄한 어둠속에 눈감아 보았네

가지는 흔들려서 말하는 것같이

그대여, 여기 와서 안식을 찾아라.

마지막 가랑잎까지 다 떨궈 나목처럼 황량하게 빈 가슴, 무료해진 그의 시야에 누군가가 들어왔다. 은하다. 돌 지난 꼬맹이 은하는 요즘 잘 노는 편이다. 울기 시작하면 끝이 없던 기승스런 울음도 뜸하다. 은하는 마당의 돗자리에서 할머니와 잼잼도 잘 한다. 할머니가 쪼막쪼막, 하며 재빨리 두 손을 쫙 펴들고 잼잼을 준비한다. 은하의 노는 모양이 신기하고 재미있어 이층 테라스에서 곧잘 내려다봤다. 마치 인형 같던 갓난아기가 언제 저리 컸지? 볼수록 신기했다. 까르르 웃으면 조그맣게 올라오는 하얀 떡니가 보인다. 발그레한 두 볼이 앙징스레 예쁘다.

쪼막쪼막 쪼막쪼막
잼잼 잼잼
짝짜꿍 짝자꿍 짝짜꿍
도리도리 도리도리

은하는 작은 두 손을 치켜들고 손가락을 폈다 오므렸다, 폈다 오므렸다 반복한다. 다음에는 연달아 주먹을 쥔다. 그 다음엔 손뼉을 짝짝 마주친다. 끝으로 도리도리는 고개를 사정없이 좌우로 흔드는데, 너무 흔들다 옆으로 쿵 넘어지기도 했다. 은하는 엄마와도 이 놀이를 잘했다.

아침바람 찬 바람에 울고 가는 저 기러기
우리 선생 가실 적에 엽서 한 장 써주세요
한 장 말고 두 장이요, 두 장 말고 석 장이요
꾸리꾸리 꾸리꾸리 가위 바위 보
꾸리꾸리 꾸리꾸리 가위 바위 보

은하는 유독 이 유희를 좋아하는 것 같다. "울고 가는 저 기러기" 할 적에는 조그만 손으로 두 눈의 눈물을 닦는 척하며, 엽서를 쓸 때는 안 보이게 돌아앉아 왼손바닥에 오른손가락으로 열심히 뭔가를 적는다. 은하가 제일 좋아하는 구절은 "꾸리꾸리"이다. 두 주먹을 쥐고 양 손목을 바깥으로 열심히 돌려 가위 바위 보를 내는데, 은하는 언제나 가위를 먼저 냈다. 눈동자를 반짝이며 가위 바위 보를 신중하게 내며, 승부욕이 발동하여 이기려고 애쓴다. 가위로 할머니가 낸 보를 잡으면 신이 나서 손뼉을 친다. 그리고는 손가락 한 개를 할머니 목 뒤에 살짝 찌르고는, 손을 쫙 펴서 어느 것인지 맞춰 보라고 한다. 일부러 모르는 척 딴 손가락을 짚으면 까르르 넘어간다. 일전에 그가 지나가니까 지연이 말했다.

"이거 어쩌나, 할머니가 은하한테 옛날 경상도 버전으로 유아교육 다 시켜 놓았어요."

은하가 돌 밥을 먹었다고 걸음마를 떼었다. 지연이 상체를 엎드려 은하의 두 손을 잡고 뒤로 한 발 한 발 옮기면, 은하도 오른발 한번 왼발 한번 내디디며 따라갔다. 그러다 엄마가 손을 놓으면 아이는 두 발도 떼지 못하고 그 자리에 털썩 주저앉았다.

"우리 은하 걸음마 하자!"

엄마가 아이를 안아 일으킨다. 다시 또 손과 손을 맞잡고 걸음마를 한다. 손바닥 한 뼘 정도 되는 짧은 다리로 뒤뚱뒤뚱 걷는 은하에게 눈길이 멈춘다. 벌써 걸음마?

"우리 아가씨 걸음마 연습합니다. 하안 발, 두우 발, 세에 발, 네에 발, 다아섯, 여어섯. 우리 아가씨 참 잘 걸어요. 대단하십니다."

포근한 날씨에 바람이 지나다 머무르고 구경한다. 외출하려고 내려오던 성재가 마당에서 걸음 연습하는 은하를 본다. 계단을 거의 다 내려왔을 때, 지연이 손을 떼자 아이가 한 발 옮기려다 균형을 못 잡고 벌러덩 옆으로 넘어졌다. 또 으앙, 하고 운다. 구경꾼이 웃음을 참고 지나가려 하자, 지연이 재빨리 은하를 안아 일으키며 자랑을 한다.

"조 선생, 우리 은하 엊저녁에 네 발짝 걸었어요. 네 발짝, 대단하죠?"

"예? 아, 예."

그의 대답이 신통치 않은지 지연은

"내 말 안 믿어지죠? 하기야 애 키우는 엄마는 하루에 열두 번도 더 거짓말한다던데. 그게 나만 볼 때 아이가 재주를 보이니 그럴 밖에요. 은하야, 어제 잘 걸었지, 그치?"

은하는 아기일 때는 없던 쌍꺼풀이 신기하게 생겼다. 젖살인지 통통하던 아기가 키가 자라면서 살이 빠지고, 뚜렷한 쌍꺼풀이 아주 예쁘게 올라붙었다. 은하가 엄마를 올려다보며 고개를 끄떡끄떡한다. 그리고는 엄마 눈길 따라 그를 빤히 올려다보며 새까만 눈동자를 껌뻑한다. 뽀얀 볼살이 앙증스레 귀엽다. 애들은 정말 하루가 다르게 자라는 걸까. 이빨도 났다. 석류 알보다 작은 하얀 이빨이 아이가 까르르 웃을 때면 보석처럼 빤짝였다.

"이젠 우리 은하가 조 선생 봐도 안 우네. 아유, 착해라."

지연이 은하를 안으며 활짝 웃었다. 그는 잠깐 걸음을 멈추고 한 마디 했다.

"예, 이젠 은하가 울지도 않고 걸음도 잘 걷는데요."

은하가 이젠 걸음을 제법 잘 걷는다. 나날이 발전에 발전이다. 엄마 손 잡고 잔디 마당도 돌고, 대문 밖 길에까지 아장아장 걸어 나간다. 가게에 갈 때 지연이 유모차에 태우려 하면, 안 타려고 유모차를 그 작은 손으로 밀어내고 업어주려 해도 업히지 않는다. 넘어질까 잡아주면 기어이 손을 뺀다. 은하 고집이 보통 아니다.

"은하야, 엄마 손 잡아야지. 넘어져 다치면 어떡하니? 애가 고집은."

테라스에서 내려다보는 아랫집 풍경이 재미있다. 그는 요즘 테라스에 비치 파라솔을 하나 세우고 야외 의자를 내어 탁자에서 차를 마시며 신문이나 책을 본다. 정서가 떠나간 공허한 가슴은 시간이 흐르자 거친 흙을 물에 개어 돌담에 툭툭 바른 듯 조금씩 무뎌져 갔다. 어머니 아버지도 가셨는데 정서가 떠나지 못하랴. 정서는 그곳에서 자유로운 영혼이 되었겠지.

나는 또다시 혼자이다. 망망대해에 혼자이고 모래바람 부는 사막에서도 혼자이다. 이러한 외로움 또한 내가 짊어지고 가야 할 숙명이란 말인가. 어머니! 근래 와서 자신도 모르게 자주 어머니를 불러본다. 어머니를 찾으면 가슴을 적시는 따스함과 편안함이 찾아온다. 희부연 새벽이면 토악질보다 심한 그리움이 밀려왔다.

요즘은 친구들이 불러내 자주 나갔다. 시청 공무원인 박정태, 대기업에 다니는 이규식과 잘 만나는 사이다. 고교 동창이라 언제라도 편안한 사이다. 친구들은 정서를 두고 그까짓 계집애 잊어버리라고 잘라 말했다. 싹수가 노랗다고들 했다. 그는 친구들에게 정서가 입양아라는 사실도, 오천만 원 차용 건도 말하지 않았다. 아직도 정서 말만 나오면 거친 흙으로 툭툭 덮어 버린 가슴이 쩍쩍 갈라지고, 아물지 못한 상처에 칙칙한 비가 때린다. 얼마나 시간이 흘러야 그 이름을 들어도 무덤덤해질까. 정서와 보낸 밤이 생각나면 수음을 했다. 허전하고 우울한 시간이 흘렀다. 가끔 짙은 안개에 가려 앞이 보이지 않는 길 위에서 헤매고 있는 자기 자신을 발견하곤 했다.

은하가 보였다. 갓난쟁이 때 기승 서러운 울음으로 한밤을 지새우게 하여 익히 짐작하고 있었지만, 꼬마의 고집이 여간 아니다. 엄마가 양보한다. 첫돌은 지났지만 아직 어린 아기인데, 인간으로서의 모든 지능이 다 있는 것 같아 신기할 따름이다. 고집도 있고 아집도 있고, 생각하고, 제 맘대로 안 되면 울고 떼쓰고, 기쁨도 놀람도 그대로 표현한다. 신체적으로 눈 코 입, 열 손가락, 머리카락 등이 인형같이 작아도 완벽한 하나의 인격체로 독립된 한 인간이다. 하나의 소우주이자 대우주이다.

언젠가 읽은 시어처럼 자주 보니 예쁘다고, 은하를 자주 보니 예쁘고 귀엽다는 마음이 들었다. 누구를 닮았나? 은하의 쌍꺼풀 진 두 눈과 입술은 지연을 닮은 것 같다. 은하의 도톰한 저 하얀 이마는 언뜻 돌아가신 어머니를 연상케 했다. 어머니는 미인이셨지. 콧등은 서고, 콧잔등이 죽은 저 얄미운 코는? 은하 엄마는 특히 코가 오뚝한데, 그럼 그녀는 성형한 코인가? 번쩍 의심이 들었다. 은하의 얼굴은 정말 달걀처럼 갸름하다. 하관이 조금 사각인 제 엄마 턱을 닮지 않았다. 하지만 기어코 제 맘대로 하는 은하의 고집은 제 엄마를 닮았나.

한번도 어린애를 가까이서 본 적이 없는 그였기에 은하의 자라는 모습은 볼수록 신기했다. 은하를 보면 자신도 저런 행복한 유아 시기가 있었을 텐데, 도무지 생각이 안 났다.

그의 이름은 은하에게 아찌가 되어 버렸다. 지연이 이층 아저씨로 불렀기 때문이다. 그러나 은하는 아직도 낯을 가렸다. 전처럼 울지는 않지만, 얼굴을 돌려 외면했다. 은하는 엄마 친구들이 찾아와 놀다 가면, 대문까지 나가 앙증스레 배꼽 인사를 곧잘 하여 다들 웃음보를 만들곤 했다. 마당에서 지연이 훌라후프를 돌리면, 저도 따라 장난감 훌라후프를 허리에 걸고 작은 궁둥이를 실룩샐룩하다 훌라후프랑 홀랑 넘어지기 예사다. 엄마 쫄쫄이다. 엄마가 하면 뭐든지 따라했다. 기차놀이도 하고 달리기도 하고 율동도 곧잘 따라했다. 그는 은하의 작은 몸짓에 시름을 잊으며 점점 눈을 떼지 못하는 자기 자신을 발견하고 소스라치게 놀라기도 했다.

전에 집에서 기르던 개가 생각났다. 아파트에 살 때 어머니가 기르던 영리한 스피치 로이를 이곳 주택으로 이사하면서 이웃에게 줘버렸다. 개털이 폐암 환자에게 좋을 게 없다는 친구들의 강력한 만류도 있었지만, 자신이 병원에 입원할 때마다 내내 혼자 지내야 하는 로이가 불쌍해서였다. 로이와의 추억이 되살아났다. 로이가 곁에 있으면 덜 쓸쓸했을 텐데. 정 떼기가 힘들어 이젠 반려동물 기를 마음이 없어졌다.

누가 현관문을 쾅쾅 두드렸다. 연이어 초인종도 울렸다. 아니, 누가 이 새벽에 찾는단 말인가. 시계를 보니 4시다. 그도 잠에서 깨어는 있었다. 잠옷 위에 가디건을 걸치고 현관으로 나갔다. 현관문을 여니 은하 할머니였다. 얼굴에 걱정스러운 표정이 가득하다.

"아이고, 신새벽인데 잠 깨워서 미안허요. 젊은 양반, 우리 아기가 많이 아파가지고설랑."

"할머니, 천천히 말씀해 보세요."

"급해서, 우리 딸이 조 선생한테 운전 좀 해달라카요. 병원이 너무 급해서. 새벽에 미안하지만도 옷 따숩게 챙겨 입고 빨리 좀 내려오마 허요. 은하가 너무 아파설랑."

"은하가요? 알겠습니다."

꼭두새벽에 귀찮은 일이지만 은하가 아프다니 걱정이 되었다. 다급한 은하 할머니 표정으로 봐서 애가 많이 아픈 모양이다. 그러고 보니 요즘 은하를 못 본 것 같았다. 간단히 세수만 하고 우유를 한 잔 마셨다. 목까지 오는 폴라티를 입고 검은색 스웨터를 걸치고 차 키를 쥐고 내려오니, 지연이 아이를 포대기에 싸안고 대문 앞에서 기다리고 있었다. 얼핏 봐도 부스스한 얼굴이다. 은하 할머니는 더 초조한 얼굴이다. 초여름 새벽 날씨가 제법 쌀쌀하다.

"조 선생, 이거."

지연이 키를 내밀었다.

"아니요, 내 차로 갑시다. 오세요."

"그래요. 엄마 너무 걱정하지 마시고 계세요. 입원시킬게요. 전화할게요."

"그래그래. 조심하고. 우리 아기 금방 나을 게다!"

차고의 승용차를 빼서 뒷좌석에 은하와 지연을 태웠다.

"감기 같아 가까운 소아과에 다녔는데, 낫는 듯하더니 어젯밤에 열이 38도나 오르고 애가 많이 아파요. 은하 태어난 병원에 가려고요."

아이가 계속 보챘다. 간간이 기침도 하고 숨을 할딱할딱한다. 지연은 애가 타서 어쩔 줄 몰라 쩔쩔맸다.

"은하야, 조금만 참아. 빨리 선생님께 갈 거야. 엄마가 잘못했어. 미안해, 정말 미안해, 은하야."

지연은 아이를 가슴에 보듬어 안고서 은하 등을 토닥이다 흔들다, 안았다 눕히기를 반복했다. 계속 징징대며 보채던 아이가 설핏 잠이 들었다.

"조 선생, 너무 미안해요. 새벽이라 누굴 부를 수도 없고, 애가 너무 아파 할머니한테 맡기고 운전할 수도 없고."

"……."

"요 며칠 아이가 감긴지 미열이 있었는데, 동네 소아과 다녀 나은 줄 알았어요. 방심했나 봐요. 애가 글쎄, 열이 너무 오르니 정신이 하나 없었어요."

지연의 목소리는 젖어 있었다.

"병원 가서 치료받으면 낫겠죠."

"얘가, 얘가 나한테 어떤 아이게요. 말 그대로 천신만고 끝에 간신히 붙잡은, 아니, 내게로 온 아이예요. 난 애한테 올인 했어요. 내 삶까지도."

언제나 씩씩하고 강하게만 보이던 여자였는데 울고 있다. 젖은 음성이 떨리기까지 했다. 시내엔 벌써 출근 차들이 밀리기 시작했다. 선잠에서 깨어난 아이는 목이 쉬어 제대로 울지도 못하고 보채기 시작했다. 나중엔 몸부림도 힘에 거워선지 아이가 축 늘어졌다. 놀란 그는 비상 라이트를 켜고 점차 밝아 오는 새벽길을 질주했다.

은하는 결국 입원했다. 높은 열과 탈수증에 목이 많이 붓고 폐렴 증상까지 있다고 했다. 지연은 폐렴이라는 말에 순간 비틀했다. 그도 깜짝 놀라고 말았다. 하필 폐렴 증상이라니. 귀여운 은하가. 한쪽 가슴이 찌릿했다.

지연은 은하를 보살피느라 정신이 없어서, 결국 입원 업무는 그가 도와줘야만 했다. 그가 산부인과 병원에 온 건 난생처음이다. 산부인과에 소아과도 있지만, 아기들이 이렇게 입원을 많이 하는가에 놀랐다. 하기야 어른만 아픈 게 아니지. 환자는 거의 임산부들이다.

그는 병원 바깥으로 나갔다. 10시가 넘어 배가 고팠다. 식사 시간만은 꼭 지키려는 것이 발병 이후 그의 원칙이다. 죽 가게를 찾아 녹두죽으로 식사를 했다. 지연의 식사가 맘에 걸려 포장 녹두죽 한 그릇을 사들고 병원으로 돌아왔다. 입원실에 가니 환자 옷으로 갈아입은 은하가 이마에 링거를 꽂은 채 잠들어 있었다. 아이나 아이 엄마나 머리가 마구 헝클어져 있는 게 눈에 띄었다. 지연이 반색했다.

"애가 이제 숨결이 좀 편안해졌어요. 열도 내리고요."

애를 태워 아주 해쓱해진 얼굴에 박꽃 같은 미소를 짓는 여자가 아름답다는 생각이 들었다. 이 아줌마 오늘 지옥과 천당을 갔다왔다 하시는군. 그가 죽이 든 백을 내밀자, 지연은 봉투 안을 들여

다보고는 가지런한 이빨을 드러내며 환히 웃었다.

"아유, 고마워라. 나는 우리 은하만 나으면 안 먹어도 배부를 거예요. 아무튼 인사는 다 드릴 수 없고, 이젠 가세요. 엄마한텐 전화 드렸어요. 노인네가 어찌나 걱정하시는지. 어서 가서 좀 쉬세요. 조 선생, 정말 미안하고 고마워요. 운전 조심하시고요."

가느다란 숨결을 내쉬며 자고 있는 은하를 보면서 정말 다행이다 싶었다. 아이는 간간 속울음을 내뱉기도 했다. 기다란 속눈썹이 아래 눈꺼풀을 덮고 있다. 꽃잎 같은 작은 입술이 핏기를 잃어 하얗다. 이마를 짚어 보니 열이 많이 내린 듯했다. 옆 침대 아기 환자 엄마의 시선을 느끼며 병실을 나섰다.

울보가 잘 자네. 열도 내리고.

이른 아침 난데없는 병원 길에 리듬이 깨져선지 전신이 찌뿌드드했으나, 오랜만에 좀 괜찮은 기분이 되었다.

그는 오늘 또 병원에 가고 있다. 은하가 입원한 병원에. 은하 할머니가 하도 사정하여 어쩔 수 없이 차로 모시고 가는 길이다. 은하 입원 사흘째다. 은하가 많이 나아지고 있다는 지연의 전화를 한번 받았다. 어쨌든 다행이다 싶었는데 은하 할머니가 사정했다. 손녀를 한번 봤으면 걱정 없겠노라고 하신다.

"글쎄, 나 혼자선 못 찾아가겠소. 우리 딸은 걱정하지 말고 집에 있으라지만, 내가 우째 마음이 편하겠소? 내 눈으로 손녀를 한번 봐야 걱정을 덜재."

음전한 은하 할머니가 날마다 손녀 걱정에 오죽하실까 싶어 병
원에 한번 모시다 드리기로 했다. 은하 할머니는 고마워하며, 반찬
통은 분홍 보자기에 싸고 옷가지는 쇼핑백에 따로 들었다.

"나도 그 병원 우리 애 따라 갔었다오. 입원을 몇 번이나 했었거
든. 은하 가질 때, 임신 중에, 또 낳을 때, 산후 조리도 그곳에서 하
고 나왔거든."

"예."

"그 병원 선생님은 우리 은하 생명의 은인인 거라. 우리 은하 주
셨으니, 우리 딸내미 평생 소원 풀었지. 새끼 하나 얻으려고 얼마
나 고생했는데. 돈도 많이 들었고. 지 속 하늘이나 알지 누가 다
알아 줄꼬."

은하 할머니는 자동차 뒷자리에 앉은 채 조용조용 얘기했다. 할
머니는 그에게 고마움의 표시를 한다는 게 그만 그가 모르는 딸의
사연을 흘리는 것 같았다.

"저기, 은하 아빠는 잘 안 보이던데요?"

"으응, 은하 아빠, 은하 아빠라."

은하 아빠란 소리에 할머니가 소스라치게 놀라는 기색이다. 그
는 은하 아빠를 집에서 한번도 본 적이 없기에 외국에 나가 있는
줄 알고 예사로 물은 거였다. 그런데 입을 꾹 다물고 있던 할머니
가 불편했던지 한참 만에 입을 열었다.

"사실은 말인데, 그거 시험관 아기, 우리 은하 그거 해서 겨우겨
우 붙들었지. 그것도 몇 번 만에야. 고생도 많이 하고 그거 어려운

거 말도 못 하지. 돈도 많이 들고. 우리 딸 사위하곤 벌써 갈라섰지. 쯧쯧, 내가 지금 무슨 말을 하누, 그 말은 못 들은 척하구려. 어쨌든 우리 딸은 은하 고거 얻고 사는 게 확 달라졌다니까. 나는 내 자식인 저가 중하고, 저는 어렵게 얻은 저 자식이 천금보다 중하여 그 좋은 직장도 던져 버렸지."

"은하 엄마가 좋은 직장 다녔군요."

"그쪽은 우리 딸 모르나 보네. 다들 잘 알던데. 그 왜 티브이에 온갖 물건 파는 데 있잖소. 거기에 마더스라든가 머더스라든가, 아니 황금손이랬지. 우리 딸이 물건 팔면 단번에 다 팔아 참말로 잘한다고 소문이 났어. 지금도 오라는 데 있어도, 은하 두 돌까지는 남에게 안 맡기고 지가 키우고 싶다네. 나이가 나이인지라 새끼가 얼마나 귀하게. 돈은 벌기도 많이 벌고 쓰기도 많이 썼지."

은하 엄마 김지연 씨가 유명한 홈쇼핑 호스트인 줄 정말 몰랐다. 그쪽엔 별 관심이 없었다.

"그렇군요. 전에는 바빠서 TV를 별로 못 봤어요. 은하 엄마 나이가 많아 보이진 않던데."

"우리 은하 서른일곱에 가져 작년에 낳았으니 장하지. 노산이라 걱정 많이 했제."

그녀의 나이가 많을 줄 짐작은 했다. 37세에 은하 가져서 작년에 은하 낳았으니, 지금은 39세가 되겠다. 자신보다 다섯 살 연상이다. 병원 주차장에 차를 넣고 은하 할머니와 입원실로 올라갔다. 은하는 얼굴에 화색이 돌았다. 언뜻 보기에도 많이 좋아 보였다.

"엄마, 조 선생한테 태워 달라 억지 부리셨네. 이번 주말쯤 퇴원

해서 집에 갈 것 같다니까. 전화로 일일이 보고드리고 있잖수."

"아이고, 내 새끼, 내 새끼, 어디 보자!"

딸의 타박엔 아랑곳없이 할머니는 은하를 덥석 끌어 품에 안고 볼을 비비며 눈물 짓는다. 은하도 "하미! 하미!" 하며 안겼다. 그러나 은하는 여전히 그는 보려고도 않았다.

"어머머, 참 눈물겨운 조손 상봉이네."

지연도 웃고, 그도 웃음이 났다. 만나서 기뻐하는 여인 삼대가 왠지 애잔하게 느껴졌다.

"조 선생, 너무 고맙고 미안해요. 엄마가 자꾸 졸랐죠. 옛날에 잠실 살 때는 엄마 혼자서도 버스 타고 잘 찾아오셨는데, 그쪽으로 이사하고부터 너무 멀어 혼자 올 엄두를 못 내서요. 며칠 후 퇴원할 것 같아요. 좀 전에 담당의 회진 있었는데 많이 좋아졌대요."

은하 병이 나아 그런지 지연은 화장기 없는 얼굴이지만 건강한 혈색이 좋아 보였다. 그는 은하 손을 한번 잡아 주고 나왔다. 아니 제대로 잡아 주지도 못했다. 은하가 움찔하며 손을 빼는 바람에. 그래도 전처럼 울지는 않으니 다행이다. 아이는 제 엄마 품에 얼굴을 묻고 있다가, 궁금한지 살그머니 얼굴을 들어 그를 쳐다보다 눈이 마주치자 깜짝 놀라 엄마 가슴에 재빨리 숨어 버렸다.

"어머나, 우리 은하가 조 선생하고 내외하나 보다. 이걸 어째!"

만남을 기뻐하는 그네들을 두고 그는 병실을 나왔다. 밖에서 은하 할머니를 기다릴 심산이었다. 대기실 복도에서 신문을 집어 소파에 앉아 신문을 뒤적였다. 주위엔 임산부와 아이 엄마 서너 명이 있었다. 시간은 10시 반을 넘었다. 가운을 입은 의사들이 병실 회진을 돌고 나오는 듯 저만치 엘리베이터 앞으로 갔다. 그도 한번 힐끗 예사로 보았는데, 누군가 앞을 막는 느낌이 있어 위를 쳐다보니 흰 가운 입은 사람이 서 있었다.

잠깐 막연히 바라보았다. 조용하고 낮은 목소리로 상대가 먼저 말했다.

"조성재 맞지?"

"아니, 이게 누구야?"

벌떡 일어나 상대가 내민 손을 잡고 악수를 했다.

"너 여기 웬일이야?"

"너는 여기 웬일로?"

"내 딸 사돈이 하고 있네. 혹 네 와이프?"

"아, 아니야. 그게 아니고 저기."

그는 자신도 모르게 손까지 젖어 가며 강하게 부인했다.

"야, 오랜만이다. 미국에서 돌아왔단 말은 바람결에 들은 것 같은데."

"겨우 바람결이냐? 지난번 동기회 갔었는데 너 빠졌더라."

"응, 일이 있어서. 야, 죽마고우도 아닌데 나를 다 찾고. 너 사람 다 됐네."

"흠, 그러게 말이다."

정인두. 고등학교 동창이다. 산부인과 개원의인 아버지의 뜻을 어기고 음대로 진학해서 학교 내 화제의 인물이 된 친구이다. 더욱이 대학 일 년 만에 자퇴하고 재수하여 다시 의대에 들어간 주인공이어서 더욱 유명해졌다. 의대 졸업하고 미국 갔다는 말은 친구들에게 퍼져 알고 있다. 정인두. 지금은 얼핏 봐도 젊은 의사로서의 당당함이 풍겼다. 훤칠한 키에 체격도 좋고 얼굴도 미남형이다.

"나 지금 회진 중인데 다음에 우리 한번 만나 밥 한번 먹자."

"그래, 그러지 뭐."

정인두는 그와 다시 한 번 악수를 하고는 엘리베이터로 내려갔다. 진짜 병원 많이 커졌네. 아, 생각이 났다. 고등학교 1학년 때 인두를 따라 친구들과 우르르 인두 아버지 병원에 몰려갔다. 인두 아버지는 아들 친구들을 반기면서, 실내에 있지 말고 옥상에 가서 놀라고 했다. 그래서 나무와 꽃이 잘 가꾸어진 휴게실 같은 병원 넓은 옥상에서 놀다 온 적이 있다. 그리고 인두 아버지가 중국집에서 먹고 싶은 것은 얼마든지 다 시켜 먹으라고 하여 자장면, 짬뽕, 탕수육, 잡채밥, 왕만두 등 한창 식욕이 왕성한 아이들이 정말 각자 입맛대로 시켜 배가 터지게 얻어먹은 기억이 새삼스레 났다. 그때는 3층 건물이었는데 지금은 부속 건물도 딸린 고층 대형 병원이 되었다. 잘나가는 아버지에 더 잘나가는 아들인 듯하다. 성재는 친구의 번창을 시기해서가 아니라, 언뜻 자신의 모습이 너무도 초라하게 느껴졌다. 한숨이 절로 나왔다.

바보, 넌 건강 하나도 지키지 못했지, 등신!

조성재가 정인두를 다시 만난 것도 그 병원에서다. 닷새 뒤, 은하 퇴원 날이다. 할머니가 은하 퇴원이 너무 기뻐 그에게 얘기했고, 그도 어쨌든 염려되던 꼬맹이의 퇴원이 반가워 지연에게 전화하여 데리러 가겠노라고 자청했다. 은하는 기력을 되찾아 잠시도 가만있지 않고 실내를 설치고 다녔다. 기침도 멎었다. 그러나 아직도 그에게 가까이는 오지 않고 주위를 빙빙 돌았다. 지연이 퇴원 수속하러 나가자, 아이는 설치지도 않고 침대에 앉아 있었다. 눈까지 착 내리깔고 꼼짝을 않았다. 침대 옆 보조 의자에 앉아 있는 그에겐 눈길도 주지 않았다. 옆자리 아이 엄마가 쿡쿡 웃었다.

"은하 기가 다 죽었네. 엄마 없으니 어머나, 아주 얌전이가 됐구면."

"은하야, 이젠 안 아파?"

그의 물음에 은하는 얼굴도 안 들고 고개만 *끄떡끄떡*했다.

"아찌가 은하 손 한번 잡아 볼까?"

여전히 얼굴을 숙인 은하가 머리를 좌우로 흔들었다. 싫어? 꼬맹이의 또렷한 의사 표현에 그냥 웃음이 났다. 요런 깍쟁이!

은하는 지연이 안고, 그는 퇴원 짐가방을 들었다. 엘리베이터를 타고 가서 병원 지하 주차장에 내리는데 정인두를 만났다. 인두는 어딜 다녀오는지 올라가려고 승강기 앞에 서 있었다. 지연이 반가이 인사한다. 그는 자신도 모르게 인두를 향해 눈을 껌뻑했다.

"어머, 선생님. 어디 다녀오시나 봐요. 우리 은하 퇴원합니다. 선생님 덕택이에요."

"아, 예. 급히 좀…. 은하 어디 보자."

말은 그리하면서 은하의 머리에 잠깐 손을 짚은 인두의 두 눈은 놀라는 표정이 역력하다.

"선생님, 같이 사는 분이세요."

"같이 사는 분?"

"예. 한집에 살아요. 저기 이 멋쟁이 선생님이 우리 은하 은인이

세요."

"아, 예."

그는 인두에게 목례를 하면서 껌뻑 눈인사를 보냈다. 인두는 여전히 의아한 표정을 감추지 못했다. 돌아오는 길에 지연이 깔깔 웃었다.

"그 선생님 놀라셨나 봐. 조 선생이 내 애인인 줄 아셨는지. 그러고 보니 내가 말을 잘못했네. 한집에 산다고 했으니. 기분 나빴어요?"

"아니, 뭐 별로."

성재는 지연의 물음에 건성으로 그렇게 대답했으나 아간 좀 난처하긴 했다. 자식, 내가 은하 엄마와 산다고는 설마 생각 않겠지. 놀라는 걸 보니, 네 멋대로 생각하든지 말든지.

정인두에게서 한번 만나자는 뜻밖의 전화를 받은 건 그로부터 두 달이 지나서다. 그가 잘 가는 술집인 듯하다. 웨이터는 맡아둔 양주를 정인두 앞에 냈다. 정인두는 양복 상의를 벗고 와이셔츠 소매도 걷어 올렸다. 웨이터는 그에게 석류 빛깔의 붉은 칵테일을 글라스에 따라 주었다. 실내에는 적당히 손님이 있었고, 적당히 밝지 않은 불빛이 흘렀다.

"야, 너는 술 마시고 나는 이게 뭐냐. 주스나 마시라고?"

"아냐, 특별 주문한 칵테일이야. 마셔 봐, 괜찮아."

정인두가 자신의 신상을 친구에게 전해 듣고 한 배려인 듯해서 더 말하지 않았다. 그보다 바쁜 정인두가 왜 단둘이 만나자는 건지 도무지 짐작할 수가 없어 신경이 쓰였다.

"너, 소아암 센터에 기부했더구나."

"넌 병원에 들어앉아서 그런 것까지 다 아냐. 마당발이네."

"어쩌다 알았어. 장하다! 몸은 좀 어때? 동창회서 얘기 들었다."

"다들 오지랖도 넓군. 괜찮아. 견딜 만해."

"병원은 정기적으로 잘 다니지?"

"그럼 별수 있냐. 항암치료 잘 다니고 있다."

"어머니 계셨으면 잘 돌봐 주실 텐데. 우리한테도 잘해 주셨는데."

"참 뚱딴지같은 소리 하고 있네."

조용한 침묵이 일순 흘렀다. 정인두가 정색을 하고 물었다.

"조성재, 너 지금도 은하네 하고 같이 사냐?"

"뭐? 생뚱맞게 그건 왜 물어?"

"나 그때 병원 지하 주차장에서 좀 놀랐어."

"그게 뭐가 놀랄 일인데?"

"후후. 부부인 줄 알고 놀랐다면? 그게 아니고 무슨 사이인 줄 몰라서."

"사이는 무슨 사이. 너 뭐 오해하는 건 아니겠지?"

"오해라… 글쎄."

"뭔 뜻이야? 나 아직 싱글이야."

"들었어. 그래서 놀랐지 뭐."

정인두는 무슨 생각에 골똘하면서 양주를 아주 천천히 음미하듯 마셨다. 그는 홀쩍 칵테일을 마셨다. 상큼한게 마시기 좋았다. 웨이터가 그의 앞에 연두색 키위 주스를 내려놓았다.

"너 항암치료 어디까지 받았어?"

"야, 넌 내 주치의도 아니면서 별걸 다 알려고 그래."

"그래, 맞아. 직업병이 도져서 그래."

성재는 문득 이 친구가 자신이 전신 방사선 치료라도 하여 앞으로 아버지가 될 기회를 잃게 되지 않았나 하고 혹 걱정하는 것이 아닐까 하는 생각이 얼핏 스쳤다. 그래도 그렇지.

정인두는 그와 고등학교 3년 내내 한 반에서 같이 지낸 막역한 친구이다. 그의 부모님이 사고 나기 전까진 친구들이 그의 집에 참 많이 들락거렸다. 집이 학교와 가깝기도 했지만, 친구들이 하굣길에 집에 와서 라면이나 간식 얻어먹는 건 다반사이고, 자고 가는 친구도 더러 있었다. 어머니는 외아들인 그에게 친구라도 많이 만들어 주려는 듯, 찾아오는 아들의 친구들을 정말 반겨 주었다. 아들 친구들이 어머니, 어머니 하면 그의 어머니는 너무 좋아하면서 푸짐한 음식들을 대접했다. 특히 지방에서 올라온 아들 친구들을 더 챙겨 주셨다.

그들은 격조했던 그간의 일들을 대강 나누었다. 정인두는 유학 시절이며 병원 신축 등을, 조성재는 여간해선 누구에게 잘 말을 않는 자신의 폐암 수술, 항암치료 등을 요약하여 설명했다. 정인두가 의사라서 그랬을까? 털어놓으니 속이 다 시원했다. 정인두는 그의 손을 잡으며

"혼자서 어려움이 많았겠구나. 성재야, 이건 단거리 경주가 아니고 장거리 마라톤 경주야. 끝까지 힘내!"

그렇게 끝난 줄 알았는데, 정인두로부터 다시 만나자는 연락이 왔다. 이 자식이 왜 또 보자는 거야? 이번엔 깔끔하게 잘 꾸며진 고급 한식집에서였다. 얼굴 보자는 말에 쉽게 대답은 했지만 불편한 느낌이 왔다. 전날에 만났을 때도 무언가 말을 할듯하다 하지 않았다. 정인두가 하려고 하는 말은 도대체 무슨 말일까? 그것도 단둘이. 정말 바쁜 친구가 왜? 저번에도 만나지 않았나. 왠지 불안한 마음이 든다. 오늘은 꼭 듣고 말리라. 정인두가 먼저 와 있었다.

"닥터가 얼굴이 너무 좋은데? 게으름 피우는 것 아니야?"

"이제 귀신이네. 그런데 너도 얼굴 너무 좋은 것 아냐? 그만 놀고 일 좀 하시지."

"받아주는 곳이 있어야 일을 하든지 말든지 하지."

"하하, 그 유명한 전설의 PB께서 가실 데가 없다니요. 재미 본 고객들이 줄 서 있다는 말도 들었거든. 헛말이 아니고 너 내 재무 좀 맡아줘라."

"돈 많이 버신 모양이네. 어쩌나, 난 웬만한 자금은 취급 안 하는데."

"너 정말 이러기야!"

"그러니까 바른 말 해. 나한테 무슨 할 말 있지?"

"……."

"저번에 만났을 때도 그랬고, 암튼 하기 어려운 말이라는 건 짐작하고 있어."

"……."

"왜, 내가 얼마 못 살고 곧 죽는단던?"

"무슨 그런 소리를. 난 그쪽은 잘 몰라. 우선 저녁이나 먹자. 나 배고프거든."

이 자식이 정말…! 쏘아보는 그의 시선에 아랑곳없이 인두는 정말 시장했는지 맛있게 식사를 시작했다. 성재는 별로 식욕이 당기지 않았다. 정인두가 선뜻 꺼내지 못하는 말이 도대체 무엇인지, 전화 받고부터 아무리 생각해도 짐작도 가지 않았다.

이 자식하고 엉킨 일도 없는데, 무슨 말이기에 이러는 거지? 왠지 찜찜하다. 혹 의사들끼리 연줄이 되어 정인두가 우연히 알아 버린 자신의 병, 폐암이 시한부인가 하는 불안까지 왔다.

정인두가 그를 보고 씩 웃었다.

"야, 너한테 돈 빌려달라고 그런다! 됐냐? 밥이나 먹자. 생선회가 맛있어. 광어회야."

성재는 어이가 없어 피식 웃었다. 한정식 상호 마크가 찍힌 하얀 사기그릇에 정갈한 요리들이 코스로 들어왔으나, 그의 입맛을 당기지 못했다. 검정 깨죽이 구수하여 몇 술 들었다.

식사가 끝나고 후식으로 수정과를 마시던 정인두가 무겁게 입을 열었다.

"조성재, 옛날에 우리 나인 그룹이 우리 아버지 병원에 몰려간 적 있었지?"

이 자식이 묵은 옛날 일은 새삼스레 왜 *끄집어내는* 걸까? 이제껏 싱글싱글 웃던 정인두의 얼굴이 어느새 굳어 있어 그도 긴장이 되었다. 순간 뭔가 알 수 없는 불안이 해일처럼 밀려왔다.

저 자식이 도대체 무슨 말을 하려고 내내 뜸을 들여?

"그때 우리 모두 뭣도 모르고 정자 기증했잖아."

뭐라고? 까맣게 잊고 있던 일이 순간 화들짝 생각난다. 그런데 왜 그 일을 끄집어내는 거야? 고교 3년 초. 어떻게 되어서 그렇게 됐는지는 잘 모르겠지만, 나인 멤버 중 한 명이 빠지고 여덟 명이서 정인두 아버지 병원에 우르르 몰려가 담당의 설명은 귓등으로 듣고 정자은행에 정자 기증을 했다. 물론 정인두도 똑같이 했다. 갑자기 당한 일이라 친구 두세 명은 정액 채취가 잘 안 되어 결국 야한 동영상까지 보고야 일을 치렀다. 동정이었던 그는 그때 뭐라고 할 수 없을 만치 수치스럽고 난감한 기분을 경험했다. 그리고 그들은 정인두 아버지가 준 자금으로 강원도 영월 래프팅 2박 3일 여행으로 그 찜찜했던 기억을 다 날려 보냈다. 그런데 지금 와서 이 자식이 왜 뒷골 때리게 그 일을 꺼내는지 의중을 모르겠다. 도대체 이 자식 정인두의 진의가 무엇인가?

"한 여인이 있었어. 슈퍼우먼이었지. 사랑으로 맺어진 부부인데 결혼 칠 년이 되도록 애가 없는 거야. 아이가 없는 결혼생활에 지친 나머지 부부는 결국 합의이혼을 했지. 그 후 그녀는 외로움을 견디다 못해 다시 사랑을 했지. 그러나 남자는 여자의 경제적 능력에만 의지하는 마마보이여서 헤어졌어. 결국 그 여인은 남자를 포기하고 시험관 아기에 매달렸지. 그녀는 꿈에서 매번 아기를 훔친다는 거야. 들켜서 아기도 뺏기고 차디찬 수갑을 차고 끌려가다 놀라서 깨어난다고. 이러다 정말로 자신도 모르게 그런 짓을 할까 봐 두려워 죽겠다고 했어. 그녀는 온전한 자기 아이를 원했어. 아빠 몫까지 다 하겠다고.

정신과 상담도 받았어. 여성들이 임신이 안 되는 것은 두 종류, 난임과 불임이 있는데, 그녀는 아기를 얻기 위해서 고통도 대가도 다 치렀지. 몇 번이나 실패하는 바람에 돈도 많이 들었고. 그때가 마지막 시술이었어. 실패하면 단념하고 입양을 생각하겠다고 했어. 그녀의 마지막 시험관 아기 시술, 내가 귀국 후 시술 두 번 만에 거둔 정말 꿈같은 성공이었어. 그것도 냉동 정자로. 그녀의 기뻐하는 모습은 눈물겨울 정도였지. 자궁에 태아가 성공적으로 착상되고부터 눕는 것, 걷는 것, 먹는 것, 얼마나 조심했는지 몰라. 그녀가 열 달을 조금 못 채운 날에 새 생명을 출산하기까지 말야. 다행히 산모도…."

"그만. 그런 긴 얘기를 왜 내게 하는데? 이상하네."

"……."

"듣다 보니 정말 이상해. 야, 정인두. 너 지금 뭔 개소리하고 있어?"

"흥분하지 말고 내 말 들어 봐."

"이 자식아! 내가 지금 흥분 안 하게 생겼냐?!"

성재의 목소리가 얼마나 높았던지 문이 열리고 직원이 들어왔다. 정인두가 차분하게 내보냈다. 그러나 그가 후다닥 정인두한테 달려드는 서슬에 상 위 그릇들이 엎어지고 깨졌다. 그는 정인두의 멱살을 움켜잡았다.

"이 새끼야, 뭔 개소리 지껄이고 있어?"

"조성재, 일단 나가자. 여기서 나가자."

"가긴 어딜 가! 그런 말 하는 의도가 뭐야? 당장 죽여 버린다! 무슨 말이야?"

그는 부르르 전신을 떨었다. 흙탕물, 아니, 똥물을 뒤집어쓴 기분이다.

"이 자식아! 다 다시 말해봐!"

시퍼렇게 노려보는 그의 시선을 피해 정인두가 먼저 나가 버렸다. 그는 벗어 둔 상의를 거머쥐고 허둥지둥 정인두를 쫓아 나갔다. 그 다음 정인두의 뒷덜미를 질질 끌어 자신의 차에 확 밀어 넣고는 문을 잠그고 덜덜 떨리는 마음을 안정시키려 애쓰며 가까운 한강공원으로 차를 몰았다. 정인두는 뒷자리에서 눈을 감고 꼼짝도 않았다. 사람들이 없는 곳을 찾았다. 인적이 드문 공원에는 어둠이 아주 짙게 깔려 있었다. 가로등 불빛만이 쓸쓸히 비친다. 그는 피가 머리끝까지 솟구쳐 이성을 잃을 지경이었다. 한강까지 차를 몰고 온 것도 기적이다.

"인마, 나한테 장난치고 있는 거지? 도대체 네 저의가 뭐냐? 말이 되는 소리를 해야지."

"의사인 내가 죽어도 함구해야 할 환자의 비밀이지. 그런데 성재야, 그때 내가 지하 주차장에서 너희를 정말 안 봤어야 했어. 많이 망설였다. 운명이라고 생각했다."

"뭐, 뭐라고? 주차장에서 너희? 그게 어쨌다는 거야? 그 여자 짐 들어주고 차 좀 태워 준 걸 가지고 그러냐? 너 내가 다 죽어 가는 줄 알았지? 나 아직 안 죽었어. 개새끼! 콱 죽여 버리겠어!"

그는 인두의 정강이를 모질게 걷어찼다. 인두는 비명을 지르며 주저앉았다. 멱살을 잡아 일으켰다. 오른손으로 얼굴을 사정없이 강타했다. 다시 또 주먹을 날리려는데 인두가 그의 두 팔을 우악스레 붙잡았다. 등 뒤에서 꽉 끌어안고서는 그의 사나운 버둥거림이 사그라질 때까지 꼼짝하지 않았다. 그는 가슴이 터질 것 같아 성난 짐승처럼 몸부림쳤다.

"놔! 놓으란 말이야! 개새끼야! 넌 인간도 의사도 아니야. 의사의 윤리도 본분도 다 팽개쳤어. 환자의 비밀까지 누설하는 작태를 벌이고 있어. 친구는 무슨 빌어먹을 친구!"

"미안해."

"미안? 사람을 가지고 놀아도 정도가 있지. 정말 너 죽이고 싶어. 정인두!"

"조성재, 오늘은 이만하자. 힘 너무 빼지 마. 몸에 안 좋아. 담에 얘기하자. 어쨌든 내가 죽일 놈이다."

"뭐? 다음에? 이 개자식아, 이대론 못 가지. 사람을 병신으로 만들어 놓고 네가 무슨 친구냐! 차라리 개새끼하고 놀겠다. 야, 평생 시험관이나 해서 잘 처먹고 잘살아라! 나쁜 새끼!"

성큼성큼 어둠 속으로 사라지는 정인두를 향해 그는 고래고래 욕설을 퍼부었다.

"그래서 어쩌라구, 나보고 어쩌라구! 이 개새끼야!"

그는 그 자리에 풀썩 쓰러지고 말았다. 별도 없는 검은 밤하늘이 빙글빙글 돈다. 그래, 돌아라! 끝없이 돌아라! 아주 미쳐 버리게 돌아라!

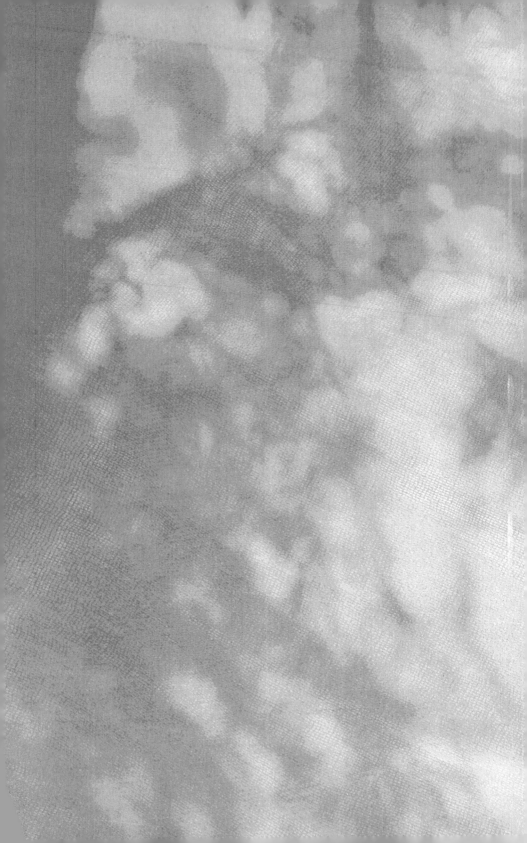

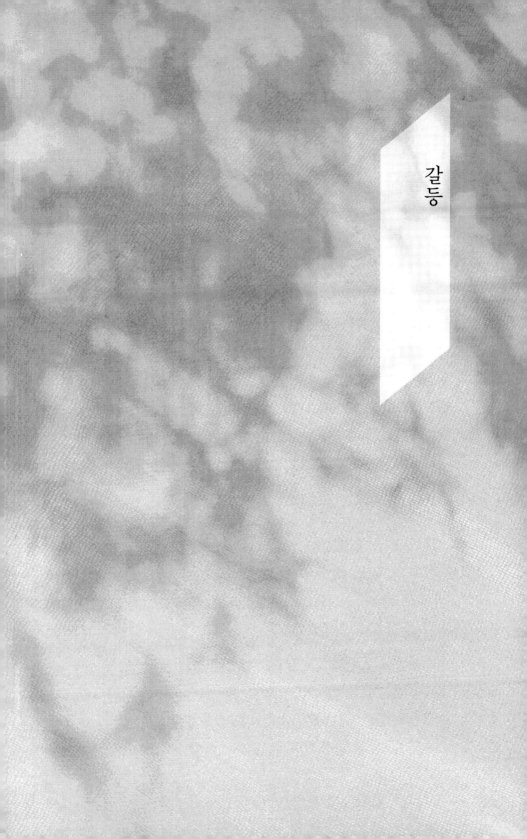

갈등

해거름 어둑해질 무렵, 조성재가 뉴욕 양키즈 야구모자를 푹 덮어쓰고 현관을 나섰다. 무심히 계단을 터벅터벅 내려오다 화들짝 놀랐다. 마당에서 지연이 유모차에 은하를 태워 밀며 놀고 있었다.

"어디 가시나 봐요?"

너무 놀라 하마터면 계단을 도로 올라갈 뻔했다.

"아팠어요? 얼굴이 더 핼쑥해지셨네."

"네. 저기, 일이…."

지연은 저번의 은하 입원 후로 그에게 얼마나 친절해졌는지 모른다. 반찬도 올리고 추어탕 같은 별미도 작은 스텐 냄비에 담아 올렸다. 은하 할머니도 뭐든 챙겨 주시려 했다. 그는 고개를 푹 숙이고 유모차를 외면한 채 바쁜 듯 후다닥 대문을 빠져나왔다. 후유, 하고 한숨이 다 나왔다. 그 개자식 때문에 내가 미치지. 정인두의 문자를 받고 그와 처음 만났던 곳에서 다시 만났다. 서로가 얼굴을 쳐다보지 않았다. 정인두가 가방에서 서류봉투를 꺼내 그의 앞으로 내밀었다.

"조성재, 힘들었지. 네게 더는 혼란을 줘선 안 된다고 생각했어."

"넌 인간 말종이야. 친구도 의사도 아니야."

"그래, 네 부모님만 계셨어도…. 옹졸한 내 생각으로 네게 끈이 필요하다고 생각했어. 삶을 지탱하는 끈. 붙잡고 놓지 못하는 동아줄같이 질긴 끈 말이야. 정말 미안하다. 용서해다오."

"용서? 말도 안 되는데. 누가 널 용서해?"

"그래, 용서하지 마. 그 여자는 아무것도 몰라. 정말이다. 그것만은 꼭 지킬게."

"네가 인간이냐? 뭘 지켜. 한번 속지 두 번 속아?"

분노의 불길이 활화산처럼 다시 치밀어 자리를 박차고 나와 버렸다. 정인두가 불렀지만 그는 뒤도 돌아보지 않았다. 집에 와서 유전자 센터 서류를 꺼내보았다. 친자확인 검사였다.

99.9% 친자 확인으로 나왔다. 모(母) 김지연. 부(父) 조성재. 자(子) 김은하. 검사일이 몇 달 전 정인두를 병원에서 만난 그 무렵으로 되어 있었다. 부르르 떨리는 손에서 서류가 바닥에 떨어졌다. 이것이 무엇인가? 생물학적 아버지? 내가? 말도 안 돼! 기가 막히고 어이가 없다. 자신이 뜬금없이 한 아이의 생물학적 아버지라니. 그것도 아래층 아이 은하라니, 어떻게 이런 일이. 아니야, 아니라고 소리쳐 부인했다. 정인두 이 개새끼! 돼지 새끼! 씨발 새끼!

폐암 선고를 들었을 때처럼, 정인두에게서 그 말을 처음 들었을 때처럼 참으로 멍청한 기분이 되었다. 왜 세상은 날 그냥 살게 두지 않을까. 나보고 어쩌라고, 어쩌라고?

부끄러움이 몰려왔다. 까맣게 잊어버린 일이 이렇게 뒤통수를 친단 말인가. 청천벽력이다. 아비나 자식이나 상종 못할 인간들이지. 철없는 애들을 데려다 일은 지들이 벌여 놓고, 뭐가 어쩌고 어째? 그래도 지가 인간이라면, 아니, 친구라면, 특히 의사라면, 목에 칼이 들어와도 지켜야 할 환자의 비밀이고 의사의 윤리가 아닌가.

나는 언제까지고 이렇게 당하고만 사는 인생인가. 부모님의 날벼락 사고도 감당하기 어려웠는데, 간신히 죽을힘을 다해 그 어두운 터널을 지나왔는데, 난데없이 덜컥 걸린 폐암도 이렇게 꼼짝없이 당하고만 있는데, 정서도 매몰차게 나를 떠났고, 이젠 정인두 저

개새끼까지 덤비고 있잖아. 그만 끝낼까? 덕지덕지 누더기 같은 내 삶을 끝내고 싶어. 내가 죽어도 슬퍼해 줄 가족도 없지. 난 세상에 혼자니까, 아아!

그날, 조성재는 한강공원에서 대리운전으로 겨우 집에 왔다. 그리고 일주일도 넘게 꼼짝 않고 있었다. 누워 있다 일어났다, 거실과 방을 왔다 갔다 하다가 눕기를 반복했다. 책을 펴도 활자가 보이지 않았다. 인터넷 서핑도, 코스피도, 코스닥도 눈에 들어오지 않았다. 식욕도 떨어졌다. 세상 아무 소리도 들리지 않고 아무것도 할 수가 없었다. 신문도 패대기를 쳤다. 도대체 말이 되지 않는다. 계속 머리가 어질어질하다. 혹여 내가 잘못 들었나? 잘못 이해한 것인가? 냉동 정자, 냉동 배아? 그게 언제적 일인데. 말도 안 되는 소리지. 세상에 이런 일도 있단 말인가? 내가 뭘 잘못 듣고 착각하고 있는 것이 아닐까, 아무리 과학이 발달해도 있을 수 없는 일이지. 듣도 보도 못한 해괴한 소리야. 정인두가 맨날 시험관이나 하다 미쳤나 봐. 다들 제정신이 아니야 미쳤어! 미쳤어!

"주차장에서 너희를 안 봤어야 했다."

"주차장에서 너희를 안 봤어야 했다."

귓전을 뱅뱅 도는 그 목소리. 쓰나미 같은 해일이 몰려왔다. 도저히 상상조차 할 수 없는 폭탄을 맞은 기분이다. 아니, 아니야. 절대 아니야. 얼토당토않지. 차라리 밤에 해가 떴다고 해라. 그걸 믿지. 에잇, 이 더러운 기분은 어쩌라고. 맹세코 아니야. 개자식! 후레자식! 캔 맥주를 따서 밤새도록 벌컥벌컥 들이켰다.

그래, 될 대로 되라지. 어차피 내 의지대로 사는 내 인생이 아니잖아. 브레이크 고장 난 바퀴처럼 제멋대로 구르는 잔인한 내 운명이 아닌가. 내 삶은 조물주가 장난으로 주무르는 희극인가. 아니비극이지. 희극 같은 비극이지. 슬픈 내 청춘이여! 막막한 내 인생이여, 미치라! 그냥 확 미쳐 버려라! 폭풍우 몰아치는 들판에서 나는 미쳐 가고 있어. 서른 몇 해, 운명은 왜 나를 가만두지 못하는걸까? 차라리 빨리 거두어 가지.

문득 언제더라, 매봉산 운동 갔다 오는데 아래층 현관 앞에서 갓난아기를 안고 사진 찍어 달라던 여자가 떠올랐다. 인형 같이 작던아기, 눈처럼 희던 아기가 별처럼 반짝 눈을 떴을 때 마주친 새까만 눈동자가 어쩌나 깊던지, 자신이 확 빨려 감을 느끼지 않았던가. 밤마다 지겹게 울던 아이, 할머니가 들고 온 백설기며 아이 엄마가 초대한 첫돌, 지난번 캄캄한 새벽에 아이를 차에 태워 병원갈 때 축 늘어진 아이. 뒤죽박죽 별의별 게 다 떠올랐다.

다들 내게 왜 이래. 아닌 말로, 백 번 양보해도 이건 아니지. 난아무 잘못 없어. 절대 내 탓이 아니야. 난 상관없어. 내가 책임질 일은 절대 아니야. 죽어도, 죽을 때까지 절대로 알은체할 필요도 없는일이야. 얼토당토않지, 내가 괜히 겁먹고 있어. 정인두 그 개새끼 말을 믿어? 어림도 없지. 말도 안 되는 소리로 사람을 완전 팽 돌게 만들고 올가미 씌워? 덤터기지. 야비한 인간. 죽여 버리겠어. 아니, 그새끼하고는 죽을 때까지 그 상판 안 본다. 정인두, 정인두 씨발 새끼! 니가 의사야? 사람이야? 미친 개새끼지. 아무리 욕설을 퍼부어도 분에 차지 않았다. 생각할수록 어이없고 황당했다.

그러나 그는 이제 이러한 사실을 지연이 알게 될까 제일 겁나고,

지연을 만날까도 겁이 나고, 은하도 너무 두려웠다. 올가미? 어쨌든 깊은 구렁텅이에 처박힌 느낌이었다. 후딱 멀리 이사를 가버릴까? 나는 암 환자인데. 현실이 더욱 눈앞을 캄캄하게 한다. 갈등에 밤잠을 이루지 못했다. 개새끼가 그러면 지가 죽을 때까지 입 닥치고 있을 게지 발설을 해? 나쁜 자식! 그게 언제적 일인데 이제 와 뒤통수를 친단 말인가. 조성재는 자신의 두 어깨에 혹이라도 달라붙은 듯 무거워짐을 느꼈다.

괜스레 아이를 차에 태워 병원에 간 것이 후회막급이다. 그럼 정인두를 만나지 않았을 것을. 갈등과 번민으로 밤을 지새우던 그는 비장한 결론을 내렸다. 이 집에서 이사하는 일은 차후 결정하기로 하고, 우선 이 비밀은 자신이 죽을 때까지 입 밖에 내지 않을 것과, 그네들의 삶에 지금처럼 앞으로도 절대로 끼어들지 않을 것. 그렇게 하기로 했다. 이제까지 지내온 것처럼 무심하게 지내면 될 게 아닌가. 아래층 위층 사람으로 지내면 될 게 아닌가. 가능하다. 그것은 얼마든지 가능한 일이라고 생각되었다.

그는 본디 냉철한 자신의 이성을 믿었다. 그들과는 본래 타인이었다. 정말 타인들이지. 은하는 은하이고 그 여자는 은하 엄마이다. 그래, 타인으로 사는 거야. 본디 타인이었으니까. 지금처럼 그냥 사는 거야. 이제껏 무심하게 잘 지내왔잖아. 은하도 은하 엄마도 전처럼 대하는 거야. 나는 아무 일도 없어. 정말 아무 일도 일어나지 않았어. 그네들도 아무 일 없었어. 그 여자는 오늘 나를 보고 핸섬해졌다고 농담까지 하지 않았나. 그 여자는 아무것도 모르는데 내가 괜히 이러는 거야. 쓸데없는 걱정을 하고 있어. 그녀는 정말 생활인답게 씩씩하게 즐겁게 잘살고 있지 않은가. 그러면 된 거지. 그 여자는 꿈에도 모르고 있는데, 내가 왜 쓸데없는 오만 가지 생각과 걱정을 하고 있지?

성재는 자기 자신이 바보처럼 생각되었다. 무엇 때문에 정인두의 말 한마디에 이렇게 지레 겁먹고 떨고 있는가. 그리고 그 사실을 아는 사람은 인두와 나뿐이지 않은가.

그 여자는 앞으로도 그러한 사실을 절대 알 수 없을 것이며 또 한 알게 해서도 안 된다. 죽을 때까지 그 말은 입에 올리지 않기로 자신에게 맹세했다. 만약에 그 여자가 이 사실을 알면 어떻게 되겠는가. 그녀는 너무 놀라 까무러칠 것이다. 은하를 뺏길까 불안하여 모든 대책을 세울 것이다. 아마 자신을 은하 근방에도 못 오게 할 것이며, 당장 멀리 이사부터 할 것이다. 지연이 너무도 간절하게 얻은 아이가 아닌가. 실로 자기 목숨보다 더 사랑하는 아이 은하가 아닌가. 자신이 아무리 가만히 있어도 지연이 알면, 절대로 그냥 넘어갈 일도 아니고 가만있지도 않을 것이다.

"은하 그 울보, 울보가."

은하를 처음 본 날이 떠오른다. 어느 날 운동 갔다 대문을 들어서자 사진을 찍어 달라고 했다. 정말 갓난쟁이였지. 그런데 그때 본 아기 얼굴은 아무리 떠올려 보려 해도 생각이 나지 않는다.

아, 밤이면 밤마다 울던 아이. 밤낮이 바뀌어 기승스레 울던 아이. 할머니가 가져온 백설기며 지연이 초대한 은하 돌잔치, 시내 그 근처에 갔으면서도 가지 않았지. 제일 뚜렷하게 생각나는 것은 저번 새벽에 병원 갈 때 축 늘어진 아이의 모습과 링거를 맞고 혼곤히 잠들어 있던 모습. 보행기를 타고 놀고 유모차를 타는 아이, 까르르 잘 웃는 아이, 요즘은 나붓이 배꼽 인사를 잘하는 아이 모습이 자꾸만 포개져 와, 은하 얼굴을 지우려고 강하게 고개를 흔들었다.

그래, 난 그 애를 몰라. 아무것도 몰라. 이사 와서 봤지 뭐.

며칠 후 낮에 벨이 울렸다. 뜻밖에 지연이 올라왔다. 너무 놀라 기척을 안 냈다. 초인종이 울리고도 한참을 머뭇거리다 현관문을 열었다. 이상하게 그녀의 얼굴을 바로 볼 수가 없었다.

"어머나, 조 선생, 어디 많이 아파요? 얼굴이 반쪽이네요."

"아, 네, 몸이 조금 안 좋아서."

"그래요. 미안해요, 그럼 쉬세요."

두 눈을 동그랗게 뜨며 정말 미안한 기색으로 도로 나가려는 그녀를 불렀다.

"싱크대 수도가 고장인지 물이 찔끔찔끔 나와서, 이층에는 물이 잘 나오나 물어보려고 했는데, 괜찮아요. 동네 설비가게 아저씨 내일 시간 있댔어요."

"그럼 내가 고칠지는 모르지만 한번 볼게요. 곧 내려갈게요."

"아유, 조 선생, 미안해서 어떡해요? 아픈 사람한테."

"아니요."

앗, 이건 아니지. 지연이 내려가고 나니 아차 후회가 되었다. 그냥 볼 줄 모른다 하면 될 것을 왜 보겠다고 했는지, 얼떨결에 내뱉은 말이 당장 후회스러웠다. 자신의 머리를 주먹으로 쿵쿵 때렸다. 바보 등신! 부모님 가시고 혼자 살면서 아파트의 자잘한 고장은 직접 손보면서 살았다. 이사 온 후 새 집이라 별로 사용하지 않던 공구 세트를 찾아들고 내키지 않는 걸음으로 아래층으로 내려갔다.

은하를, 은하를 어떻게 보나. 가슴이 마구 뛰었다. 심장이 터질 듯했다. 내가 왜 이래. 왜 이러는 거야? 정신 차렷! 무얼 어쨌다고. 왜 떨어. 전과 똑같은 거야. 달라진 것도 달라질 것도 없어. 이 바보야.

그가 은하네 집안에 들어가 보는 것은 처음이었다. 거실에는 보조 소파가 딸린 갈색의 가죽 소파와 벽면을 채운 장식장이 있었다. 거실에는 보행기며 장난감 그네 등 별별 은하 물건들로 그득했다. 벽에는 액자에 담긴 은하 아기 사진, 백일 사진, 첫돌 사진이 세 개나 걸려 있다. 지연이 인삼차를 내왔다. 은하는 보이지 않았다. 딱히 할 말이 없었다.

"은하는요?"

"낮잠 자는 시간이에요. 잠 깰 시간이 됐는데."

그때다. 안방에서 은하가 엉금엉금 기어 나왔다. 손으로 눈을 비비면서 나오다, 소파에 앉은 엄마가 아닌 그를 발견하곤 기겁을 했다. 놀랐는지 엄마한테 달라붙어 서러운 듯 훌쩍훌쩍 운다. 지연이 미안해 어쩔 줄 모른다.

"은하야, 잠 깨봐. 아찌야, 이층 아찌 몰라?"

은하 저 아이가, 저 아이가. 그는 왠지 아이를 똑바로 바라볼 수가 없었다. 입원했을 때는 손도 잡아주고 이마도 만져 주었는데, 이젠 애 손도 잡기 싫었다. 못 볼 걸 보는 느낌이 들어 고개를 돌려 아이를 외면했다. 난 아무것도 몰라. 부아가 치밀었다. 그러면서도 뭔가 크게 잘못된 것 같은 느낌은 또 무엇인가. 벌떡 일어나 공구를 들고 서둘러 주방으로 성큼성큼 걸어갔다. 지연이 은하를 안고 주방으로 따라오면서 말했다.

"조 선생, 싱크대 수도 고치면 우리 집에서 식사 한번 하세요. 저번 병원일 너무 고마워서 꼭 한번 식사 초대하고 싶어요."

"아, 아니요. 별일 아닌데… 정말 괜찮습니다."

그는 은하네 집에서 식사라도 하면 코라도 꿰이는 것처럼 얼른 사양했다. 싱크대 수도를 틀어 보고 공구들을 꺼내는 자신의 손 떨림을 지연에게 들킬까 봐 몸으로 얼른 가려버렸다. 빨리 고쳐 주고 올라갈 마음뿐이다. 마당으로 나가 수도계량기를 잠그고 호흡을 가다듬었다.

'나는 몰라. 난 아무것도 몰라. 우리는 타인일 뿐이야.'

은하가 울고 있다.

대문 앞에서 두 다리를 뻗고 몸을 흔들면서 울고 있는데, 청바지 차림의 남자가 달래고 있다. 등을 토닥이며 달랬으나 아이는 더 울었다. 남자가 은하를 안아 일으키려 하자 뻗대면서 자기 몸에 손도 못 대게 남자의 손을 밀어내었다. 은하 앞에 과자 통이 내던져져 있다. 남자가 일어서며 은하 머리에 꿀밤을 두 대나 주었다.

"어휴. 이 고집쟁이. 누굴 닮아 이럴까?"

꿀밤을 아프게 준 것도 아닌데 은하는 앙앙 더 울었다. 그가 나갔다 집으로 돌아오는 길에 우연히 이 광경을 목격했다. 대머리가 눈에 띄는 저 남자는 전에 두 번인가 본 적 있는 사내다. 저 자식이 애한테 왜 꿀밤을 먹여? 그것도 머리에. 벌컥 나서고 싶은 걸 겨우 참고 그 남자를 비켜 집으로 들어서다가 바쁘게 나가는 지연과 마주쳤다. 손에 자동차 키를 들고 나서는 게 외출하려나 보다. 지연이 다이어트를 하는지 몸에 살이 조금 빠져 보였다.

"저, 저기요, 저 대머리 남자 말인데요. 은하를 별로 사, 사랑하지 않는 것 같은데요."

급하게 말하느라 말까지 더듬었다. 지연의 눈이 둥그레졌다.

"조 선생?"

그는 이층 계단을 뛰듯이 올랐다. 지연의 눈길이 등 뒤로 따갑게 따라온다. 집에 들어와 생각하니 자신이 왜 그런 참견을 했는지 참으로 어이가 없었다. 꿀밤을 주든 과자를 주든 말이다. 한심한 인간 같으니, 두 눈을 꾸욱 감아 버렸다.

어느 날 성재는 길을 가다 자신도 모르게 장난감 가게 앞에서 발을 멈췄다. 그리고 자석에 이끌리듯 가게 안으로 들어갔다. 진열대에 정말 별의별 장난감들이 가득했다. 매대마다 사람들이 둘러보고 있었다. 젊은 부부가, 할아버지 할머니가 애들을 데리고 와서 장난감을 고르고 있었다. 그는 장난감들을 바라보다 얼른 나와 버렸다. 며칠 뒤 다시 그 장난감 가게를 지나다 걸음이 멈추어졌다. 입구에서 멈칫하고 있는데 종업원 아가씨가 친절하게 다가왔다.

"공주님이세요, 왕자님이세요?"

"여자 아긴데."

아가씨는 인형과 소꿉 장난감 코너로 그를 안내했다. 눈길을 끄는 예쁘고 귀여운 장난감들이 너무 많아 입이 벌어졌다. 어떤 걸 사야 할지 정말 망설여졌다. 결국 검정과 흰색의 부드러운 털의 촉감이 너무 좋은 새끼 판다와 예쁜 실로폰을 집었다가 깜짝 놀랐다. 지금 뭐 하는 거야? 괜한 짓을 하는 자신이 한심스러웠다. 갈등이 일어났다. 사? 말아? 자신의 망설이는 모습을 아가씨가 볼까 민망했다.

그는 결국 그 장난감을 사고 말았다. 이제 은하 엄마에게 뭐라고 하며 줄까, 덜컥 걱정이 되었다. 에잇, 나도 몰라. 그냥 주지 뭐. 집에 가서 지연에게 시침을 뚝 떼고 내밀었다. 얼핏 보면 좀 골이 난 얼굴이다.

"이거요."

현관에 엉거주춤 서서 예쁘게 포장된 쇼핑백을 건네주고 얼른 나와 버렸다. 지연의 눈이 둥그레지더니 신발을 끌며 따라 나왔다.

"그거 누가 선물해서요. 마땅히 줄 데가 없어서요."

등 뒤로 지연의 시선이 자석처럼 따라오는 것을 느끼며 후회가 되었다.

지연은 마음이 언짢았다. 요즘 들어 이층 남자의 행동을 이해하기가 어려웠다. 저번에는 전 직장 후배가 볼일이 있어 들러 차 한잔하고 은하 과자 사준다고 동네 편의점에 데려갔다가, 은하가 고

집을 부려 울었다. 그런데 난데없이 후배가 은하를 사랑하니 마니하지 않는가. 평소 차분한 그 남자답지 않게 흥분해서 말했다. 그리고 며칠 전에는 난데없이 은하 장난감을 주고 갔다. 누가 장난감을 선물했다는 그의 말은, 누가 들어도 웃을 일이다. 혼자 사는 미혼 남자에게 누가 그런 선물을 할까. 그리고 그 남자는 이제껏 은하에게 딸랑이 한 개도 사준 적이 없다. 한집에 산다 뿐이지 남이니까 그게 당연하다. 그런데 난데없는 장난감을, 그것도 두 개나선물하다니. 평소 농담도 잘 않는 남자인데, 자신이 그것을 받지않으면 울어 버릴 소년의 모습이었다. 그전에는 은하가 많이 울어울보라고 좀 불편한 심기도 나타냈는데, 요즘엔 간혹 은하에게 시선이 머무르고 있음을 느꼈다. 그러나 아래 위층 한집에 살다 보니저번 은하 병원 입원시킨 일도 있고 하여, 은하와 조금씩 친해지나보다 하며 예사로 생각했다.

며칠 전에는 자신이 맘먹고 준비한 식사 초대였다. 그런데 당최내려오지를 않아, 이층에 올라가 사정하다시피 하여 그를 아래층으로 데려왔다. 그런데 이층 남자는 하루 이틀 얼굴 본 것도 아닌데, 이상하게 좌불안석 편하지를 못한 자세로 애써 장만한 음식들을 말없이 간단하게 들고는, 수고했다는 인사도 없이 벌떡 일어나올라가 버렸다. 얼굴 한번 제대로 들지 않았다. 특히 그날은 은하를 보고도 못 본 척 외면하며 눈 한번 맞추지도 않았다. 손도 한번잡아 주지 않았다. 변덕스러운 사람으로 보이진 않는데 말이다. 지연이 섭섭할 정도였다. 나가서 외식하면 간단하고 수월한데도, 저번 새벽에 은하 병원 데려다 준 일이며 퇴원시켜 준 일이 너무 고마워서 성의껏 대접한다고 한 것이었다. 그런데 이층 남자는 밥 먹고 일어나기 바빴다. 후식도 준비했는데, 어디 몸이라도 안 좋은지, 아니면 부담스러웠나? 차라리 식당에서 대접할걸. 식사하고 차라도 들면서 대화라도 나누어 보려고 했는데 허사였다. 그래도 별 대수롭지 않게 생각했는데, 이젠 뭔가 기분 나쁜 느낌이 들었다.

그 남자는 자신을 은하 엄마로만 보고 있다. 물론 연상이긴 하지만 한번도 여자로 대하는 느낌을 받은 적이 없다. 처음이나 지금이나 한결같이 그냥 아래층 아주머니 정도로 데면데면 대하는 느낌에 기분이 좋지는 않았다. 그리고 언젠가 집에 찾아온 예쁜 아가씨가 있지 않은가. 밖에서 만나겠지. 그들은 달달한 연인으로 보였다.

이층 저 남자 왜 저럴까, 이상하네. 자신과 은하를 완전히 무시하면서 난데없는 장난감 선물은 왜 하는지 이해가 되지 않았다. 여자 혼자서 애 키운다고 혹시 동정인가? 동정이라면 금물이다. 나, 김지연이 절대로 받아들일 수 없다. 은하에 관해서만은 누구의 간섭도 친절도 절대 사양이다. 어림없지. 불편해도 한번 짚고 넘어가야 할 것 같다. 은하와 관계된 일이니까.

매봉산에서 운동하고 돌아오는 이층 남자를 기다렸다.

용감해야지, 나는 은하 엄마니까. 은하를 위해서라면 아무리 어려운 일이라도 난 할 수 있어.

무심히 대문을 들어서다 자신을 보고 화들짝 놀라는 이층 남자가 좀 딱하기도 했다. 그에게 마당 벤치에 앉길 권하며 준비한 홍차를 내왔다. 남자가 시선을 외면하고 안절부절못하는 게 훤히 보였다.

"조 선생, 장난감 고마워요. 그러나 더는 사양하겠어요. 부담이 거든요."

"······."

"내가 혼자 아이 키우니까 어떻게 보이는지 모르지만, 난 씩씩해요. 우리 은하에게 엄마 노릇 잘할 거예요. 동정은 사절합니다. 이해해주셨으면 합니다."

"동정은 저, 절대 아닙니다. 사심은 없어요."

"사심이 없다고요? 사심이 없다는 그 말이 정말 이상하게 들리네요. 마치 사심이 있는데 사심이 없는 척 보이려는 의도가 아닌가요."

"아, 아닌데."

"난 누구의 간섭도 원치 않아요. 그 애는 이 세상에서 단 하나 내 핏줄이니까요."

"말을 잘못했어요. 어쨌든 미안합니다. 그럼."

남자는 힘이 빠진 듯 천천히 계단을 올라갔다. 지연은 고개 숙인 남자를 보면서 승리자의 묘한 쾌감을 느꼈다. 지연은 문득 옛날 시골집에서 자주 본 개와 고양이가 떠올랐다. 새끼를 낳은 어미 개는 밥을 주러 근방에만 가도 무섭게 으르렁거렸다. 다섯 여섯 마리를 낳아도 일일이 핥아 주며 젖을 물렸다. 고양이도 새끼를 낳으면 무섭게 돌변했다. 새끼 근처에만 가도 야옹! 냐옹! 암상을 피면서 누가 제 새끼를 건드릴까 날카로운 발톱을 치켜세웠다. 애들은 그런 고양이가 쳐다만 봐도 무서워 달아났다.

어미 닭의 모습은 더욱 가관이었다. 수탉에게 쫓기고 암탉들에게 밀려 모이도 제대로 못 찾아 먹던 비실이가 둥지에서 달걀을 품으면 꼼짝도 하지 않았다. 어쩌다 내려와 겨우 물 한 모금 모이 한 번 먹고는 바로 올라가, 둥지에서 내내 자신의 체온으로 알을 품었다. 이십여 일 밤낮으로 품고 있다 하나둘 깨어나기 시작하여 병아리 스무 마리가 껍질을 깨뜨리고 나오면, 그때부터 비실이는 삐악삐악하는 노란 병아리들을 졸졸 데리고 다니면서, 두엄을 헤집어 모이를 찾아 주며 항상 주위를 살폈다. 비실이는 수탉이나 다른 암탉들이 병아리 근처만 와도 구구구 날갯죽지를 쫙 펴고 사정없이 달려들어, 발톱으로 할퀴고 주둥이로 쪼면서 덤벼들었다. 매같이 용감해진 서슬 퍼런 어미 닭의 기세에 수탉들도 슬그머니 피했다. 비가 오거나 위험하면 어미 닭은 구구구 눈알을 굴리며 두 날갯죽지에 스무 마리 새끼들을 쏘옥 다 끌어들여 보이지 않게 덮어 주었다.

외양간의 암소는 어떠했던가. 이히힝 우는 누렁이의 비명과 함께 미끄러운 비누를 덮어쓴 듯 물컹한 배냇물에 젖은 송아지가 태어나면, 어미 소는 그때부터 새끼의 끈적끈적한 허물을 벗겨 주며 핥기 시작했다. 산고의 고통도 잊은 듯 커다란 혓바닥으로 축축하게 젖은 새끼의 몸 구석구석을 빠짐없이 정성스레 혓바닥으로 핥아 주었다. 그러면 새끼는 젖은 몸이 마르면서 등과 다리의 보슬보슬한 갈색 털이 보기 좋게 일어났다. 눈망울이 너무도 선하게 생긴 예쁜 새끼는 태어나자마자 비틀비틀 일어서기를 시도했지. 일어서다 주저앉고, 또 일어서다 쓰러지고. 그렇게 몇 번이나 안간힘을 다하여 가느다란 다리로 결국 땅을 딛고 어미 소 곁에 우뚝 일어서

지 않았던가. 그리고 쭐쭐 젖을 빨았지. 어미 소는 수탉이나 개가 외양간이나 구유 옆에만 와도 뿔로 받으려고 머리를 흔들며 뒷발질을 하고 꼬리로 철썩 내리쳤어. 그래, 동물들의 어미들은 다 용감했어. 나도 용감하게 우리 은하 잘 지키고말고.

지난번 은하의 입원은 지연에게 실로 큰 충격을 주었다. 아이를 가지는 것만 어려운 게 아니라 제대로 기르는 게 얼마나 어려운지, 초보 엄마가 혼쭐이 났다. 그러고 보니 주위의 워킹맘들이 대단해 보였다. 자신은 애 하나로 이렇게 쩔쩔매는데 다들 잘 키우고 있잖은가. 큰언니도 작은언니도 하나도 아닌 애들을 탈 없이 잘 키워 학교를 보내고 있다. 나 김지연이 저지른 실수가 아니고, 명백한 잘못이다. 아픈 아이를 예사로 보다니, 아이 열을 체크하지 않고 방심하다니. 김지연, 너 정신 차리렴.

두 번째 이혼, 미련 없이 헤어졌다. 갈라서고 보니 내성이 생겼는지 아니면 첫 남편보다 사랑이 얕았는지 충격이 덜했다. 지연은 벼르다 어느 날 유명 산부인과를 찾았다. 정밀 진찰을 받았다. 담당 의사는 역시 예상대로 정상적으로는 아기를 가질 수 없는 몸이라고 했다. 아기를 가질 수 없는 몸! 서러움이 너울 파도처럼 앙가슴을 휩쓸었다. 그녀는 끝없는 절망의 어둠으로 떨어졌다. 아. 나는 아이를 가질 수 없는 여자, 아이를 못 낳는 석녀로구나. 다달이 정확하게 생리를 치르는 여자인 내 몸이 아기를 거부하는 몸일 줄이야. 내 몸은 자식을 품을 수 없는 몸이던가. 큰 충격을 받았다. 나는 평생 혼자 살아야 할 몸인가. 뜨거운 눈물이 하염없이 흘렀다. 이상하게 나이 들수록 자식에 대한 집착이 심해졌다.

은하를 얻기까지 지나온 시간을 뒤돌아보니 지금도 눈물이 핑 돈다. 그때는 꿈속에서라도 아기를 한번 안고 싶어선지, 이상하게 남의 아기를 몰래 훔치는 무서운 꿈을 꾸었다. 아기를 훔쳐 품에 안고 사람들에게 쫓겨 캄캄한 산속으로 달아나다 절벽으로 떨어지는 순간, 비명을 지르며 깨어났다. 온몸이 땀에 흥건했다. 몸서리가 쳐졌다. 이러다 자신이 정말 유괴범이 되는 것이 아닌가 싶어 손발을 묶어 두고 싶었다. 망설임과 고뇌 끝에 시험관 시술에 들어갔다. 그러나 몇 번이나 실패했다. 실패를 거듭할수록 몸도 마음도 피폐해졌다. 입양을 생각했다. 근래에도 외국인 가정이나 주위 평범한 가정에서 고아를 입양하여 잘 키우는 사례들이 예사로 보이지 않았다.

그래, 작은 한 생명을 받아 정성으로 키워 보자. 입양을 염두에 두고 정말 이번이 마지막 시술이라고 맹세했다. 모든 것을 운명으로 받아들이리. 전날들보다 마음을 비운 편안한 기분으로 시험관 시술에 들어갔는데, 어느 날 꿈같이, 꿈속같이 내게로 온 아이가 은하다.

마냥 들떴던 은하 첫돌잔치가 생각난다. 지연은 그날 꽃단장을 하고 답례용 선물도 신경을 썼다. 엄마와 언니, 형부들과 조카들이 오고, 하우스를 비우지 못하는 오빠 부부도 잠시 다녀갔다. 친구들과 전 직장 동료들도 몰려들 왔었다. 잠자리 날개 같은 예쁜 핑크 원피스를 입고 반짝이는 왕관을 머리에 쓴 은하는 그날 의젓했다. 남자 사진사를 보고 놀라 한바탕 운 것 외에는 조그만 손으로 박수도 짝짝 치고 케이크 촛불도 엄마와 같이 후, 하고 불어 껐다.

돌잡이로 마이크를 잡아 박수갈채를 받았다.

"김지연 딸 아니랄까 봐 마이크 잡네!"

처음에는 아이에게 별별 신경을 다 썼다. 병원에서 다른 아기들과 생일을 맞춰 보고 키도 대보고, 성장이 조금이라도 늦으면 걱정이 되어 안달했다. 첫돌을 앞두고 은하가 아직 걸음마를 제대로 못 걸어, 성장이 늦은 것일까 하고 애를 태우자 엄마가 손을 저었다.

"애야, 염려 말거라. 애들은 올되는 아이도 있고 조금 늦되는 아이도 있느니라. 옛날에 우리 동네에서 두 돌이 되도록 말도 못하던 아이가 나중에 커서 변호사 되더라. 그래서 첫애가 다르다는 것 아니냐. 기대도 많고 조금만 잘못해도 버릇될까 걱정에 애를 다잡고 하지. 애들은 그저 잘 먹고 잘 자고 잘 싸고 무탈하게 자라 주면 제일 고맙지. 동이의 콩나물 길이가 어디 똑같더냐. 손가락 길이도 길고 짧은데."

지연의 어머니는 오늘도 포대기로 은하를 업고 잔디 마당을 돌고 있다. 지연은 은하를 앞으로 업었고, 할머니는 항상 등에 업고 포대기를 두른다. 할머니는 외손녀가 잠 투정을 부리면 업고서 자장가를 불러 준다. 그러면 칭얼대던 은하가 할머니 등에 작은 몸을 딱 붙이고 잠든 척 노래를 듣다가, 할머니 노랫소리가 들리지 않으면 몸을 흔들고 짜증을 부린다.

"할미 노래, 할미 노래해."

그러면 할머니는 손녀를 위해 노래를 연달아 불렀다. 지연이 어릴 때 많이 듣고 자란 정다운 그 노래들이다. 다만 그 노랫소리가 옛날보다 기력이 떨어짐을 느꼈다.

자장자장 우리 아기 자장자장 우리 아기
멍멍 개야 짖지 마라, 꼬꼬 닭아 우지 마라
우리 아기 잘도 잔다. 우리 아기 잘도 잔다.
새야 새야 파랑새야, 녹두밭에 앉지 마라
녹두꽃이 떨어지면 청포장수 울고 간다
새야 새야 파랑새야, 우리 논에 앉지 마라
새야 새야 파랑새야, 우리 밭에 앉지 마라.

"선배!"

정서다. 성재는 전화기로 들리는 정서의 목소리에 화들짝 놀라 들고 있던 찻잔을 떨어뜨렸다. 잊고 있던, 아니, 잊으려고 해도 잊을 수 없던 그 목소리. 문자 하나 달랑 띄우고 떠난 여자. 일 년이 넘었다. 쉬이 말이 나오지 않았다.

"선배. 저예요, 정서. 오랜만이죠."

"아, 정서야!"

"저 귀국했어요."

"그래, 그랬구나."

"선배, 한번 만나고 싶어요. 너무 보고 싶어요."

보고 싶다고? 내가 보고 싶다고? 내 곁을 바람처럼 떠나가지 않았던가. 얼마나 고뇌하고 절망했던가. 그녀가 돌아온대도 다시는 전처럼 대하지 않으리라 생각했는데 정서의 목소리 한번에 모래 위에 써놓은 글자 바닷물에 지워지듯, 장마에 흙더미 무너지듯 다 무너져 버렸다. 가슴으로 울컥 반가운 마음이 먼저 들었다.

정서가 돌아왔다. 만나야지.

"잘 지냈어?"

반가운 마음에 쓸데없는 말을 한 자신에 실소했다. 정서에 대해서는 그간 별별 소문이 다 들렸다. LA에서 환갑도 넘은 한인교포와 동거를 한다느니, 한인식당에서 아르바이트하고 있다느니, 귀를 막아도 갖가지 소문이 들려왔다.

"선배!"

"윤정서!"

오랜만에 만난 둘은 누가 먼저랄 것도 없이 두 손을 맞잡았다. 성재는 어색한 미소를 지었다. 찻집이 훤했다. 원색의 꽃무늬가 화사한 원피스 차림으로 그의 앞에 나타난 정서는 옛날과 다름없는 얼굴이었다. 화장이 짙어진 것 말고는. 오히려 그가 머쓱해졌다. 정서의 헤어스타일이 바뀌었다. 정서는 언제나 웨이브 진 긴 머리를 하고 있었는데, 목덜미까지 오는 단발머리로 바뀌었다. 차랑차랑한 갈색 머리가 정서를 아주 앳돼 보이게 했다. 그녀는 오월의 장미꽃처럼 화사했다. 아, 정서!

"선배, 건강관리 잘하셨나 봐요. 좋아 보이는데요."

"그래? 나는 모르겠는데."

"암은 오 년이 고비라던가, 오 년만 잘 넘기세요. 장수하시게요."

정서가 문득 미워지려 했다. 꼭 그 말부터 해야 하나 싶었다.

"그래. 그건 암 환자 평균 생존 수치일 뿐이지. 오 년이 아니라 당장 오늘 내일도 장담 못하는 현실이니까."

그래, 난 이러고 산다 싶어 맘에도 없는 말을 하고 나니 편치 않았다. 그래, 정서 아니면 저런 말 누가 할까. 정서는 그의 친한 친구들의 안부도 다 물어보았다.

"선배, 나 보험회사 취직했어요. 여기 명함이요."

"빠르군."

정서가 내민 명함을 보았다. 재정설계 전문 윤정서. 아래에는 D생명. 파이낸셜 카페 상담 FC. 종합자산 관리전문. 변액보험 종신 연금 관리사 등으로 되어 있었다.

"어쩌누? 하나 들어 주고 싶어도 가입 안 시켜줄 테니 말이야."

"그러게요. 선배는 도움이 안 돼요. 선배는 안 되고 선배 친구들 많잖아요. 소개해 주세요. 결혼들 했으면 아기들 보험은 유익하고 좋은 종목이 많거든요. 정말 들어 두면 돈 버는 상품이거든요. 납입액도 얼마 안 되고, 사람들이 잘 몰라서 못 들거든요."

정서는 어느새 보험 판매원이 다 된 듯했다.

"언제 그렇게 마스터했어?"

"아유, 말도 마세요. 팔자에도 없는 보험 공부하고 시험까지 치느라 죽는 줄 알았다니까요."

그는 맘속으로 '이러려면 회사에 그냥 있지 왜 나왔어?' 하고 싶었지만 그만두었다. 정서 아버지 말도 하려다 입을 닫았다. 어쩐지 정서가 전과 달라 보였다.

"선배, 선배 집 아래층 아기네 아직 살고 있어요?"

"아기? 은하네 말이지? 살고 있어. 그건 왜 물어?"

"왜 묻긴요. 고만한 꼬맹이가 보험 들기 딱 좋잖아요."

"뭐? 그 애에게 보험을?"

성재는 어이가 없어 정서를 노려봤다.

"선배는 애가 없어 뭘 몰라요. 아기 엄마들과 말해야 통한다니까요. 선배, 다음에 집에 한번 찾아갈게요. 아기 엄마 집에 있는 날로요."

그러면서 정서는 커다란 가방에서 명함을 꺼내 몇 장이나 주었다. 친구들에게 돌리란다.

얼마 후, 정서가 정말 집으로 찾아왔다. 정서는 이층으로 올라오기 전에 은하네를 먼저 방문하여 성재의 마음을 불편하게 했다. 그는 괜히 걱정되었다. 그러나 한편 '김지연 씨가 어디 만만한 사람이야?' 하고 위로했다. 두 시간도 지나 그가 기다림에 지쳤을 때, 정서가 이층으로 올라왔다. 둘은 자연스레 포옹했다. 그러나 그것은 연인 사이의 격정의 포옹이 아닌, 가벼운 인사 포옹이었다. 정서는 그의 기색은 아랑곳없이 보험 한 건 올렸다고 좋아했다.

"은하 집에는 은하 사진 일색이대요. 은하 아빠는 같이 안 살아요?"

"이혼했다던가? 나도 잘 몰라."

아차차. 말하고 보니 잘못 말했다. 이혼 말은 안 해도 되는데 괜히. 정서가 반색한다.

"그러게 돌사진에 아빠가 안 보이더라니. 그 여자 이혼녀예요? 그리 안 보이더니."

"그럼 이혼녀는 이마빡에 이혼했다고 표시하고 다니니?"

"어머나 선배, 왜 그렇게 예민하게 받아들여요? 내 말은 그 여자 성격이 좋아서 이혼 같은 거 안 할 사람으로 보인다 이 말인데. 그리고 본디 이혼녀가 애를 더 끔찍이 생각하거든요. 애에게 미안해서 아빠 대신 보상심리랄까, 뭐라도 더 해주려고 하는 엄마 마음 아니겠어요. 하긴. 선배가 이런 걸 어떻게 알겠어요?"

감색 원피스에 크림색 바바리를 받쳐 입은 정서가 늘씬해 보인다. 집안을 둘러보다 정서가 소리쳤다.

"어머머! 선배, 아래층 애 사진으로 도배를 했네요. 거실, 주방, 책상에 애 사진 왜 이리 많이 놔뒀어요?"

"그냥. 가까이서 보니 애가 차츰 귀여워져서 그랬어."

"암만 귀여워도 그렇지, 이건 심한데. 선배 설마 은하 엄마한테 맘 두고 있는 거 아니죠?"

"야, 윤정서. 너 무슨 말이 하고 싶어서 그래?"

"아니, 선배는 그만한 일에 벌컥 성질까지 내요? 정말로 이상하네. 아까 서류 작성하며 보니까 그 여자 선배보다 한참 연상이던데, 알고는 계시죠?"

"그게 나하고 무슨 상관이야. 요즘 사진 찍는 게 내 취미야."

그는 정서에게 무슨 꼬투리라도 잡힐까 염려되어 얼른 둘러댔다.

"선배, 그 여잔 이혼녀, 이혼녀예요. 한 수 높은 노련한 유혹에 일단은 조심하세요."

어쩐지 전과는 많이 달라진 정서를 그는 말없이 노려보았다.

정서는 LA에서의 생활은 말하지 않았다. 그도 구태여 묻지 않았다. 정서는 자신이 둘러본 LA 유니버설 스튜디오라든가 샌프란시스코의 금문교와 소살리트의 아름다움과 부러움, 요세미티 국립공원의 화강암 바위며, 거대한 암벽을 칼로 자른 듯한 하프돔, 요세미티 폭포들과 하늘로 치솟은 굵은 수목들을 얘기했다. 정서가 입에도 안 올리는 정서 부모님 안부를 그가 슬쩍 물었다.

"부모님은 잘 계셔? 외동딸이 돌아와 엄청 기뻐하시지?"

순간 정서의 안색이 싹 변했다. 골이 난 것처럼 입을 다물고 있다가 말했다.

"그 노인들 얘기는 하기 싫어요."

"작년인가 아버님 우연히 한번 뵈었는데."

"아버지를 봤다고요? 그 노인네 구질구질한 넋두리하지 않던가요?"

의외다. 정서는 집에 들어가지 않은 것 같다. 어쩌면 귀국한 사실도 알리지 않았으리라. 정서를 데리고 가까운 식당으로 갔다. 그러나 전과는 달라진 정서를 보면서, 그간 하고 싶던 말이나 묻고 싶던 말들을 접었다. 정서와의 사이에 커다란 거리감이 느껴졌다. 그래도 가지런한 치아를 드러내며 생글생글 웃는 정서는 여전히 예뻤고, 더욱 세련되어 보였다.

정서가 다녀간 이틀 후인가 지연을 만났을 때, 그는 잠시 머뭇거리다 말을 꺼냈다.

"미안해요. 억지로 보험 들게 해서. 미처 말리지 못했어요."

"은하 앞으로 하나 들었어요. 필요해서 들었으니 염려 마세요.

그보다 아가씨가 미국 물을 먹어선지 똑소리 나게 영업 잘하던데요."

지연은 보험에 대해서는 대수롭잖게 말하면서 조금은 걱정스러운 표정으로 전에 없이 그의 안색을 살폈다. 아가씨가 던지고 간 말 한마디가 지연의 가슴에 찰거머리처럼 달라붙어 있었기 때문이다.

이층 남자의 애인으로 알고 있던 아가씨가 내내 보이지를 않더니, 뜬금없이 보험 서류를 들고 찾아왔다. 참으로 뜻밖이었다.

"조 선생은 아가씨가 미국 갔다고 하던데… 언제 돌아왔어요?"

"아, 그러세요? 선배하고 제 얘기도 하나 보죠? 미국서 온 지 얼마 안 되었어요. 놀고 있으니 가까운 지인이 지점장인데 하도 좀 도와달라고 부탁해서요. 이것도 해보니 재미있네요."

지연은 은하를 위해 실손보험까지 필요한 것은 이미 다 가입했다. 정서와는 처음 낯을 트는지라 안 들어도 무방하지만, 은하에게 고맙게 하는 조성재를 봐서 일단 보험 하나를 가입했다. 그리고 그동안 정말 궁금했지만 본인에게 차마 물을 수 없던 것을 지나가는 말처럼 작심하고 물었다.

"조 선생은 아가씨에게 보험 많이 들었겠네요. 그쵸?"

"아니요. 선배는 저한테 보험 들어 주고 싶어도 못 들어요."

"아니 왜요? 다른 데 보험 많이 들었어요?"

"어머 몰랐어요? 선배는 폐암 환자잖아요."

"예? 뭐라고요? 폐암 환자? 정말이에요?"

"그래요. 그 때문에 잘 다니던 회사도 쉬고, 처음엔 폐암 초기였는데 지금은 어찌됐는지 나도 잘 몰라요. 딱한 선배예요."

아가씨는 아무렇지도 않게 술술 말했지만, 지연은 너무 놀랐다. 이층 남자가 어딘가 건강이 안 좋다고는 미루어 짐작하고 있었지만 그래도 설마 암일 줄은, 그것도 폐암인 줄은 생각도 못한 일이다.

불쌍한 사람, 아까운 남자네. 한번씩 가다 힘이 없어 보이고 창백한 안색이었는데, 그럼 그동안 힘든 항암치료 과정이었던가. 이 노릇을 어쩌나? 저 남자 딱해서 어쩌나? 아직 너무 젊은데, 힘들지만 치료를 잘 받고 약이나 잘 챙겨 먹는지 갑자기 별 걱정이 다 들었다. 그리고 내뱉듯 말한 그 아가씨 말이 귓전을 맴돌았다.

몰랐어요? 선배 폐암 환자잖아요.

몰랐어요? 선배 폐암 환자잖아요.

몰랐어요? 선배 폐암 환자잖아요.

도대체 어떻게 해볼 도리가 없다. 은하는 아직도 그만 보면 쭈뼛쭈뼛했다. 고개까지 돌려 외면하며 울다가, 안 보면 궁금한지 살그머니 돌아보곤 또 운다. 낯가림이 심해도 이건 너무 심하다. 소소한 장난감을 사줘 봐도 소용없었다. 손에 쥐어주면 집어 던져 버리고선 나중에는 갖고 노는 걸 보았다. 애가 누굴 닮아 저럴까 싶기도 했다. 그러다 깜짝 놀라기도 한다. 지연은 미안해 항상 변명이다.

"애가 집에서 나 아니면 할머니, 이모들, 아니면 아줌마, 이렇게 여자들 얼굴만 보고 살아 그런지 남자분만 보면 이렇게 울어요.

병원 가도 남자 선생님이면 기겁을 하고 택시도 못 타요. 택시기사가 남자면 집에 올 때까지 울어요. 한번은 기사분이 이러다 애 잡겠다고 내려서 딴 차 타고 가라고 하더라고요. 이제는 여성분 기사님 차만 골라서 타요. 은하가 똑똑하게 남자 여자는 확실히 구분하네요."

아무리 그래도 섭섭함이 생긴다. 이제는 조금 친해지고 싶어 마음 졸이는데 도대체 얼굴을 쳐다보지도 않으려 하니. 애가 꼭 선천적으로 자신을 거부하는 게 아닐까 싶다.

그보다 더욱 기가 막힌 것은, 그 어느 순간부터 은하에게 가는 자신의 마음을 잡을 수 없다는 거였다. 자신의 마음은 이성적으로 얼마든지 통제할 수 있다고 생각했는데, 제어의 어려움을 날이 갈수록 느꼈다. 그는 머릿속의 차가운 이성과 가슴속의 뜨거운 감성의 평행선에 놀라고 말았다. 은하네와 타인으로 살기로 분명하게 정립했다. 그런데도 억제할 수 없는 가슴속 끈적끈적한 감정들이 시시때때로 찾아들어 그를 안타깝게 했다.

지난 여름 한강변에서 본 키 큰 노란 해바라기 꽃밭이 떠올랐다. 언제나 해를 따라가는 해바라기. 얼마나 해를 따라 돌면 해바라기로 이름 붙여졌을까. 유난히 껑충 큰 키에 노란 꽃잎들이 둥글게 원을 그리듯이 물려 있는 쌍떡잎식물 해바라기. 그 중앙에 아주 촘촘한 씨방은 가을이면 영글어 검은 씨앗이 된다. 성재는 자신의 눈과 귀가 언젠가부터 은하 바라기가 되어 그 주위를 따라가고 있음에 놀라고 말았다. 언제까지 은하 바라기가 될지 기약도 없으면서 말이다.

그는 친한 친구들에게도 차마 이 사실을 털어놓지 못했다. 말을 꺼낼 수가 없었다. 친구들이 와서 애 사진이 많다고 놀리면 심심해서 사진 촬영이 취미가 되었다고 넘겼다.

그는 요즘 들어 부쩍 달력을 자주 보는 자신을 의식했다. 2월 15일자에 붉은 볼펜으로 체크를 해놓았다. 은하 생일이다. 생각난다. 지연이 돌떡과 함께 가져온 은아 돌 초대장을 휴지통에 버렸다. 성가셔 하면서. 그래서 더 미안한 마음에 은하 생일을 기다리고 있었다. 무슨 선물을 준비할까 가슴 설레기까지 했다. 그런데 오늘 저녁 지연에게서 낙심할 얘기를 듣고 말았다. 헬스 가다 지연과 마주쳤다.

"조 선생, 우리 이번 주말에 집 비울 것 같아요. 오빠하고 어머니가 자꾸 청도로 내려오래요. 우리 은하 생일 외갓집에서 한번 차려 주신대요."

"네? 아, 예."

그는 순간 뒤통수를 한 대 맞은 느낌이 왔다. 생각지도 못한 일이다. 첫돌도 모르고 지났는데 두 번째 생일까지 나서지 못하는 자신의 처지가 너무도 초라해서 가슴이 아팠다. 그러면 은하가 외가댁에 다녀와서 근사한 식당에 초대할까. 그러나 무슨 핑계로 초대할까? 백화점에서 은하 옷이나 한 벌 사서 갖다 줄까. 지연이 순순히 받을까? 또 화를 내면 뭐라고 하나. 한숨이 절로 나왔다.

지연이 출근을 하기 시작했다. 은하도 어린이집에 다닌다. 할머니가 아예 은하를 돌보고 있다. 간혹 할머니가 청도로 내려갈 적에는 사십 대의 보모가 와서 은하를 돌보곤 했다.

성재는 아침 9시 30분이면 은하의 등원 모습을 지켜본다. 할머니가 은하를 데리고 나와 대문 앞에서 기다린다. 은하는 뒤통수에 머리를 묶고, 자주색 모자를 쓰고, 어린이집 로고와 전화번호가 찍힌 노란색 가방을 메고 대문 앞에서 기다리다가, 어린이집 노란 차가 오면 차 문을 열어 주는 선생님에게 나붓이 인사를 한다. 그리고는 할머니에게 배꼽인사를 하고 선생님의 도움을 받으며 차에 올랐다. 남자애 2명과 여자애는 은하까지 3명이 탔다. 그는 노란 차가 멀어질 때까지 멍하니 그 차를 바라보았다.

은하는 처음에는 적응하지 못해 어린이집에 가지 않으려 떼를 쓰고 울기도 했다. 반나절 머무는 그 시간을 견디지 못하고 울어서 할머니가 데리러 가기도 했다. 그런데 시간이 지나자 차츰 나아져 잘 다니고 있다. 또래들을 사귀어 벌써 동무들을 자랑한다. 오후 3시 반이면 노란 어린이집 차가 대문 앞에 멈춘다. 그의 눈엔 이제까지 본 차 중에서 은하가 타는 어린이집 노란 통학차가 제일 예뻐 보였다. 그의 눈에는 언제나 노란 차만 보였다.

그리고 다행인 것은 은하가 어린이집을 다니고부터 그를 보아도 낯가림을 하지 않는 것이다. "아찌!" 하고 그를 불렀다. 예쁜 짓 하며 눈을 찡끗하며 윙크를 하고 두 팔을 올려 하트를 만들어 그를 설레게 하고 행복하게 했다. 성재는 그런 은하가 너무도 귀엽고 예뻤다. 곧잘 사진을 찍었다. 하루가 다르게 꽃처럼 자라는 은하의 모습을 고스란히 앨범에 담았다. 동영상도 저장했다. 은하가 엄마랑 할머니랑 봄 소풍을 가던 날 문득 따라가고 싶은 마음에 실소하고 말았다.

온갖 꽃들의 절정인 사월과 오월이 가고 유월이 되자, 지연이 심은 능소화가 담장을 타고 소담스레 피었다. 날이 더워지면서 지연은 휴일이면 마당에 돗자리를 펴고 은하와 놀곤 했다. 은하는 장난감들을 가지고 뒹굴며 놀다 풀밭을 기어 다니기 예사다.

그는 테라스에서 내려다보다 카메라를 들고 내려왔다. 그는 지연이 없을 때 은하 사진을 많이 찍었다. 잠시도 가만있지 않고 나부대는 은하 모습을 열심히 핸드폰과 사진기에 담았다. 자꾸 찍고 싶었다. 일전에도 능소화 옆에서 까르르 웃고 있는 은하 사진 몇 장을 확대하여 자그마한 액자에 넣어 지연에게 2개 주고, 몇 개는 집에 가져와 거실 탁자와 책상 위에 놓았다. 정서 말대로 집안 여기저기에 은하 사진이다. 그는 아이 사진을 볼 때마다 미소가 번지고 마음이 푸근해졌다.

은하와도 이젠 제법 친해졌다. 마당 벤치에서 은하에게 동화책을 읽어주다 가까워졌다. 동화책을 낭독할 때, 특히 동물들 울음을 흉내 내어 들려주면 아이는 재미있어 깔깔거리거나 무섭다고 그의 가슴에 파고들기도 했다. 은하는 날마다 그림책을 바꿔 가며 읽어 달라고 했다. 샛별 같은 두 눈은 동그랗게 뜨고, 입술은 쏘옥 내밀고, 두 귀는 쫑긋 세우고 얼마나 열심히 듣는지 모른다. 그러다 그의 무릎을 베고 스르르 잠이 든 아이를 보노라면, 언제까지고 이 아이를 보호해 주고 싶은 본능에 부르르 몸을 떨었다.

조성재는 오랜 장고 끝에 결심했다. 지금 사는 주택을 매입하기로. 부모님이 남긴 서울의 아파트를 처분하고 지금 전세로 있는 이 전원주택을 매수하기로 했다.

얼마 전 부동산 앞을 지나는데 진 사장이 불렀다. 오랜만에 보는 그녀의 화장이 좀 짙어 보였다.

"저기, 빨리 말씀드려야 할 것 같아서요."

얘긴즉 집주인이 그와 지연이 현재 사는 집을 팔아야겠다고 얼마 전 연락해 왔다고 했다. 호주로 이민 간다고 했다. 생각을 좀 많이 했다. 이곳은 서울에서 그리 멀지 않은 주택지로 대지 120평에 건평이 54평이 되는 이층 단독주택이다. 집도 지은 지 얼마 안 된 깨끗한 건물이다. 살아 보니 하자보수가 별로 나오지 않는다. 건물이 튼튼하게 잘 지어진 것 같고, 무엇보다 제일 큰 이유는 이곳에서 은하를 만나지 않았는가. 처음엔 너무도 끔찍했던 생물학적 관계였지만, 혹여 집이 팔려 은하와 떨어진다고 생각하니 도저히 안 될 것 같았다. 이제는 은하를 보지 않고는 못 살 것 같다. 은하와 지연이 맘 편히 살고 자신이 언제나 은하를 볼 수 있으면 무얼 더 바라랴.

위치적으로나 환경적으로도 좋은 신흥 주택지다. 결국 부모님이 생전에 살던 아파트를 처분하고, 예금되어 있던 목돈을 보탰다. 주택은 집주인이 이민이 바쁘고 은행융자 등 걸린 게 많아 시세보다 싸게 매입할 수 있었다. 지연에게는 아무 말도 하지 않았는데, 뒷날 알은체를 했다. 어느 날 그가 헬스 다녀오는데 마당에 있던 지연이 지나가는 말처럼 물었다.

"그 아가씨 요즘 놀러 안 오네요. 영업이 바쁜가 보죠?"

한참 만에야 정서를 두고 하는 말인 줄 알았다.

아, 요즘 정서를 잊고 있나 보다. 쉽게 대답할 말이 없어 그냥 에둘러댔다.

"영업하느라 정신없나 봐요."

지연은 잠시 머뭇거리더니 엉뚱한 질문을 했다.

"조 선생 혈액형이 뭐예요?"

무슨 혈액형을? 가슴이 철렁했다. 지연을 쳐다봤다. 밝고 건강한 얼굴이다. 방금 요가라도 했는지 얼굴에 혈색이 돌았다.

"에이형입니다만 어째서?"

"그래요? 나는 오형이거든요. 한집에 사니 알아 두는 게 좋잖아요."

지연은 빙긋 웃고는 현관으로 들어가 버렸다. 저 여자가 갑자기 왜 혈액형을 묻지? 그는 고개를 갸웃했다. 그녀 말대로 한집에 사니 알아 둔다고?

성재는 그 후 정서의 일이 궁금하여 그녀에게 두어 번이나 전화를 넣었다. 그럴 때마다 정서는 바쁘다며, 또는 고객과 상담 중이라며 전화를 끊었다.

이상한 소문이 들려왔다. 오랜만에 나간 대학 동기 모임에서다. LA 일은 두고라도 정서가 유부남과 동거를 한다는 풍문이었다. 정서가 나가는 보험회사 지점장으로 예순이 넘었다고 했다. 그리고 정서가 대학 선후배들을 찾아다니며 얼마나 보험을 강매했는지, 모르는 사람이 없었다. 아무튼 정서는 회사에서 보험 여왕으로까지 올랐다고 했다. 소형 외제차를 몰고 명품 가방에 명품 옷을 걸치고 다닌다며 뒷말과 험담들이 분분했다.

"걔 LA에서도 교포 낚아 동거했잖아. 나중엔 차여 가지고, 찼다고도 하더라만, 아르바이트하느라 개고생했다던데."

"예순도 넘은 지점장이라며. 걔는 이상하게 늙은이만 상대하네. 윤정서 걔 어쩌다 저리됐을까? 혹 자학하는 걸까?"

"늙은이가 저한테 만만하겠지. 미인계 쓰는 거지."

성재는 들려오는 정서의 험담들이 듣기 거북했다. 믿을 수 없는 말이다. 본디 소문은 과장되게 나기 마련 아닌가.

정서야, 제발 그만 멈출 수 없겠니?

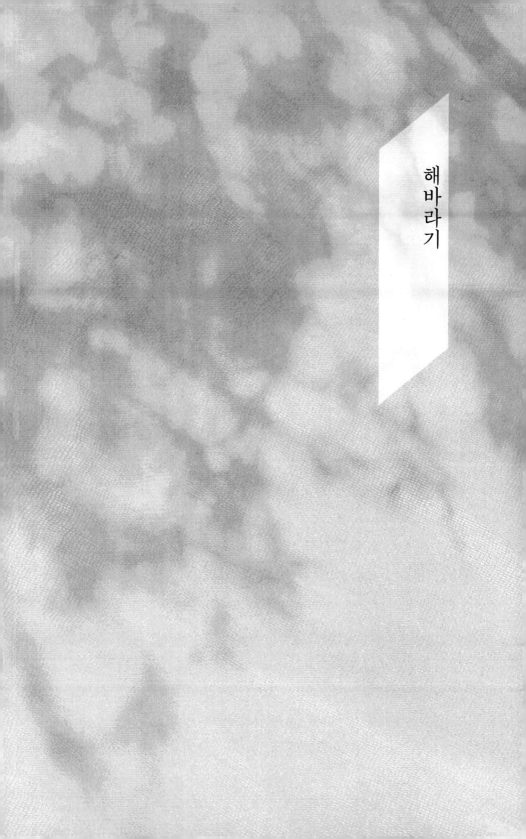

해
바
라
기

은하가 달린다. 엄마 손도 뿌리치고 뒤뚱뒤뚱 달린다. 사람들 사이로 잘도 비집고 들어간다. 조성재는 아이가 넘어질까 염려되어 은하 가까이 뒤따르고, 지연은 지쳤는지 한 걸음 늦춘다. 가을 햇살이 포근하고 따사롭다. 사람 많은 놀이공원을 아이가 저렇게 좋아할 줄은 몰랐다.

"은하야! 은하야!"

그의 부름에 아이는 한번 힐끗 돌아보고는 까르르 웃으며 또 달린다. 넘어질 듯 뒤뚱거리면서 두 팔은 사방으로 내젓는다. 쫓아가서 아이를 번쩍 안아 올렸다.

"은하 너 넘어지기 꼭 알맞네. 손잡고 좀 천천히 가자."

그러나 아이는 몸을 비틀며 땅에 내리고 만다. 잡힌 손도 기어이 뺀다. 노란색 세라복이 나풀나풀 춤을 춘다. 리본으로 묶은 머리엔 토끼 헤어핀이 앙증스레 달려 있다. 분홍 운동화에 반짝이 그림이 들어간 타이즈. 궁둥이만 덮이는 치마, 목에는 물방울무늬가 있는 작은 스카프가 매여 있다. 노란 빵모자는 기어이 쓰지 않고 던져버려 지연이 들고 다닌다. 손수건이 들어 있는 조그만 핑크 미니 백이 은하 어깨에 달려 있다.

주황색 배낭을 등에 멘 지연은 청바지와 청재킷을 입고 선글라스를 꼈다. 지연의 머리가 바람에 날린다. 성재도 청바지에 체크무늬 셔츠와 카키색 점퍼를 걸쳤다. 그들은 은하가 그림책에서 많이 본 동물들을 먼저 보여주기로 했다.

지연이 큰 소리로 말했다.

"은하는 혼자 갈 거야? 엄마는 아찌와 저기 사슴 보러 간다."

지연이 그를 잡아끌어 왼쪽 길로 빠지자 은하가 획 돌아보곤 당황한다. 뒤뚱뒤뚱 급하게 달려오다 넘어져 울음보를 터뜨린다. 성재가 달려가 은하를 일으켰다. 다행히 다친 곳은 없었다. 지연도 놀라서 뛰어왔다.

"애 넘어지게 왜 그래요?"

"자꾸 제 맘대로 가잖아요."

어미사슴. 애기사슴. 예쁜 사슴 무리 앞에서 그는 사슴들이 잘 보이게 은하를 목말 태웠다. 은하는 그의 목 위에서 짝짝 손뼉을 치며 즐거워한다. 동물들을 보며 은하가 너무 좋아해서 그들까지 즐거웠다. 옛날 유치원과 초등학교 때 동무들 손잡고 동요 부르면서 소풍 왔던 게 생각났다. 어제 바깥일 보고 들어오다 마당 벤치에 앉아 있는 지연을 보고 잠시 머뭇거리자 지연이 말했다.

"내일 휴일에 은하 자연학습도 할 겸 놀이공원 갈까 봐요."

그러더니 무슨 마음에선지

"시간 되면 같이 가보실래요?"

하고 슬쩍 물어왔다. 그는 그 자리에서 "오케이!" 했다. 오늘 그의 차에 두 모녀를 태우고 왔다. 즐거워하는 은하를 보고 잘 왔다는 생각이 들었다. 떠밀리는 사람들 사이로 천천히 걸어 공작새며 칠면조, 카나리아 등 몇 군데나 다니며 구경했다. 그리고 나서 다리가 아프다는 은하와 피곤해 보이는 지연을 벤치에 앉아 쉬게 하고, 그는 매점에 가서 아이스콘, 우유, 커피를 샀다. 그런데 벤치에 오니 은하와 지연이 보이지 않았다. 이상하다. 어디 간 걸까. 화장실 갔나? 벤치에 앉아 따끈한 커피를 마시고 있는데, 지연이 헐레 벌떡 뛰어왔다.

"아이구, 크, 큰일 났어요! 은하가 없어졌어요!"

"은하가 없어지다니요?"

"아까 옆 사람과 잠시 얘기하는 사이에 은하가 그만…. 이 근방 다 찾아봐도 애가 보이지 않으니, 나 어떡해요? 어떡해?"

"뭐, 뭐라고요?"

하도 어이가 없어 마시던 커피를 내던지고 벌떡 일어났다. 지연의 얼굴이 하얗다.

"애는 보지 않고 무슨 얘기를 한다고. 그새 애가 어디 갔을라고요. 근방에 있겠죠."

"그러게 말이에요."

그들은 오가는 사람들 사이와 좀 전에 갔던 동물 우리 사이사이를 누비며 은하를 찾았다. 하지만 애가 보이지 않았다. 처음엔 그냥 어디 가까이 있겠거니 했는데 찾아도 보이지 않으니, 조성재는 조급한 마음에 발걸음까지 헛디뎠다. 조그만 애가 그새 어디까지 갔으려고. 귀신이 곡할 노릇이다.

"이러지 말고 우리 방송실로 갑시다. 미아 신고부터 하고 찾아요."

지연의 얼굴이 뻣뻣하게 굳고 몸까지 휘청하며 어찌할 줄 모른다. 그들은 방송실에 미아 신고를 하면서 부끄러움을 당했다.

"아기들을 데리고 놀이공원 오시면 만약을 대비한 아이 명찰은 필수입니다. 아빠 엄마가 아이를 위한 그 정도 준비도 안 하시고서야. 입은 옷이나 얼굴 특징을 여기에 적어 주세요."

아까부터 지연의 눈에서 눈물이 끝도 없이 흘렀다. 자신의 잘못에 너무도 괴로워했다. 방송실에서 지연은 몇 번이나 허리를 숙이며 신신당부했다.

"다 내 잘못이에요. 돌 때 받은 이름 새긴 목걸이도 있고 이름표도 있는데. 은하가 내 손을, 이 엄마 손을 떠날 줄은 정말 꿈에도 생각 못했어요. 이 일을 어떡해! 우리 은하가 얼마나 엄마 찾을까. 애가 목도 마를 텐데. 아이고, 미치겠네. 은하야! 은하야!"

"방송도 하고 했으니 찾을 겁니다. 다시 한 번 주위를 찾아봅시다."

그도 말은 그랬지만 속이 거멓게 타들어 갔다. 사람 많은 놀이공원에서 도대체 애를 안 보고 잡담을 하다니. 지연을 그냥 쥐어박고 싶었다. 아까 앉았던 벤치 주변부터 다시 찾아보기로 했다. 어린애가 갔으면 얼마나 멀리 갔으랴 싶은데 없으니 그도 눈이 뒤집혔다.

"조 선생, 우리 은하 내 목숨보다 중한 아이에요. 내 전부에요. 그 애를 얻으려고 내가 얼마⋯. 은하 제발 찾아 줘요! 조 선생도 우리 은하 예뻐하잖아요!"

"그러게 왜 한눈을 팔았어요, 왜. 어린애가 천방지축 어디로 갈지 모르는데."

화가 나도 애써 참았는데 볼멘소리가 터져 나왔다. 무슨 대단한 얘기한다고 애 엄마가 애 없어지는 것도 모르고. 쯧쯧. 미치겠네!

"혹 나쁜 사람들이 데려간 건 설마 아니겠지요?"

"아니요. 그렇지는 않을 겁니다."

"우리 아기 목말라 물 자꾸 찾을 텐데, 쉬도 뉘어야 하는데."

지연은 배낭의 은하 물병이랑 간식들을 만지고 또 어루만지다 땅바닥에 푹 주저앉아 버렸다. 손을 내밀어 지연을 일으켰다. 잡힌 손과 몸이 바들바들 떨고 있었다. 은하를 놓친 지연에 대한 원망스러움이 조금은 사그라졌다. 울고 있는 그녀가 안쓰러워 다가가 가만히 포옹했다. 떨고 있는 어깨를 보듬어 주다 성재는 멈칫 놀랐다. 젊은 여자의 몸이 소름끼치게 느껴졌다. 껴안은 여자의 탄력 있는 유방이 그의 가슴에 밀착되면서 부드럽고 나긋한 여자의 몸과 유월에 피는 치자꽃 향기 같은 그윽한 체취에 감전된 듯 찌릿한 느낌을 받았다. 은하에게 폴폴 나는 배릿한 젖 냄새 비슷한 냄새도 났다.

힘주어 여자의 어깨와 등을 끌어안았다. 가빠지는 숨결을 눈을 감고 내뱉었다. 지연은 목석처럼 미동도 하지 않았다. 언제나 꿋꿋하던 여자가 그냥 눈물만 줄줄 흘리는 가녀린 나무가 되어 버렸다. 지나가던 사람들이 그들을 힐끗힐끗 쳐다보았다. 그는 지그시 입술을 깨물었다. 피가 배어 나왔다.

"내가 은하를 찾을 겁니다. 여기 동물원 다 뒤져서, 이 세상 다 뒤지더라도 은하 찾을게요. 혹시 아이가 돌아올지 모르니까 저기 벤치에서 기다려요. 반드시 은하를 데리고 올게요!"

"제발, 제발요. 부탁해요!"

"은하야, 은하야!"

그는 큰소리로 은하를 불렀다. 은하야! 은하야! 목이 쉬도록 부르고 또 부를 것이다.

은하를 찾았다. 잃어버린 지 한 시간 만에. 그 한 시간은 그들에 겐 뼈저린 후회의 몇 달이라도 지난 듯했다. 아이는 그 벤치에서 제법 멀리 떨어진, 아까 그들이 갔다 온 공작새 우리 앞에서 발견 됐다. 애가 어떻게 그곳까지 갔는지는 알 수가 없었다. 키가 작아 사람들에 가려서 보이지 않았던 것이다.

눈을 까뒤집고 찾아 헤매던 그의 시야에 노란색 옷자락이 쪼끔 들어왔을 때, 정말이지 숨이 턱 멎는 듯했다. 달려가 사람들을 헤 집고 노란색 세라복을 후딱 품에 안았을 때에야 그의 눈에도 안도 의 이슬이 맺혔다.

"은하야!"

아이의 얼굴에 자신의 얼굴을 마구 비볐다. 은하가 그를 밀어냈다.

"아찌, 아파!"

수염에 볼을 찔린 은하가 비명이다. 지연이 달려와 왈칵 은하를 빼앗았다.

"아가야! 우리 아가야!"

은하는 영문도 모르고 제 엄마 뺨 위로 흐르는 눈물을 고사리 같은 손으로 닦아 주다 같이 운다.

"엄마아!"

"그래, 엄마가 잘못했다. 정말 잘못했어. 미안해, 다신 너 손 놓지 않을게."

지연이 은하를 껴안고 기뻐하는 모양을 그는 멀거니 바라보았 다. 안도의 한숨이 가슴 깊은 곳에서 터져 나왔다. 자신이 지키고 보호해야 할 두 사람을 깨달았다. 그는 훗날, 은하의 이름, 지연의 휴대폰 번호, 그리고 망설임 없이 자신의 휴대폰 번호까지 다 새겨 넣은 백금 명찰 목걸이를 만들어 은하의 목에 걸어 주었다. 지연은 지은 죄가 있어선지 아무 말도 하지 않았다.

병원 정기검진 날이다. CT를 살피던 안 박사가 악수부터 했다.

"검사 결과가 좋은데요. 이대로 쭉 관리하세요."

"아, 감사합니다!"

"무슨 좋은 일 있는지요? 마음이 즐거우면 몸이 먼저 알지요. 어쨌든 좋아 보입니다. 약은 물론 식사관리, 운동 등 꼭 병행해야 합니다."

안 박사는 수면제도 반으로 줄여 버렸다.

좋은 일? 아, 그래. 은하다. 은하를 만나고부터 때론 자신이 환자라는 사실을 가끔 잊었다. 요즘은 은하 때문에 웃고 은하 때문에 내일을 기다린다. 그리고 건강식. 그는 이제 요리사가 다 됐다. 시장보기도 취미가 됐다. 우선 친구들과의 술자리가 줄어들었다. 모임에 나가도 친구들은 그에게 술잔을 돌리지 않았다. 제일 힘든 것은 금연이었다. 금주보다 금연이 그에겐 몇 배나 힘들었다. 지친 일과를 마치고 마시던 시원한 맥주와 편안하게 피우던 담배 한 개비의 위안이 송두리째 사라졌다. 담배 연기 속에 나타나던 정서의 얼굴이 자꾸만 멀어져 갔다.

그러나 사실 정서는 그의 가슴에서 떠나지 않았다. 정서가 고아인 것을 안 순간부터 더욱 연민이 가고 가슴이 아팠다. 어린 날부터 고아이며 혼자라는 게 얼마나 슬펐을까. 자신은 대학생이 되어 부모님을 여의어도 외로움에 치를 떨었는데, 정서는 대학 생활과 직장 생활에서 한번도 외로운 모습이나 슬픈 모습을 보이지 않았으니 얼마나 죽을힘으로 버텼을까. 언젠가는 정서도 제자리로 돌아올 것이다. 그는 은하로 인해 자신이 정서를 기다리고 있다는 사실을 까맣게 잊을 수 있었다.

식사도 채식 위주로 했다. 옛날에 야식으로 즐겨 먹던 족발, 통닭, 피자, 라면, 콜라 등 인스턴트 식품은 멀리하고 현미, 흑미, 청태 등을 섞은 잡곡밥에 소고기, 청국장, 된장은 물론 조개 등의 해산물과 생선, 그리고 더덕, 도라지, 우엉, 미나리, 버섯 등의 싱싱한 채소들을 섭취했다, 참 빨리 먹던 식습관도 바뀌었다. 천천히 오래오래 씹는다. 그리고 소식이다.

거기에 기상과 취침, 산책과 헬스, 컴퓨터까지 과하지 않게 중도를 지켜 나갔다. 산책길에는 휴대용 라디오를 가지고 다니며 음악을 즐겨 들었다. 음악은 항상 가까이했다. 전날에 즐겨 듣던 록 음악은 물론 가곡, 가요, 트로트에서 랩까지. 어느새 음악은 그에게 그 어느 때보다 가까운 친구가 되었다. 직장 다니면서 바쁜 일상에 쫓겨 그간 멀어진 음악의 선율이 귓전에 다시금 스며들어 마음이 편안하고 기분이 나아졌다.

암 환자라는 사실을 가끔은 잊기도 했다. 아침마다 폐부 깊숙이 들이마시는 매봉산의 청량한 아침 공기도 빼놓을 수 없을 것이다. 자연인들처럼 깊은 산속에 들어가 살지는 못해도 매일 매봉산을 찾았다. 이젠 낯익은 사람들을 만나면 인사를 한다. 그는 요즘 솔

밭의 솔향에 취해 버렸다. 솔향을 가슴 깊숙이 들이키고 내쉬면 기분에 병든 폐가 시원하게 느껴졌다. 산책하면서 소나무 군락지에서는 한참을 쉬어갔다. 청정한 산에서 받아오는 하루의 생수 한 병도 그에겐 약수였다.

그리고 마당의 햇살 바른 곳의 잔디를 파내고 딱 두 발자국 텃밭도 가꾸었다. 삼등분하여 상추와 시금치는 마트에서 씨앗을 사서 뿌리고, 부추는 은하 할머니가 시골에서 뿌리를 가져다 심었다. 햇볕이 좋아선지 쑥쑥 잘 자라 아래 위층 먹고도 남았다. 상추 대를 몇 개만 세워 두어도 밤새 자란 잎을 뜯으면 하얀 진액이 나왔다. 쌉쌀한 게 맛이 좋았다. 부추는 지연이 곧잘 해물을 넣고 부침개를 만들었다. 여린 시금치는 나물로 해먹었다. 시금치 씨앗 한 봉지로 몇 번이나 나누어서 뿌렸다.

성재는 소소한 일상에 빠졌다가도 번쩍 정신이 들곤 했다. 언제 어떻게 될지 마음을 놓을 수 없는 끈질긴 병마가 아닌가. 아직 젊기에 그 몹쓸 병균도 같이 상생하지 않는가. 특히 폐암의 생존율 기사는 희망보다는 절망이다. 그래도 그는 지금 그 어느 때보다 희망을 바라보게 되었다.

또 약이 왔다. 청도에서 은하 할머니가 보낸 것이다. 미역, 다시마, 도라지, 더덕, 표고버섯, 흑미, 찹쌀 등을 볶아 기계에 곱게 갈아 동글동글 팥알보다 작게 만든 환약, 그리고 은하 외가댁 밭에나 개천가엔 지천으로 피었다는 흰 민들레에 대추, 배를 넣어 달인 액기스인데 이번이 두 번째다. 제법 쓰지만 이상하게 그 약이 그에겐 당겼다. 무엇보다 입맛이 돌아왔기 때문이다. 불면증도 많이 나왔다. 환약은 거실에 두고 오며 가며 한두 알 입에 넣곤 했다. 말 않아도 지연이 당부해서 지은 것을 어찌 모르랴.

그가 볼일로 외출하여 자전거 가게 앞을 지나는데, 눈에 확 띄는 자전거가 있었다. 어린이 자전거인데, 디자인도 예쁘거니와 튼실하게 만들어진 것 같았다. 전체적으로 하얀 색상에 귀여운 새끼 얼룩말이 새겨지고, 몸체에 조그만 하트 그림이 들어 있는 예쁜 자전거였다. 2개의 보조 바퀴가 달렸는데, 아이가 자라면 보조 바퀴를 떼어내고 안장을 높이는 장치까지 갖추어져 있어 몇 년까지는 실컷 타도 될 것 같았다. 언젠가 놀이터에서 다른 아이가 타고 노는 자전거 뒤를 졸졸 따라다니던 은하가 떠올랐다. 이젠 유모차나 멍멍이 자전거는 쳐다보지도 않는다.

집에 와서 은하를 데리고 나왔다. 아이는 이제 그를 무척 따른다. "아찌! 아찌!" 하며. 특히 밖으로 나가는 걸 좋아해 "은하야, 놀러 가자." 하면 금방 따라나선다. 엄마가 말려도 소용없다. 아이는 바깥나들이가 재미있나 보다. 손에 잡힌 아이의 손이 너무도 작고 보드라워 살그머니 쥐었다. 이젠 종종 걷기도 잘한다. 그러다 다리가 아프면 업어 달라고 했다.

은하가 언제 이렇게 컸을까? 날마다 한 뼘씩 자라는 아이가 신기할 따름이다. 새끼 곰이 그려진 분홍 스웨터를 입고 있는 아이의 볼을 꼬집어 주고 싶도록 귀엽다. 자신이 처음 은하를 본 것은 태어나고 한 달이나 되었을까, 밤마다 울 때가 아니던가. 현관 앞에서 봤을 때 이불에 둘둘 싸인 갓난쟁이 얼굴이었지. 반짝 눈을 떴을 때 자신이 빨려들 듯했던 새까만 눈동자는 절대로 잊히지 않는다. 아이의 걸음이 차츰 느려진다. 걷는 게 싫증났거나 어리광을 부리고 싶은 게다.

"은하야, 아찌가 안아 줄까?"

은하가 단박 안겼다. 아이의 얼굴을 보고 눈을 보았다. 아 아이의 새까만 눈동자에 자신의 얼굴이 비쳤다. 그는 잠시 눈을 감고 포근히 안은 아이의 조그만 등을 토닥였다. 은하 냄새가 너무 좋다. 아직도 배릿한 아기 냄새가 폴폴 난다. 아이를 땅바닥에 내려놓기 싫을 정도이다. 조금 가다 아이는 몸을 비틀며 내려서 걸었다. 자전거 가게의 얼룩말 자전거에 은하를 앉히니 당장은 자전거가 조금 큰 듯했다. 그러나 은하는 좋아서 함박웃음을 지으며 어쩔 줄 모른다. 폴짝폴짝 뛰었다. 아이의 솔직한 감정표현에 저절로 웃음이 났다.

"은하야, 이 자전거 맘에 드니?"

"응. 예뻐, 아찌."

고개를 연거푸 끄떡였다. 은하를 자전거에 태워 조심조심 밀어주자 아이가 멍멍이 자전거를 타서인지 안장에 앉지 않고 서서 짧은 다리로 바퀴를 돌리려고 애를 쓰며 뜻밖에 잘 탔다. 두 개의 보조 바퀴가 안정감을 주었다. 하지만 아이에게 무리될까 싶어 달래서 걸었다. 한 손엔 은하 손을 잡고, 한 손에는 얼룩이 자전거를 끌고 집으로 돌아왔다. 한 뼘 남은 저녁 해가 은하를 포근히 비춰준다. 그는 무엇보다 지연의 반응이 좀 걱정되었다.

정말이지 지연은 혼쭐이 나고 말았다. 흔히 아이를 잃어버렸다는 말에 참 칠칠치 못한 엄마라고 일축해 버리던 자신이 아니던가. 소지품도 아니고 들고 다니는 핸드폰도 아니고 전쟁 통도 아닌데 뜬금없이 아이를 잃어버렸다는 것은 치매가 아닌 담에야 가당키나 한 일인가. 그런데 그 칠칠치 못한 엄마가 자신이 되고 말았다. 그래도 그 자리에서 찾았기에 천만다행이지, 만약 찾지 못했다면…. 그녀는 가슴을 쓸어내렸다. 부처님을 수도 없이 부르며 감사의 기도를 올렸다.

그녀는 동물원 나들이에 지쳐 곤히 잠든 은하를 침대에 내려놓지도 못하고 그냥 가슴에 안고 있었다. 언니들이 애들을 몇이나 키워도 언제 애 잃었다는 소리를 들은 적이 있던가. 김지연 너, 엄마 하려면 아직 멀었어. 정신 똑바로 차렷! 어설프게 엄마 노릇하다가는 큰일 나겠어. 어쩌면 좋아.

이층 남자. 그가 우리 은하를 찾아냈다. 너무 고맙다. 그 남자가 찾았기에 망정이지 정말 눈앞이 캄캄했다.

그런데 이상하다. 아무리 생각해도 이상하다. 그때 그 남자는 마치 자기 아이를 잃어버린 듯 당황하고 걱정하며 아이를 찾아 헤매었다. 사람은 급한 일이나 큰일을 당해 보면 알 수가 있다고, 아무리 한집에 살아도 그렇게까지 하겠는가. 몸도 성치 않은 사람이 안색이 창백해져서 평소의 침착한 그 남자 같지 않게 허둥댔다. 한심하다는 듯 자신을 레이저 빛으로 쏘아보던 그때, 그 원망스러운 표정을 절대 잊을 수 없다. 그러다 은하를 찾았을 때 그는 미친 사람처럼 아이의 얼굴에 자신의 얼굴을 비볐다. 수염에 볼을 찔린 은하가 비명을 지를 만치. 그리고 그의 눈가엔 이슬이 맺히지 않았던가.

그날, 그 난리를 친 후부터 놀이공원에서 그는 은하 손을 놓지 않고 거의 안고 다녔다. 자신이 종종걸음으로 따라다녔을 정도다. 그뿐만이 아니다. 근래 그의 행동에서는 은하를 진실로 사랑하는 기색이 역력하게 보였다. 그가 무안할까 봐 모르는 척, 못 본 척하고 있을 뿐이다.

도대체 무엇일까? 왜 그렇게 은하를 사랑하는 것일까? 그 남자는 자신보다 뒤에 이 집 이층으로 이사 왔기에 처음으로 알게 된 낯선 사람이 아니던가. 분명히 처음에는 은하를 데면데면하게 대했다. 통성명하여 안면을 트고도 은하 옆을 지나칠 때 무덤덤하게 지나갔다. 갓난쟁이 은하가 밤마다 많이 울 때는 성가셔하던 표정도 있었다. 그게 당연하다. 무엇일까? 자주 보다 보니 차츰 은하가 귀여워서일까. 그래도 과하다.

아닌 말로 자신에게 관심이 있어서 애까지 좋아한다면 말이 될 것 같다. 그러나 그건 아니지 않은가. 이층 남자는 자신을 어디까지나 아래층 아주머니 은하 엄마로만 알고 있다. 때론 자존심이 상할 정도이다. 언제 한번이라도 은하 엄마 아닌 여자로 봐준 적이 있었던가. 말뚝이라도 박은 듯 적당한 거리를 두고 정말 할 말만 건네는 남자다. 새삼 자신을 돌아보았다. 지극히 평범한 얼굴에 연상에다 두 번의 결혼과 두 번의 이혼 경력을 지닌 여자로, 핸섬하고 지적인 이층 남자에게 절대로 매력적인 여자가 될 수 없는 조건을 다 갖추고 있지 않은가.

어쨌든 그 남자의 관심은 오직 은하에게 있다. 은하를 살피고 돌봐주고 예뻐한다. 은하를 대하는 데 진실한 사랑이 느껴지니 말이다. 인연, 하다못해 둘은 전생의 부녀 인연이라도 있었나? 확실한 것은, 절대로 은하를 나쁘게 할 사람은 아니라는 점이다. 아니, 그보다 그에게서 은하를 사랑하는 마음을 뺏을 수가 없다. 그러면 그 남자는 무너질 것이다. 은하에게 다정스레 동화책을 읽어 주고 매일 사진을 찍어 주며 은하를 위하는 그 자체가 그 남자에게 기쁨이요 즐거움인 걸 알기 때문이다.

처음에는 한 발 한 발 은하를 가까이하고 접근하는 것 자체가 불쾌하고 싫었지만, 요즘 와선 이상하게 연민이 가고 딱하게 보였다. 그의 병을 알고서부터다.

"어머, 몰랐어요? 선배는 폐암 환자잖아요."

그 남자는 병의 완치를 장담할 수 없는 환자가 아닌가. 그것도 폐암이라고 했다. 그 남자는 한번도 내색하지 않았으나 투병과 항암치료 과정의 깊은 절망과 절대고독 속에서 번민에 시달리다, 새싹 같은 어린 은하에게서 소중한 생명을 느끼고 성장하는 모습에 사랑을 느낀 것일까. 은하가 곁에 있어 자꾸 보니 귀여워서일까. 그래도, 그래도….

지연이 퇴근하여 집에 오니 현관에 예쁜 새 자전거가 있었다. 하얀 바탕에 새끼 얼룩말과 하트가 그려진, 디자인이 멋있고 튼실한 자전거이다. 웬 자전거냐고 물을 새도 없이 은하가 자랑하기 급급하다.

"엄마아, 아찌가 이거 은하 주어."

은하는 신이 나서 거실에서 자전거를 타려고 난리다.

"은하야, 이 자전거는 밖에서 타는 거야. 아찌가 자전거 사주셨어?"

"웅! 저기 가서."

은하는 기분이 좋아 까르르 웃으며 자전거에 매달려 태워 달라고 졸랐다. 저녁을 먹고 이층으로 올라가 벨을 눌렀다. 아무래도 그와 조금은 거리를 두는 견제가 필요할 것 같았다.

"조 선생, 자전거 고마워요. 은하가 되게 좋아하네요. 안 그래도 멍멍이는 이제 안 타려고 해서 새로 하나 살까 했는데, 대금을 드리고 싶어요."

남자는 말없이 지연을 물끄러미 바라보다 쥐고 있는 지갑에 눈길을 주었다.

"은하가 좋아하면 그것으로 됐는데."

지갑을 열고 돈이라도 꺼낼까 봐 일순 걱정스러운 얼굴이 되는 남자를 바라보는 지연도 따라서 고민스런 마음이 되었다.

은은한 편백 향기가 열린 현관으로 새어 나왔다.

이층 남자가 갑자기 여행을 간다고 한다. 자전거 일이 있은 지 며칠 후 퇴근하여 지연이 은하와 놀고 있는데, 그가 밖으로 나가다 걸음을 멈추었다. 은하가 "아찌!" 하며 쪼르르 달려가 안겼다.

"저 내일부터 며칠 여행갑니다."

"어머나, 그러세요. 어디로 가는데요?"

"일본 온천 여행 겸 며칠 바람 좀 쐬고 오려고요."

"네에, 그럼 잘 다녀오세요. 정말 좋으시겠어요."

갑자기 내일 여행을 떠난다는 사람. 온천 여행이 건강에 좋겠다 싶어 웃으며 말했지만, 지연은 무언가 섭섭하기도 하고 약간 심술 같은 게 슬슬 올라왔다. 억지로 지불한 자전거 값 때문에 삐져서 저럴까? 어머머, 내가 왜 이래? 별꼴이야! 저 남자가 여행을 가든 말든 나와 무슨 상관이라고.

"은하야, 아찌 저기 일본으로 여행가신대."

"아찌, 아찌?"

은하는 뭔지도 모르고 깡충깡충 뛰면서 좋아한다. 조성재가 여행을 떠난 그 다음날부터 은하는 지연을 괴롭히기 시작했다. 퇴근 하여 집에만 오면 은하가 이층으로 잡아끌며 가자고 짜증을 부렸다. 지연이 문을 두드리고 벨을 눌러 보이면서 "아찌 없어." 해도 은하는 아찌 내놓으라고 성화를 부렸다. 은하 돌보는 아주머니가 낮에는 더 심하다고 했다. 열두 번도 더 이층에 올라간다고 했다. 예삿일이 아니다. 그녀도 전에는 예사로 보았는데, 저녁이면 이층의 불 꺼진 창이나 쌓이는 신문들도 보기 싫었다.

어느새 조성재가 여행간 지 닷새가 되었다. 지연도 왠지 힘이 빠졌다. 집에 오면 자꾸 달력에 눈이 갔다. "온천은 이삼일만 하면 되지, 몸도 안 좋은 사람이 뭔 바람을 쐰다고 오래 있누?" 하며 자신도 모르게 구시렁거렸다. 은하는 눈만 뜨면 손가락 세는 게 일이라 기다리는 아이가 측은할 정도였다. 어린애라도 아나 보다. 자신을 사랑하는 사람을. 기다리다 지쳐 그에게 전화를 넣었다. 멈칫 조금 놀라는 기색이었다. 그러나 그 남자 특유의 차분한 음성이었다.

"왜요? 은하에게 무슨 일 있습니까?"

"아니요. 은하가 하도 아찌를 찾아서요. 은하 바꿀게요."

서둘러 전화기를 은하 귀에 대어 주자 은하는 좋아서 전화기에다 뭐라 뭐라 줄도 없는 말들을 늘어놓았다. 실컷 지껄인 은하가 엄마에게 전화기를 내민다.

"모레 일요일에 은하 데리고 공항에 나와 주시면 안 될까요? 은하가 너무 보고 싶어서."

그의 음성이 겨울나무 가랑잎처럼 쓸쓸하게 들려 지연은 "알겠어요." 해버렸다.

"나 원, 우리 은하도 큰일이고 저 남자도 큰일이네."

무슨 인연이 그리 깊어서 둘이 저렇게 안 보고는 못 사니 어쩌면 좋아. 동물원 놀러 간 날 은하 잃었다 찾았을 때의 그의 모습이 자꾸 떠올랐다. 아이의 얼굴에 자신의 얼굴을 마구 비벼 대던 장면은 도저히 잊히지 않는다.

은하가 춤을 춘다. 어린이집에 다니고부터 확실히 율동이 많이 늘었다. 잠자리 날개 같은 분홍 원피스를 입고 음악에 맞춰 나풀나풀 춤을 추는데, 두 손은 허리에 사뿐히 얹고 거실을 빙빙 돌곤 한다. 신나는 음악만 나오면 자동으로 몸을 흔드는 아이의 예쁜 짓을 혼자 보기는 정말 아까웠다. 지연은 집에 누가 오면 은하에게 춤을 시키면서 속으로 팔불출이 따로 없다고 실소했다. 잘한다고 응원하는 할머니나 이모들 앞에서는 신이 나는지 더 잘 추었다. 거실이 좁았다. 지연의 친구들도 배꼽을 잡고 웃었다. 지숙이 말했다.

"은하 춤도 지금이 전성기야. 조금 더 자라면 애들이 부끄럼을 타는지 안 추다라니까."

은하는 텔레비전의 '뽀로로', '뽕뽕이', '모여라 딩동댕', '번개면'을 즐겨 보는데, 그럴 때면 텔레비전 앞으로 바짝 다가앉아서 떨어져 앉으라고 곧잘 지연에게 주의를 들었다. 인터넷 유아교육 키드에서 리틀 프린세스 소피아 옷 입히기를 좋아하고 포켓몬스터 만화를 즐겨, 다른 곳으로 마우스를 돌리면 아주 비명을 지르며 바르르 넘어갔다. 은하는 말도 엄청 늘었다. 눈에 보이는 것은 "저게 뭐야, 뭐야?" 하고 다 물었다. 나비, 비둘기, 자동차 등 움직이는 사물들이 신기한 모양이다. 그렇게 눈으로 보고 귀로 듣는 모든 것이 머리에 무섭게 입력되는지 단어의 숫자가 날마다 늘어났다.

은하는 자랄수록 은하만이 가진 자유로운 영혼으로 기운이 넘쳐나고 뚜렷한 아집과 고집, 존재감을 확실히 드러냈다. 그래, 지금 네 눈에 보이는 것들은 모두 순수하고 아름다운 세상이겠지. 푸른 하늘이며 솜털 구름, 제각각 다른 모양의 예쁜 꽃들이며 연두, 초록 잎들이 신기하겠지. 은하는 금붕어와 구피의 동무가 되어 날마다 자기가 먹이 준다고 호들갑을 떨었다.

그날 밤, 지연은 이층으로 올라갔다. 언젠가 조성재가 메모해준 현관 잠금장치 번호를 누르고 안으로 들어갔다. 거실 불을 켜자 그 남자의 거처답게 실내가 깔끔하게 정리되어 있었다. 먼저 거실과 주방 곳곳에 걸리고 놓여 있는 은하 사진이 눈에 띄었다. 속없이 웃음이 나왔다.

'참 누가 말리겠어요. 말귀도 못 알아먹는 꼬맹이 짝사랑하는 당신 참 딱하기도 하십니다 그려.'

화장실에 칫솔 3개가 가지런히 걸려 있었다. 칫솔 1개를 비닐에 넣었다. 그리고 욕실 하수구와 샤워부스에서 머리카락을 찾아 비닐봉지에 조심스레 담았다. 가슴이 두근두근 펄쩍펄쩍 뛰었다. 내가 지금 뭐하는 짓인가. 이게 잘하는 짓인가? 큰 실수를 하는 것일까. 죄를 지은 듯 부들부들 떨리는 가슴을 안고 이층에서 부리나케 내려왔다. 금방이라도 조성재가 대문을 열고 들어설 것만 같았다. 지연은 수거물을 담은 비닐봉지를 손에 들고 거실을 빙빙 돌고 돌았다.

버릴까, 말까. 이걸 그냥 버리면 아무 일이 없는데… 괜히 긁어 부스럼을 만드는 거 아냐? 아니야. 이렇게 의심하며 살 수도 없지 않은가. 전부터 마음은 먹고 있었으나 선뜻 실행할 엄두도 못 내던 일을 그가 집을 비운 사이에 기어이 저지르고 말았다. 내가 기어이 판도라의 상자를 여는 것일까?

그날 밤 지연은 잠을 이루지 못하고 밤새도록 뒤척이며 갈등했다.

그만둘까. 내가 괜히 오버하는 게 아닐까. 너무 예민하게 받아들여 이러는 걸까. 본래 우리 은하와는 아무 상관도 없는 사람인데 단지 아이를 사랑하는 게 이상해서 이러면 잘못된 행동이지. 아니지, 내 마음이 자꾸만 찜찜한 걸 어떡해? 나는 다만 진실이 알고 싶을 뿐이야. 내 행동에 백 번 후회할지라도 내가 할 수 있는 일은 이것밖에 없으니까. 정인두 박사를 찾아가 묻고 싶지만 차마 그러질 못했어. 은하를 온전한 내 아이로 잘 키우겠다고 그렇게 맹세했는데, 무얼 의심하고 무엇을 묻는단 말인가. 세상이 바뀌어도 은하는 내 딸이다. 그러나 진실을 가리는 게 옳겠지. 이것이 정말 판도라의 상자를 여는 꼴이 되어도 이 김지연이 감수하리라.

지연은 이튿날 수거물을 가지고 유전자 센터를 찾아가 친자확인 검사를 의뢰했다. 센터를 나오는 지연의 눈앞에는 뿌연 안개가 끝도 없이 펼쳐졌다. 골백번도 더 다짐했다. 어떤 결과가 나오든 괜찮아. 바뀔 것은 아무것도 없어. 단지 그냥 확인하는 것뿐이니까. 김지연, 너는 무슨 일이 있어도 꿋꿋하게 은하 엄마 자리를 지킬 테니까 걱정하지 마. 그렇지. 나는 씩씩한 은하 엄마니까.

야구모를 쓰고 창백한 얼굴에 서늘하게 깊은 눈, 입술을 다물고 앞만 보고 걷는 남자, 오직 은하를 향해선 언제나 봄 햇살 같은 따스한 미소를 보내는 남자가 눈앞에 아른거린다.

오늘도 큰언니 지숙이 지연의 속을 뒤집었다.

"너 이층 남자하고 결혼해서 손해 볼 게 무어 있다고 그래? 엄마 보기에 인물도 좋고 은하를 자기 친딸처럼 예뻐한다며. 이 큰 집을 샀을 만치 돈도 있겠다, 게다가 너보다 나이도 연하에 총각이라며. 야, 호박이 넝쿨째 굴러들어 왔는데 무얼 망설이니? 난 도무지 너를 이해 못 하겠다."

지숙이 입을 삐죽했다.

"큰언니, 나는 이제 결혼 같은 거는 안 한다고 했잖아. 평양 감사도 저 하기 싫으면 그만이라고, 내가 싫다는데 왜 그래? 엄마가 뭐라고 하셨는지 모르겠지만, 그 남자와는 그런 사이가 아니란 말이야. 은하 조금 예뻐한다고 결혼하면 나는 앞으로 열 번도 더 결혼하겠네."

"아이고, 이런 바보! 남자가 딴마음이 있어서 여자의 아이를 그렇게 좋아하지, 아무 이유도 없이 아이만 좋아하는 바보가 세상에 어디 있냐? 쯧쯧. 맹추야."

"언니, 생각을 좀 해보라고. 두 번이나 땡친 이혼녀에 아이까지 딸렸어. 그것도 한두 살도 아닌 까마득한 연상이지. 결혼도 안 한 젊은 남자가 미쳤다고 나하고 결혼하자고 하겠어? 상식적으로 좀 말 되는 소리를 해야지. 그리고 까딱 잘못하면 나만 상처받는 게 아니고 이젠 은하까지 상처 준단 말이야. 정말 왜들 이러는 거야?"

"흥! 은하 무서워 재혼 못하랴. 그리고 너, 애 딸린 남자 만나 봐라. 지연이 너 성질에 속 뒤집혀 못 살고 진즉 때려치우지. 네 앞날이 구만 린데 재혼 안 하고 끝까지 혼자 살 수 있다고 우기는 거니? 아서라. 은하 중학교만 가보라지. 저 방문 탕 닫고 들어가 딸가닥 문 잠그면 얼마나 속상한지 아니? 어릴 때야 엄마 엄마 하지, 중학교만 가 봐. 친구들하고 놀지 너랑 놀 줄 아니? 애, 꿈 깨라. 우리 애들 보라구. 내가 그렇게 안달복달 금쪽 같이 키웠어도, 요새는 저들 아쉬울 때만 엄마 찾는다. 애, 이층 총각 오늘 선이나 좀 보자. 우리가 언제 제대로 봤냐?"

"큰언니! 내가 정말 못 살아!"

"언니, 엄마가 이층 남자 병이 좀 있어 다니던 회사도 쉬고 있다고 했잖아. 그래서 지연이 쟤가 망설이고 있는지 모르지."

"그러니까 내 말이 그 말이지. 가족도 별로 없다며? 쟤는 밑져야 본전이 아니고, 요즘 애들 말로 땡잡는 거지. 그러면 이 큰 집도 지연이 것이 되잖아. 두 번이나 이혼한 쟤한테 넘치는 자리라니까. 그러니 너는 엄마 조그만 논뙈기는 쳐다보지도 마라. 청도서 몸에 좋다는 약도 해준다며. 엄마도 딴 맘이 있어 그러시겠지. 사위도 아닌데 어림도 없지."

"큰언닌 결국 엄마 논 때문에 등 떠미는 거네. 어쩜 그럴 수 있어? 언니들 등쌀에 내가 못 살아. 제발 간섭하지 마! 내 인생은 내가 알아서 살아. 속상해서 정말."

"쟤는 뭘 몰라. 저 생각해서 하는 소린데 몰라요. 엄마도 은근히 바라시는 눈치던데 뭘."

지연은 부아가 나서 빽 소리를 질렀다. 그러나 이층 남자에게 연인이 있다는 말도, 폐암 환자라는 사실도 끝내 밝히지 않았다. 엄마에게도 몸이 좀 안 좋아 직장을 쉬고 있는 사람이라고 말해 두었다. 엄마도 이층 남자의 병을 걱정하며 반듯한 사람이라고 했다. 그러나 딸이 또 상처받을까 봐 재혼 말은 입에 올리지도 않았다. 은하를 귀여워하는 것도 남자들이 나이가 들어 장가갈 때가 되면 어린애들을 좋아하는 마음이 생긴다고, 그게 나잇값이라고 예사로 말했다.

지연은 언니들에게 자신을 은하 엄마로만 보고 다정한 눈길도 준 적이 없는 무심한 남자라고 차마 말할 수 없었다. 아무리 언니들이지만 자신을 여자로 보지 않는다고 어떻게 밝힌단 말인가. 한때는 잘나가던 김지연이 아닌가. 근래에 와서 지연은 집에 있는 휴일에도 신경을 썼다. 머리를 손보고 옅은 화장도 했다. 편해서 잘 껴입던 헐렁한 바지도 입지 않았다. 최소한의 자존심이었다.

그러나 그 남자는 새털 같은 미동도 없었다. 처음이나 지금이나 언제나 깍듯하다. 참, 내가 자기 큰 누님인 줄 아나? 지연은 상처 난 자존심을 안고 남몰래 끙끙거렸다.

지연의 마음속에 솔직히 언니가 말하는 결혼까지는 아니고 다정한 연인 사이로 지냈으면 하는 실없는 바람이 든 것은 언제부터일까. 처음에는 정말 관심도 없는 남자였는데, 어느 날부터 맛있는 국을 끓이면 올려 주고 싶고 건강식도 자꾸만 챙겨 주고 싶었다. 엄마에게 부탁하여 선별한 곡식으로 건강식을 만들어 주는 게 기쁨이 되었다. 은하랑 손잡고 철썩철썩 밀려오는 바닷물에 발을 담그고 그와 함께 해변을 걷고 싶다. 나무들 울울한 수목원도 거닐고 싶고, 박물관에도 가고 싶고, 팝콘 들고 커피 마시며 영화도 같이 보고 싶은데, 바위같이 꿈쩍도 안 하는 남자가 조금씩 원망스러워졌다.

그러나 연상의 여자, 그보다 결혼을 두 번이나 한 연상의 여자를 어떤 총각이 좋아한다고 내가 이럴까. 김지연 너 자신을 알라. 아무리 자신에게 타일러도 서운함은 가시지 않았다. 이런저런 불편한 마음을 접고 은하 데리고 멀리 이사를 가버릴까? 그러면 자연스레 해결되는 것을. 하지만 은하가 걸린다. 은하는 요즘 못 말릴 정도로 아찌를 찾는다. 어린이집 다녀오면 이층부터 올라간다.

얼마 전 마중 나간 인천공항에서 그 남자와 은하의 만남은 어이가 없을 정도였다. 은색 캐리어를 끌고 키가 훤칠한 그 남자가 입국하는 사람들 사이로 나타났을 때, 두 눈을 동그랗게 뜨고 눈이 빠지게 기다리던 은하는 주위 사람들이 다 돌아볼 정도로 비명을 질렀다. "아찌!" 하고 넘어지며 달려가는 아이나 남북한 이산가족 상봉하듯 감격하여 은하를 끌어안는 그 남자나 똑같았다. 마치 나이 든 남자와 어린 연인의 만남 같았다.

　'내가 못 살아!'

　집으로 오는 길, 지연이 운전하는 자동차 안에서도 은하는 유아 카시트에 앉지 않고 뒷자리의 그 남자에게 안겨 별걸 다 일러바치느라 재재거리며 탄성을 지었다. 그 남자는 입을 다물지 못하고 아주 행복한 얼굴이었다.

　지연이 식탁 의자에 앉아 열심히 뭔가를 쓰고 있다. 은하가 찾는다.

　"엄마 주방에 있어. 왜?"

　"엄마 뭐해?

　"은하야, 엄마 지금 공부하고 있거든. 은하도 그림책 가지고 놀아요."

　"싫어. 은하, 아찌한테 놀러 가?"

　"그래, 가도 좋아."

　은하는 신이 나서 밖으로 뛰어나갔다. 지연은 쓰던 일을 계속한다.

어느새 우리 은하가 세 살이 되었다. 세 살!

이 아이를 얻은 지 벌써 3년이 되었는가. 꿈에도 그리던 핏덩이를 내 품에 안은 게 엊그제 같은데, 꽃구름이 흘러가다 내게서 멈추듯, 은하는 그렇게 염원하던 내게로 찾아왔다. 손님으로, 정말 귀한 손님으로 나를 찾아온 새 생명이 아니던가. 나는 2.5킬로 갓난아기의 조그만 몸에서 우주를 보았다. 두 주먹을 꼭 쥐고 빙긋 웃는 배냇짓도 신기하기 그지없고, 손가락을 입에 넣어 빨면서 칭얼대는 배고프다는 표현도 어찌 그리 앙증스러울까. 기저귀가 젖으면 찡찡거리고, 그 조그만 입으로 잠이 오면 하품을 늘어지게 하고, 재채기도 하고 콜록콜록 기침도 하며, 어른들이 하는 짓은 고루고루 다 했다. 내게로 온 손님은 그렇게 무럭무럭 잘 자라주었다. 은하는 나에게 새로운 세상을 열어 주었고, 삶의 근원을 가르쳐 주었고, 행복의 나무를 심어 주었다.

나는 은하가 어린이집에 다니고부터, 어린이집 행사에 갈 때는 사회의 그 어느 모임에 참석할 때보다 예쁜 옷을 입고, 머리도 롤을 감아 예쁘게 하고 간다. 딴 엄마들처럼 젊어 보이려는 마음에서다. 은하가 나중에 자라면 엄마가 나이가 많은 것을 얼마든지 이해할 것이다. 그러나 지금은 저 어린아이의 눈에 자기 엄마가 동무들 엄마보다 나이가 많아 보이거나 초라하게 비치는 모습은 보이기 싫다. 정말 내 딸에게 아무런 상처도 주고 싶지 않다. 은하로 인해 나는 세상을 얻었다. 모든 아이가 너무도 예쁘게 보인다. 갓난쟁이도 돌잡이도 어린이집 다니는 유아들도, 학교 마치기 바쁘게 교문에서 학원 차로 내몰리는 초등학생들까지, 나는 깊은 관심과 사랑을 느낀다. 이따금 보도되는 어이없는 아동학대나 불량음식 문제 등을 보면 화가 난다.

어린이집이나 유치원 운영에 많은 관심을 가지고 뉴스를 보고 귀 기울인다. 사안이 옳고 그름에 따라 찬성의 글도 시정의 댓글도 실명으로 올린다. 나는 엄마니까. 나는 앞으로 초등생이 되고 중고등학생이 될 아이의 학부모니까. 앞으로 우리나라 공교육에도 지대한 관심을 가질 것이다. 아이들을 위하여 더 나은 이 땅의 교육환경을 위해서 나는 기꺼이 동참할 것이다. 우리 엄마들이 뒤에서 비난만 하고 침묵만 지킨다면, 사사건건 욕질만 하고 악플만 다는 사람들과 무엇이 다르랴.

내 딸 은하에게 내가 끝끝내 미안하게 생각하는 것은 아빠의 부재이다. 이제껏 은하는 잘 지내왔다. 애초부터 곁에 없는 아빠는 찾지도 않았다. 은하는 아직 아빠라는 실체를 모른다. 그런데 며칠 전 은하가 뜬금없이 물었다. 깜짝 놀랄 질문이었다. 아빠를 입에 올렸다.

"엄마, 아빠 어딨어? 은하 아빠 말이야."

그동안 한번도 아빠를 찾은 적이 없었기에 태평스럽게 있다가 뒤통수를 맞았다.

"아, 아빠라고? 은하 아빠는 음, 미국에서 공부하고 계셔."

"응, 미국. 알았어."

정말 나도 모르게 하얀 거짓말이 불쑥 튀어나와 버렸다. 이건 아닌데, 정말 아닌데 말이다.

은하야, 미안해. 엄마가 거짓말해서 미안해. 늦어도 네가 중학생이, 아니 초등학교 상급생이 되면 말해 줄게. 아이는 가족이 나오는 그림책을 보며 가르쳐 준 적도 없는데 조그만 손가락으로 "엄마, 아빠, 엄마, 아빠, 아기." 하고 꼭꼭 짚어 가며 중얼거린다. 아빠라는 단어가 너무 슬프지만, 나는 못 들은 척 넘긴다.

나는 이제 은하 아빠를 알고 있다. 무언가 이상하다는 생각은 하고 있었지만, 진실로 이런 엄청난 일이 사실일 줄은 몰랐다. 조성재. 그가 일본 여행가고 없을 때 거둔 칫솔과 머리카락으로 친자확인 검사를 했다. 설마, 설마가 사람 잡는다더니, 어떻게 이런 일이 있을 수 있단 말인가? 이 세상에 정말 영원한 비밀은 없나 보다. 제일 먼저 하늘이 알고 땅이 안다고 했다. 낮말은 새가 듣고 밤말은 쥐가 듣는다고 했던가. 그 사람의 행동으로 봐서 의심이 가고 불안한 마음이 들긴 했지만 그래도 설마, 설마 했는데. 설마가 나를 잡았다. 빙빙 도는 하늘이 노랗게 보였다. 내가 기어이 판도라의 상자를 열었구나. 아무리 생각하고 생각해 봐도 연유를 알 수 없고 이해할 수가 없었다. 골머리가 지끈지끈 아프다 못해 내가 돌아버릴 것 같았다. 참는 것도 한계가 있다.

나는 용기를 내어 유전자 검사 서류를 들고 병원으로 정인두 박사를 찾아갔다. 말없이 친자확인서를 내밀었다. 그것을 본 정 박사도 화들짝 놀랐다. 그리고 용서를 빌었다. 모든 원인은 자신에게 있다고 시인하면서, 그간의 모든 사정을 다 털어놓았다. 자기 친구도 너무 놀라서 오랫동안 방황했다고 했다. 손바닥으로 하늘을 가린다고 하더니, 이제야 그 말의 뜻을 알고도 남겠다.

난 처음 얼마간은 이 엄청난 사실에 어찌하여야 할지 몰라 멍청하니 있었다. 그 남자를 만나기도 싫고, 보기도 두려웠다. 그와 마주치지 않으려고 마당에는 아예 나가지도 않았다. 골백번을 생각해 봐도 모르고 사는 게 편하지, 이렇게 불편해서야 어찌 한집에 살겠는가. 그 사람이 보이지 않는 먼 곳으로 이사를 가버릴까? 무얼 망설여?

'아찌'만 찾는 은하는 어떡하지? 문득 그가 어떻게 하는 것도 아닌데, 내가 왜 피해의식에 잡혀 있는가 싶다. 그 사람도 청천벽력 같은 사실을 알고 얼마나 놀랐을까. 결혼도 하지 않은 미혼의 남자가 받았을 충격이 나보다 더 크면 컸지, 덜하지 않았으리라. 은하가 퇴원 후 한때 그 사람이 까닭 없이 은하를 멀리하던 일들이 그제야 생각났다.

그리고 내 귓전에 거머리처럼 달라붙어 있는 말 한마디, 그 사람 연인이 내뱉은 그 말. 암이라고, 폐암이라고 내뱉지 않았던가. 지금 어떤 상태인지 나는 자꾸 염려되고 심히 걱정된다. 그 남자의 체중은 처음 볼 때나 지금이나 조금 마른 늘씬한 체중 그대로 유지하고 있으니 다행이다. 탈모 때문인지 항상 모자를 쓰고 다니는 사람이지.

그 후배 아가씨하고는 언제 결혼하는 거야? 헤어진 줄 알았는데 보험서류 들고 찾아오지 않았나. 이젠 차라리 후딱 결혼하여 그들이 먼저 내 앞을 떠났으면 싶다. 나는 우리 은하랑 편히 살면 좋겠다. '선배 폐암 환자잖아요.' 이젠 그만 잊어버리자 해도 자꾸만 들리는 그 말이 아니더라도 나는 딱하게 전보다 그 사람 걱정을 많이 하고 있으니 말이다.

나는 아직도 그가 일본 여행에서 사다 준 선물을 뜯지 않았다. 파라솔 같다. 내게 마음 한 자락 주지 않는 그 사람 앞에 내가 그 파라솔을 펴들고 싶은 마음이 어찌 생기랴. 은하는 기모노 입은 아가씨 인형을 선물 받아 기쁘고, 아찌하고 놀게 되어 아주 신바람이 났다. 보이지는 않으나, 그러나 결코 숨길 수 없는 아주 끈끈한 질긴 끈이 두 사람을 잇고 있음을 나는 선연히 느끼고 있다. 그게 흔히 말하는 핏줄인가. 그리고 나는 이것 한 가지는 확실히 알고 안심하고 있다. 그 사람은 내게서 절대로 은하를 뺏어가지 않으리라는 것을. 그리고 그 남자가 날벼락 같은 사실을 알고도 사력을 다해 참는 것처럼, 나도 아무것도 모르는 것처럼 시침 뚝 떼고 살아갈 것이다.

나는 때론 은하에게 질투가 날 정도이다. 자꾸만 가슴이 시리다. 나도 모르게 언젠가부터 그 남자를 사랑하고 있는 나 자신이 밉고 안타깝다. 그가 나를 아직도 여자로 안 본다는 사실이 한없이 슬프고 부끄러울 뿐이다. 그 사람 앞에 당당할 수 있으면 얼마나 좋으랴. 언니들에게는 절대 이런 사실을 밝힐 수 없지. 큰언니가 분별없이 설치고 나서게 할 수는 없다. 나 김지연의 마지막 자존심이 허락지 않는다.

그러나 무엇보다 나는 그 남자의 건강이 진실로 걱정되어 때론 밤잠을 설친다. 암에 걸려도 치료가 잘되어 몇 년이고 잘 넘기는 사람들도 더러 있던데. 나는 때론 엉뚱한 생각도 한다. 가끔 그 사람의 얼굴이 유난히 창백하게 보일 때면 건강한 내 피를 수혈해 주고 싶은 충동을 한없이 느낀다. 내 피를 주어서 그 사람이 건강해질 수만 있다면, 내 몸의 피 절반이라도 줄 것이다. 나는 정말 건강하니까. 무엇을 주저하랴. 그 사람의 식사를 내가 챙겨 주면 좀 건강해질까? 생인손 아리듯 내게 아픔을 주는 남자인데도, 나는 그만 보면 슬프게 행복하다.

이 편지는 내가 네게 보낸다. 그동안 누구에게도 말할 수 없는 마음고생 많이 한 은하 엄마 김지연에게 보낸다. 김지연은 '임금님 귀는 당나귀 귀'라고 대밭에 외치고 싶다.

"오늘 식사 정말 맛나게 잘 먹었어요. 요리를 이렇게 잘하시는 줄은 몰랐네요."

"이젠 조금 실력이 붙어서요. 나도 즐거웠습니다."

식사를 마친 지연이 인사를 했다. 오늘 조성재는 은하와 지연을 초대하여 점심을 함께했다. 그는 이렇게 집에서 은하와 지연 셋이서 함께 식사하니 꼭 가족이 식사하는 느낌이 들었다. 은하네와 외식은 가끔씩 함께 하곤 했다. 등심이나 삼겹살 구이, 대게 등 계절에 따른 음식으로 삼계탕을 먹으러 갈 때도 있고 여름엔 냉면집을 찾을 때도 있었다. 포장마차에서 지연이 즐기는 어묵과 맵싸한 떡볶이를 먹었으며 은하는 우동을 쭉쭉 빨아먹었다. 지연은 보통 아줌마들 같이 심각하게 따지거나 아귀 맞추는 생각 없이 언제나 그 순간이나 시간을 즐기는 듯했다. 만년 소녀같이 순진하게 웃었으며, 마치 누이같이 그의 편의를 은근히 봐주곤 했다. 지연은 은하를 중간에 끼워 사양 않고 어디든 잘 다녔으며 식사비를 번갈아 내며 편하게 먹으러 다녔다. 은하에 관련된 것 말고는 시원시원한 성격이었다.

성재는 전부터 두 모녀와 한번쯤은 집에서 식사하고 싶었다. 오늘은 특별히 성의껏 식사 준비를 했다. 전복 미역국에 가자미구이, 송이버섯구이를 했다. 사실 요즘은 어떤 요리든지 인터넷을 뒤적이면 상세한 레시피가 다 나와 있다. 가족이 없이 혼자 사는 남자가 살아가는 방법이다. 전에는 집에서 입맛대로 다 배달시켜 먹었다.

기껏해야 달걀과 파를 추가한 라면이나 끓여 먹었다. 그러나 발병 이후부터는 건강식에 관한 관심으로 곧잘 인터넷 요리 서핑을 하게 되었다.

지연은 정말 맛있게 먹었다. 미역국을 맛있게 먹으며 청도서 엄마 오시면 전복 미역국을 끓여 보겠다고 했다. 반찬들을 골고루 먹어 보며 환한 미소를 지었다. 은하는 미역국에 밥을 말아 주고 생선을 얹어 주었다. 지연도 그도 밥공기를 비웠다. 설거지는 지연이 우겨 같이 했다. 후식으로 호박고구마로 만든 양갱과 집에서 만든 요플레, 그리고 커피를 냈다. 은하는 말랑말랑하게 만들어진 노란 고구마 양갱을 포크로 잘도 찍어 먹었다.

"쟤는 아까 밥도 많이 먹었는데 또 잘 먹으니 웬일이야? 은하 만날 아찌께 와야겠네."

지연이 커피를 마시면서 은하를 흘겨본다. 은하는 거실에서 주방으로, 방으로 온 집안을 돌아다니면서 놀았다. 그리고 이것저것 잘도 끄집어낸다. 엄마는 도로 갖다 놓고, 딸은 기세 좋게 설쳐대고…. 그러는 두 모녀를 그는 소파에서 미소로 바라볼 뿐이다. 자꾸만 눈이 은하를 따라간다. 은하는 의자를 잡고 올라가 책상 위의 사진들도 집어왔다.

"은하, 은하."

"어머나, 우리 은하가 정말 멋지네. 여기도 저기도 은하 사진이네요."

지연은 은하에게서 사진을 받아 제자리에 올려두면서 침실과 서재 등 다른 방도 얼핏 눈길을 주었다. 지연이 무슨 말을 할듯 망설이는 기색을 보이더니, 결국 아무 말 않고 담담한 표정으로 커피를 마셨다. 성재는 벌써 정인두의 전화를 받았다. 지연이 친자확인 서류를 들고 새파래진 얼굴로 다녀갔다고 했다. 그는 아무 말도 하지 않았다. 지연이 알았다고 달라질 것도, 달라져야 할 것도 없다. 일본 여행에서 돌아왔을 때 번갈아 사용하는 칫솔 하나가 없어진 걸 보고 놀랐지만, 미루어 짐작했다.

은하가 현관문을 밀고 들어왔다. 이즈음 은하가 이층에 잘 올라와 그는 바깥의 인터폰도 은하 손이 닿는 데로 내려 달고, 은하가 있는 낮엔 현관문도 잠그지 않는다. 은하는 요즘 말을 정말 잘한다. 날이면 날마다 새로운 언어들이 등장한다. 그가 "은하 예쁜 짓!" 하면, 조그만 두 팔을 머리 위로 올려 하트를 만들기도 하고, 두 손을 턱밑에 받치고 빵끗 웃는 포즈도 취한다. 미치도록 귀엽고 앙증스럽다. 엊그제 나팔꽃이 그려진 분홍색 티를 입은 은하가 말했다.

"은하 옷도 반짝반짝, 하늘의 별도 반짝반짝, 헤헤."

"은하야, 하늘의 별 반짝반짝 보았니?"

"응, 아찌, 반짝반짝!"

"은하는 핑크, 아찌는 무어?"

"아찌도 핑크!"

아이는 손뼉을 짝짝 친다. 여자애라 그런지 은하는 유달리 분홍색을 좋아한다. 잠자리 날개 같은 원피스도 바지도, 구두도 운동화도 정말 분홍색 일색이다. 지연이 입을 삐죽이며 다른 색 옷으로 바꿔 입히려 해도 분홍 옷을 잡고 늘어지니 지고 만다. 요즘은 새로운 단어들을 무섭게 머리에 입력시키는지 매사에 물음이다. 귀찮을 정도로 묻고 또 묻는다. 걸음도 이젠 달음박질이다. 언젠가 지연이 은하 재능은 춤이라며 쿡쿡 웃은 적이 있다. 은하는 춤출 때 꼭 깨금발을 하고 손은 위로 들어 올려 맞잡고 발레처럼 추었다. 몸을 팽그르르 돌리며 나비처럼 폴폴 날아다닌다. 어린이집에서 재롱잔치 연습을 하고 있다고 지연이 말했다.

은하는 눈에 띄는 것마다 물음이다. "이게 뭐야?", "저건 뭐야?" 하다가 한번은 "아찌는 회사 안 가?" 하여 그를 깜짝 놀라게도 했다. 눈에 새로 보이는 낯선 사물의 이름을 알려고 하고, 잠시도 가만있지 못하고 설치고 다녔다. 그는 은하가 다칠까 세심하게 살피고, 계단에도 줄을 매어 아이가 잡고 오르게 하고, 요소요소에 푹신한 매트도 깔아 두었다.

은하는 이층에 오면 그가 준비해 둔 크레파스와 스케치북을 책장에서 꺼내온다. 쓱쓱 그림을 잘도 그린다. 은하의 그림에는 항상 엄마와 아이가 그려지는데, 아이의 키가 엄마보다 길다. 누구냐고 하면 키가 큰 아이를 은하라고 하고, 긴 머리에 긴 치마 구두를 신고 있는 저보다 키가 작은 사람이 엄마라고 했다. "아찌는 어디 있어?" 하면, 저 옆에 뚝딱 그려 넣었다. 모자를 쓴 아찌 키가 저보다 작아 웃긴다. 할머니, 하면 엄마 옆에 더 조그맣게 그려 넣는다. 이모, 하면 아주 작게 그린다.

은하는 그림에 자기가 좋아하는 사람을 키로 나타냈다. 은하, 엄마, 아찌, 할머니, 이모들 순서인데, 새 스케치북에 그려도 절대로 키 순서가 바뀌지 않았다.

은하는 나무도 꽃도 아주 수월하게 쓱쓱 그렸다. 분홍 빨강 노랑 파랑의 밝은 색상들이 스케치북 위에 뛰놀았다. 은하는 이층에 오기만 하면 컴퓨터 앞에 앉는다. 그가 하던 일을 접고 비켜주어야 했다. 지연이 얼마나 보여주는지 유아 프로를 은하는 꿰고 있다. 그 중에도 '리틀 프린세스 소피아' 옷 입히기를 제일 좋아했다. 마우스로 집중하여 예쁜 드레스를 콕 찍어 입히고, 모자를 씌우고, 어울리는 구두를 찾아 신겨 준다. 제 눈에 입힌 옷이나 모자 구두가 맘에 들지 않으면, 다시 찾아 제법 어울리게 입힌다. 보는 재미가 쏠쏠하다.

인터넷에서 코스피, 코스닥 주식 시황과 펀드 평가액을 살피고 있는데 은하가 매달렸다.

"아찌, 아파!"

아이가 그의 다리를 잡고 흔들었다.

"아찌, 아파!"

"왜, 어엉?"

그제야 은하를 돌아보니 이게 웬일인가. 이마에 커다란 반창고가 붙어 있고, 오른쪽 뺨에도 벌겋게 타박상이 나고, 오른손에 붕대가 감겨 있다.

"왜 이랬어?"

"은하 아파! 아파! 잉잉!"

아픔과 어리광이 반반이다.

"아찌가 호호 해줄게."

상처 난 곳에 입으로 불며 호호 해주자, 아이는 금방 나은 것처럼 깔깔 웃는다. 은하를 안고 내려왔다. 지연이 거실 바닥에 퍼질러 앉아 정신없이 TV 드라마를 보고 있다.

"아니, 어쩌다 애가 이렇게 다쳤어요?"

다그치듯 물었다. 그제야 지연이 그와 은하를 쳐다본다.

"아, 글쎄, 가게 가는데 쟤가 리어카 할아버지 쪼르르 쫓아가다가 넘어졌지 뭐예요."

"길에 나서면 애 손을 꼭 잡아야지요."

"그렇죠. 한데 애가 눈 깜작할 새 그랬다니까요. 치료했는데 조금밖에 안 다쳤어요. 은하 너 아찌한테 엄살 부렸지?"

지연은 은하를 향해 눈을 흘겼다. 은하는 엄마 눈길이 무서워 그의 가슴팍에 얼굴을 숨겼다. 밖에 나가면 울어서라도 잡힌 손을 빼는 은하를 그도 잘 알고 있다.

"차들이 그냥 달리는데 도로에서 애 손 놓으면 절대 안 됩니다. 애가 언제 어디로 튈지 모르는데!"

그는 자신도 모르게 정색을 하고 목소리의 톤이 높아짐을 느꼈다. 은하 일에는 언제나 이성보다 감정이 앞선다. 지연이 어이가 없다는 듯 멀거니 자신을 쳐다보고 있잖은가.

일요일 아침 은하와 지연이 올라왔다.

"아찌, 안녕!"

"웅, 은하도 안녕!"

은하는 현관에서 신발을 냅다 벗어 던지고 그에게로 달려와 안겼다. 아, 아직도 배릿한 은하 냄새가 난다. 노란 튤립 원피스에 시원한 바깥바람이 묻어 왔다.

"은하 엄마랑 어디 가니?"

"저기 가. 엄마 아찌 선물, 엄마 주!"

"쟤가 조르기는…. 그래, 갖다 드려."

들어오지 않고 현관에 선 지연이 등뒤에 감추고 있던 커다란 쇼핑백을 은하에게 건네주었다. 은하가 덥석 받아서는 질질 끌고 와 그에게 안겼다. 쇼핑백 안에는 투명한 항아리에 뭐가 가득 들어 있었다. 알록달록 색종이였다. 지연을 돌아보며 눈으로 묻고 있는데, 은하는 항아리 뚜껑을 열려고 낑낑댔다.

"선물이에요. 은하랑 나랑 조 선생께 드리는 마음의 선물! 은하야, 엄마 간다."

항아리를 끌어안고 씨름하던 은하는 지연이 현관을 나가려 하자 만지던 항아리를 팽개치고 부리나케 따라나서며 손을 흔든다.

"아찌, 빠이빠이!"

오늘이 초하루인가. 지연은 음력 초하루에는 은하를 데리고 가까운 절 문수사에 갔다. 평일 초하루에는 퇴근길에 절에 들렀다 오는 모양이다. 은하 할머니가 계시면 여인 삼대가 손잡고 같이 갔다. 선물은 뜻밖에도 학이었다. 갖가지 색종이로 곱게 접은 종이학들이었다. 은색과 흰색의 학들도 보였다.

"조성재 씨의 건강을 기원하며 은하랑 접은 천 마리 학입니다. 오래도록 우리 은하 지켜봐 주세요!"

거실 바닥에 수북이 쏟아 놓은 학들 속에서 볼펜 길이만 한 큰

학이 보였다. 거기에 지연의 메모가 있었다. 가슴이 뭉클하고 뜨거워졌다. 직장 다니느라 바쁜 지연도 그렇고, 은하가 고사리 손으로 종이학을 접었다고 생각하니 가슴이 아리기까지 했다. 그러고 보니 언젠가 은하가 이층에 놀러 왔을 때 자꾸만 종이를 달라고 조르던 적이 있었다. 그래서 A4 한 장과 주황색 형광펜을 주었는데, 그때 은하는 그걸 밀쳐내며 "아냐, 아냐." 했다. 그게 종이학 접는 색종이였던 모양이다.

은하 엄마는 언제부터 자신의 병을 알았을까? 일부러 병을 숨긴 것은 아니지만, 자랑할 일도 아니고 자신의 병을 드러내 지연에게 말할 처지도 아니지 않은가. 지연의 정성에 울컥 목이 메었다. 그날 그는 인터넷 일기장에 이렇게 썼다.

선물!
천 마리 학을 선물 받았다. 접은 이의 정성으로 소원을 들어 준다는 천 마리 학! 다른 이도 아닌 은하와 지연 씨에게 받은 예쁜 천 마리의 학! 나는 언제까지 이들을 지켜봐 줄 수 있을까?
신이시여! 은하의 부처님이시여! 저에게 좀 더 자비를 베푸소서!

저녁 9시 TV 뉴스에서 끔찍한 장면을 본 게 내내 마음에 걸렸다. 한 여성이 아파트 지하 주차장에 자동차를 주차하고 나오는 순간, 복면의 괴한이 손에 든 흉기로 위협하여 그 여성을 차 안으로 밀어 넣었다. 한 시간 뒤 신도시에서 그 여성은 외제차인 자기 차 안에서 주검으로 발견되었고, 현금과 카드, 손에 끼고 있던 다이아

반지며 트렁크에 실려 있던 골프채까지 다 도난당했다. 카드로 거액의 예금도 인출되었다고 한다. 어쨌든 예사로 보이지 않는다. 워킹맘 지연이 걱정되었다. 근래 들어 초등학생 납치 사건도 심상찮다. 살벌하다.

이튿날, 시내 나간 김에 호신용품점에 들렀다. 그 사건 때문인지 여성 고객이 많았는데 신중하게 고르고들 있었다. 그는 휴대성이 높은 가스총, 경보기, 스프레이, 맹렬한 셰퍼드 소리 등 핸드백이나 호주머니에 넣을 수 있는 작은 호신용품 다섯 개를 샀다. 그날 저녁 그걸 본 지연의 눈이 둥그레졌다.

"어머머. 한두 개만 사지, 이건 좀 심했다."

"어쨌든 사회가 험악하니 가지고 다니세요!"

은하는 그게 뭔지도 모르면서 제가 다 갖겠다고 법석을 부렸고, 지연은 쿡쿡 웃었다.

정서를 만났다. 약속 장소에 갔을 때 실내에 들어가지 않고 작은 정원의 나무들 사이에 서 있는 정서를 보았다. 옅은 갈색 바바리를 입고 크림색 스카프를 두른 정서가 단풍나무를 쓸쓸히 바라보고 있었다. 검정색 양가죽 체인숄더백을 메고 있다. 어두운 얼굴이다. 한숨을 뱉으며 하이힐로 땅바닥을 문지른다.

주차하고 한참 정서를 바라보았다. 대학동기회에서 들은 말들이 귀를 스쳤다. 만감이 교차했다. 그러나 한편 가슴 저 밑바닥에 가라앉아 있던 정서에 대한 원천적인 애틋한 감정들이 부득부득 되살아났다. 가까이 다가가 어깨를 가볍이 쳤다.

"윤정서, 무슨 생각을 그렇게 하고 있어?"

"어머, 선배!"

정서는 얼른 침울한 표정을 바꾸고 그의 손을 잡으며 방긋 웃는다. 어깨까지 내려온 갈색 웨이브 머릿결이 보기 좋았다. "선배 반가워요." 하는 정서의 목소리는 예나 다름없이 산소처럼 맑다. 그는 정서가 말할 때마다 자신의 귀청이 커지는 느낌이다. 정서가 자연스레 팔짱을 꼈다. 예약한 방으로 안내받고 식탁을 사이에 두고 마주 앉았다.

오랜만이다. 립스틱이 아주 진한 새빨간 색이다. 정서는 바바리 안에 오렌지색 실크 티를 입었다. 앞이 깊게 트여 매혹적인 가슴골이 보였다. 베이지색 미니스커트는 등의자에 앉으니 쭉 뻗은 탄탄한 허벅지가 그대로 다 나왔다. 정서는 종업원이 두고 간 개켜진 앞치마로 다리를 덮었다. 몸에 착 붙는 실크 티는 정서가 조금만 몸을 움직여도 봉긋 솟은 유방의 흔들림이 나타났다. 그는 자신도 모르게 한숨을 토했다. 정서의 표정만은 예전처럼 밝았다. 그러나 정서가 긴장하고 있는 게 그의 눈에 훤히 보였다.

"선배, 몸은 좀 어떠세요?"

"많이 좋아졌어. 이젠 노는 것도 지겨워."

"선배는 놀아도 사는 데 지장 없으니 얼마나 좋아요. 나는 설치고 다녀도 그 자리예요."

"왜, 요즘 보험이 잘 안 되는 거야?"

"저 보험 여왕까지 올랐어요. 자랑 같지만 대단하죠? 이젠 다른 걸 하고 싶어요."

식사가 들어왔다. 하얀 사기 쟁반에 노릇노릇 잘 튀겨진 새우튀김, 고구마튀김, 그리고 소를 넣은 고추튀김도 각각 두 개씩 나왔다. 삶은 강낭콩과 먹기 좋게 썬 마며 메추리알 등 갖가지 나왔다. 고물고물하는 산낙지가 참기름을 두르고 나오고, 갖가지 쌈 채소들이 상에 올랐다. 이윽고 솜씨 좋게 잘 떠진 싱싱한 생선회가 커다란 쟁반에 먹음직스럽게 담겨 나왔다.

생선회가 너무 먹고 싶다는 뜬금없는 정서의 전화에 그는 옛날 정서와 다녔던 횟집을 예약했다. 정서는 생선회보다 튀김을 잘 먹었다. 그는 소주 한 잔을 마시고, 정서는 소주 한 병을 비웠다.

"네 덕택에 내가 생선회로 포식했네. 아무튼 잘 먹었어. 넌 조금밖에 안 먹었지."

"선배 맛있게 드셨으면 됐어요. 금방 한 튀김들이 바삭해서 맛있어요."

후식으로 나온 포도를 먹고 커피를 마시면서 정서는 뭔가 내내 고민하는 표정이다. 그러나 그는 모르는 척 내버려두었다. 예전 같으면 진작 물었을 터이다.

"선배, 이런 부탁은 안 드리려 했는데, 용기를 냈어요. 저어…."

"그래, 뭔데? 말해봐."

"선배, 저기 종로 쪽에 선배 상가 있잖아요. 그 가게 아직 세주고 있죠? 선배가 직접 가게 할 일은 없을 테고, 저한테 주시면 안 돼요? 남과 같이 세비 드릴 테니 말이에요."

뭐라고? 이거였구나.

생각지 못한 일이다. 느닷없이 만나자고 하더니.

"남 밑에서 보험이니 뭐니 일하다 보니 독립하고 싶어요. 내 가게를 하고 싶어요. 꼭 하고 싶은 영업이 있는데, 정말 열심히 해서 실망 안 시킬게요."

성재는 전연 생각지도 않은 부탁에 난감했다. 그동안 잊고 있던 오천만 원 빌려 간 돈이 생각났다. 정서는 그 뒤로 빌린 돈에 관해서는 한마디도 하지 않았다.

"윤정서, 그건 간단한 문제가 아니야. 지금 그 사람들 우리 부모님 생전부터 영업해 온 사람들이야. 물린 전세금도 월세도 적지 않아. 그래도 한번도 안 미루고 꼬박꼬박 넣어주셔서 내가 생활비로 요긴하게 쓰잖아. 오래되어 권리금도 많고, 상가 인수는 어려운 문제야."

"그런 거야 내가 알아서 처리하면 되잖아요. 선배, 내 사정 한번만 봐줘요. 다신 이런 부탁 않을게요. 그 사람들은 그 자리에서 그동안 돈 많이 벌었을 테고, 또 생판 남이잖아요."

정서는 집요하게 그를 설득했다. 그러나 정서의 그 부탁만은 쉬이 들어 줄 수가 없다. 상가에서 오랫동안 영업해 온 업주의 처지에서 주인이 한다 해도 어려운 일인데, 다른 사람에게 공들여 키운 가게를 내어줄 리는 만무하다. 가게를 비우는 일은 전월세를 올리는 일보다 더 어려운 일인데도 정서는 부득부득 그를 졸랐다. 아무리 그래도 독단으로 쉽게 들어줄 일이 아니다. 그리고 어쩐지 정서가 감당하지 못할 일을 그냥 떼쓰는 듯했다.

정서가 방황하고 있구나!

정서가 샐쭉 삐졌다. 횟집을 나와 거리를 걸으면서 예전처럼 그의 팔을 끼거나 매달리지도 않았다. 그 뒤 정서가 몇 번 전화로 상가 문제를 애원하며 물고 늘어졌지만, 원하는 대답을 들려주지 못했다. 될 일이 아니기 때문이다.

　　　　　　　　　　✧

　요즘 들어 은하의 욕심과 트집이 부쩍 심해졌다. 오늘 가게에서도 그렇다. 막대사탕과 과자를 들었는데도, 가게 밖에서 다른 아이가 아이스콘을 먹는 걸 보고는 또 사달라고 조른다. 안 된다고 하자 손에 들고 있던 사탕과 과자를 던져 버리고 다리를 뻗대고 울기 시작했다. 그가 못 본 체 집으로 오자, 버둥대며 더 큰소리로 앙앙 울었다. 어제 저녁에도 뭘 잘못했는지 현관 밖에 쫓겨나 있었다. 지연이 혼내고 있었다.

　은하를 안아 일으켰다. 흙 묻은 궁둥이도 털어 주고 휴지로 눈물 콧물도 닦아 주었다. 아이를 품에 꼭 끌어안았다. 아이는 연신 딸꾹질을 하며 울음을 쉬이 그치지 않았다. 내던진 과자를 주워오라고 시켰다. 막대사탕 비닐을 휴지로 닦아 손에 쥐어 주고 과자는 다시 가게로 가서 제자리에 놓게 했다. 갖고 싶은 것 한 개만 갖게 했다. 은하는 딸기 아이스를 골랐다.

　은하는 평상시에도 인형 한 개는 꼭 쥐고 다닌다. 이층에 놀러올 때도 털이 보슬보슬한 아기 펜더나 원숭이를 들고 와, 잠이 오면 그걸 안고 자기도 하고 베고 잠들기도 한다. 그런지라 마트의 장난감 앞에서는 욕심이 보통이 아니다. 지연이 달래도 소용없다.

공주 인형, 소꿉, 동물 인형 등이 집에 넘쳐나는데, 장난감을 또 집어 든다. 떼쓰는 은하를 두고 카트를 밀고 다른 곳으로 가버리면, 신발도 벗어 던지고 왕왕 울었다. 눈에 든 장난감을 가질 때까지 고집스레 울며불며 버틴다. 지연은 남들 보기 창피하다고 무서운 표정으로 은하를 겁주었다. 장난감 가게 앞은 지나기가 겁난다고 지연은 투덜거렸다.

은하의 방에는 장난감뿐만 아니라 책장에 유아 그림책과 아직 읽지도 못할 고학년 동화책들이 주르르 꽂혀 있다. 장난감도 별의별 장난감으로 가득하다. 대부분이 만지면 소리 나는 시청각 장난감들이다. 조금씩 모양 다른 공주 인형은 셀 수도 없으며, 소꿉 살림도 거실에 놓인 커다란 바구니에 넘쳐난다. 조립식 장난감도 많다. 거실 왼쪽 은하 침대가 놓인 방 벽면 책장에는 동화책들이 가득 꽂혀 있고, 나머지는 온통 은하 장난감 집합소다. 그가 보기에 지연은 장난감이나 책들을 은하 연령에 맞추어 사주는 게 아니고 무슨 한풀이하듯 은하에게 사준 것 같다. 은하 임신하고부터 눈에 드는 장난감이며 동화책들을 사들였다고 지연이 말한 적 있다. 그리고 지인들로부터도 쓰고 난 것이지만 새것 같은 비싼 장난감도 곧잘 얻어왔다. 아이 하나만 키운 집에선 말짱한 장난감들이 남아돈다고 했다.

그는 그림책을 보고 더 놀랐다. 유아 도서들이 이렇게 발전했나 싶었다. 책장의 영어교재를 잔뜩 발견하고 실소를 금치 못했다. 생각만 해도 은하가 안쓰러웠다. 저번에 지연이 말했다.

"은하도 이제 한글하고 영어 방문교습 받아야 할까 봐요. 은하 동무들은 다 공부한대요."

은하 저 녀석 조금 있으면 제 엄마한테 공부하라고 들들 볶이고도 남겠다 싶었다.

옷만 해도 그랬다. 여자애라 그런지 이상하게 핑크색 옷만 고집했다. 스웨터도 분홍색, 치마도 분홍색, 원피스, 운동화, 구두도 분홍색 일색이다.

"아찌는 무슨 옷(색깔)이 좋아?"

"음, 핑크!"

"은하도 핑크 좋은데, 아찌도 좋아? 난 핑크가 제일 예뻐!"

핑크가 좋다는 말에 짝짝 손뼉까지 친다. 은하는 치마를 좋아한다. 항상 나풀나풀한 원피스를 즐겨 입는다. 제 엄마가 주방에서 앞치마를 입으면 저도 꼭 입어야 한다. 그걸 입겠다고 떼를 써서 지연이 벗어 주면, 바닥까지 질질 끌리는 그걸 입고 좋아한다. 요즘은 엄마 친구가 덴마크 여행에서 하나 사다 준 흰 레이스가 달린 에이프런 원피스가 맘에 드는지 항상 입는다. 날씨가 추운 날 외출할 때 바지를 입히면 벗어 던지고 기어이 치마를 입겠다고 고집 부려 엄마와 실랑이를 벌였다. 반면 어쩐 일인지 모자는 싫어했다. 예쁜 모자를 씌워 주면 내동댕이치기 일쑤여서, 어째 고집이 저리 센지 모르겠다고 지연은 하소연이다. 본체만체한 장난감도 치우면 울고불고 난리를 친다. 그러면서 은하는 의사 표현을 분명하게 했다.

"엄마 미워! 엄마 미워!"

"아찌 미워! 아찌 싫어! 가!"

그러면 지연이 눈을 흘기며 은하 궁둥이를 슬쩍 때렸다.

"미운 일곱 살이라던데, 쟤는 벌써부터야."

지연에게 협조를 요청했다. 장난감이나 그림책, 크레파스 등은 아무리 어질러도 그대로 두게 하여 나중에 은하더러 조금이라도 정리하게 했다. 그렇게 정리하는 습관을 들이는 데는 시간이 좀 걸렸다. 잔뜩 어질러 놓고 장난감 바구니에 담지 않을 때, 은하가 제일 좋아하는 장난감 하나를 쓰레기통에 내다 버렸다. 은하는 쓰레기통에 담긴 공주 인형을 발견하고는 울며불며 털어서 가져갔다. 그러면서 차츰 조금씩 정리를 했다.

마트 갈 때는 은하가 아끼는 장난감 하나를 슬쩍 가져가서 욕심 내어 집어 들면, 저 좋아하는 장난감을 대신 내놓았다. 그러면 아이는 눈물이 그렁그렁해서 아끼던 장난감을 품에 안고 나왔다. 가진 것 몇 개를 주어도 꼭 가지겠다는 것은 사주었다. 다행히 아이는 조금씩 선택의 신중함을 보여주었다.

옷은 웬만하면 강제가 아닌 선택권을 주도록 지연에게 권했다. 추운데 나가서 호되게 당하고 나면, 따뜻한 바지를 입지 않겠느냐고 했다. 그러자 지연은,

"그럼 애가 감기든 다음에요?"

하고 툴툴거렸다. 은하에게 들은 말이 생각났다.

"아찌, 나 옛날, 옛날에 상처받았어."

"상처? 무슨 상처?"

"엄마가 나만 혼냈어. 콜라 자꾸 마신다고 머리에 알밤 주고, 나는 절대로 치마 입고 싶은데 바지 안 입는다고 궁둥이 탁 때렸어.

그래서 눈물이 나서 상처받았어."

"아찌가 은하 엄마 야단칠까?"

"아니, 아니. 나는 울 엄마가 제일 좋아."

은하는 어제 일도 옛날이라고 표현한다. 그는 은하가 무심코 말한 상처라는 단어에 놀랐다. 아직 상처라는 말을 몰라야 할 어린애 아닌가. 은하는 주위에 동화책이 많아 그런지 어휘의 풍부함을 느끼게 된다.

올 연초부터 지연이 직장에 나가고부터 그가 은하를 돌보는 시간이 많아졌다. 할머니나 도우미 아줌마가 있어도 유치원을 다녀온 오후나 토요일 그가 특별히 볼일이 없는 낮에는 은하를 돌봤다. 그는 지연에게 그림책이나 동화책을 전집으로 더는 못 사게 충고했다. 지연은 은하 태어나기 전부터 그림책을 사두었다고 했다. 홈쇼핑 다닐 때 산 건지 책들이 참 많이도 있었다. 그러나 지연은 그 후에도 세계명작, 만화로 보는 위인전 등을 전집으로 들였다. 고집은 엄마랑 딸이랑 똑 닮았다고 생각했다.

영어로 된 만화도 책장에 꼽히기 시작했다. 그는 은하가 놀러 가자고 조르면 손을 잡고 가서 그림책 한 권만을 골라왔다. 더러는 책장의 전집에서 몇 권 갖다 두었다가 한 권씩 은하에게 보여주었다. 언제부턴가 수월히 드나들기 시작한 은하네 집 거실 소파에서나 이층 거실에서, 한낮의 따사로운 햇볕 내리쬐는 테라스에서 아이가 책을 갖고 오면 그는 언제나 재미있게 낭독해 주었다. 아이는 몇 번을 들어도 재미있는지 귀를 쫑긋 세우고 열심히 들었다. 성재는 그림책의 색상과 동식물 모형들과 효과음악까지 들어 있는 재미있고 다양한 동화책에 정말 놀랐다. 귀 기울이고 듣다 어느 순간 스르르 나비잠이 드는 아이의 모습은 작은 천사였다.

'작은 천사 내 곁에서 잠자고 있다! 새근새근 잠이 든 은하의 모습에는 사랑과 평화만이 깃들어 있다. 나는 언제까지고 이 어린 천사의 지킴이가 되고 싶다. 은하야 사랑해! 네가 잘 말하는 하늘만큼 땅만큼 사랑해!'

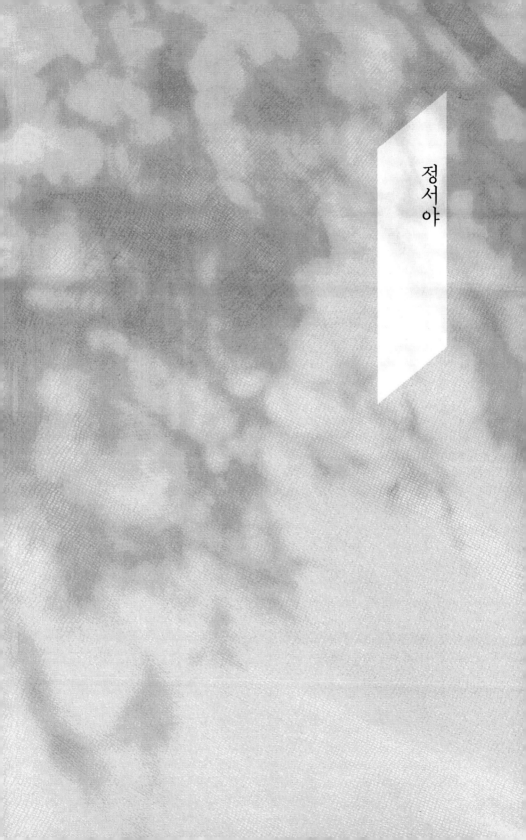

정서야

조성재는 오늘 오랜만에 L 호텔에 들렀다. 꼭 한번 만나자는 민 사장의 요청이었다. 민 사장과의 마지막 만남이 이 년 전이니 오랜만이다. 증권회사 시절, 말하자면 큰손 고객이었다. 당시 민 사장은 그에게 자금 관리를 맡겨 주식과 펀드, 국채로 큰돈을 벌었다. 민 사장은 보기 드물게 배포가 큰 사람이었고 인내심이 강했다. 그는 당시에도 유명 식당으로 성재를 불러 식사를 대접하곤 했다. 호탕한 웃음도 여전했다. 잊을 수 없는 반가운 고객 중 한 명이다.

"뉴질랜드에 살고 있네. 떠나기 전에 자네를 꼭 한번 만나고 싶어서야."

민 사장은 비치백을 하나 건네주었다. 약이 들어 있다. 약이 한두 통이 아니다.

"사장님, 어떻게 이런 비싼 약을 일부러 가져오셔서 주십니까?"

"비싼지는 모르겠고, 좋은 약일세. 자네 소식을 들었어. 나는 자네의 정직성을 높이 샀지. 기운 내시게. 한창이잖나. 옛말 그른 게 하나도 없다니까. 하늘이 무너져도 솟아날 구멍이 있다고 한 말 알고 있지."

"예. 고맙습니다."

"이국 바람도 쐬고 치유도 하고. 시간 되면 언제든 한번 오시게. 너른 저택이 텅 비어 있으니, 동행하고 싶은 사람이 있으면 같이 와도 돼."

민 사장은 호탕하게 웃으며 그를 데리고 예약한 호텔 일식당으로 올라갔다. 그는 민 사장의 이국땅에서의 낯선 생활과 실수담들을 들으며 즐겁게 식사를 했다. 민 사장은 우리말로 실컷 얘기하여 스트레스가 확 풀린다고 했다.

차까지 마시고 지인이 와서 기다린다는 전화를 받은 민 사장을 배웅하러 지하 주차장으로 내려갔다. 주차장 저쪽에서 여자들이 싸우고 있었다. 늙은 여자와 젊은 여자가 다투고 있었는데 다른 두 여자도 싸움을 말리는지 부추기는지 엉켜 있었다. 대머리 배불뚝이 영감이 옆에서 안절부절 늙은 여자를 떼어 말렸다.

"여보, 그만하소. 정말 그게 아니라니까."

어느새 머리채를 잡힌 젊은 여자가 주차장 바닥에 패대기 쳐졌다.

"새파란 게 감히 어디서 범 무서운 줄 모르고 꼬리를 쳐! 발가벗겨 모가지를 비틀어 놔도 모자랄 년 같으니!"

삐쩍 마른 몸에 번쩍이는 보석을 목과 손에 둘둘 감은 늙은 여자가 앙칼지게 퍼부으며 널브러진 여자를 향해 퉤퉤 침을 뱉었다. 더럽다는 듯 탈탈 손까지 털었다.

"난 억울해! 억울하단 말이야! 난 아무 말도 하지 않았어!"

"이년아, 백억 빌딩이 눈앞에 아른아른하던? 어이구, 아까워서 어쩌누!"

"아니야! 난 아무것도 몰라! 모른단 말이야!"

젊은 여자는 땅바닥에 드러누운 채 악을 썼다. 그런데 그 목소리. 그 목소리는 악다구니 목소리이긴 해도 귀에 익은 음성이 아닌가. 잘못 들었나?

민 사장이 푸하하하 폭소를 터뜨렸다.

"저 영감, 부동산 졸부인데 옛날부터 바람잡이지. 젊은 여자가 코 꿰었네. 세월이 가도 제 버릇 개 못 주고 참 여전하네 그려."

빼빼 늙은 여자가 하이힐로 드러누운 젊은 여자를 툭툭 걸어찼다.

"이년아, 저 영감이 늙은 본처하고 이혼하고 널 꽃방석에 앉혀 두고 재산 절반 준다 했지? 이제껏 저 바람쟁이 영감탱이가 건드린 계집들이 한 트럭은 넘을 거다. 저 영감 말을 믿어? 우리 집 개 몬로가 웃겠다. 이 똥파리 계집년아!"

"난 아니란 말이야! 난 아무것도 요구한 게 없단 말이야! 난 늙은 이를 증오해!"

어이없게도 정서였다. 기가 막혔지만 정서였다. 정서는 일어나려다 늙은 여자들에게 다시 떠밀려 쓰러졌다. 민 사장은 기다리고 있던 지인 차를 타고 먼저 떠났다. 여자들은 정서를 향해 더 험한 욕설들을 퍼부어 댔다.

'윤정서, 네가 어떻게 이렇게까지 망가졌어!'

조성재는 혹시나 정서가 자신을 알아볼까 얼른 돌아섰다. 다시 여자들의 욕설과 고함이 들려왔다. 차를 빼서 지하 주차장을 거의 나왔을 때 "선배!" 하고 부르는 청량한 목소리에 깜짝 놀라 돌아보았다. 정서의 맑은 목소리가 주차장 푸른 불빛에 낱낱이 부서지고 있었다.

'그래, 나는 언제까지나 네 선배로 있어 줄게. 그래도 정서야, 너무 망가지지 말렴. 가슴이 아프단다. 정말 산소같이 시원하고 귀엽고 아름다운 아가씨였는데. 선물을 좋아하고, 웃기를 잘하고, 윤정서는 그런 귀여운 여자였는데….'

그의 가슴으로 동지섣달 서늘한 바람이 회오리처럼 굽이굽이 빠져나가고 있었다.

그는 밤을 설쳤다. 들떠서 잠까지 설쳤다. 드디어 토요일. 오늘은 나무 심기로 한 날이다.

4월 5일 식목일은 옛날이지, 이즈음엔 늦다고들 했다. 화훼시장에서 묘목 4그루를 벌써 사두었다. 은하와 같이 심기 위해 오늘까지 기다렸다. 식목 준비는 완벽하게 했다. 괭이, 삽, 전지가위, 물뿌리개, 빨간 코팅 장갑 등. 그리고 어제 잔디 마당 담장을 빙 돌아가며 띄엄띄엄 4개의 구덩이를 팠다. 땅을 파보니 땅속 흙도 괜찮았지만 마사토 5포를 사서 본디 흙과 고루고루 섞었다. 농사의 '농'자도 모르는 그였지만 인터넷을 뒤져 나무 심는 요령을 체크했다.

이제껏 살아오면서 나무 한 그루도 풀 한 포기도 심은 적이 없는 자신을 발견했다. 도시에서 자라 자연을 몰랐다. 이곳으로 이사와 매일 올라가는 매봉산의 사계에서 싱그러운 나무들의 기운을 받으면서 순리로 찾아오고 바뀌는 자연의 법칙을 보았다. 산이며 나무들, 산 풀들이 변화가 없는 듯 보였으나 하룻밤이 다르게, 한나절이 다르게 가지를 뻗고 고운 연두 새순을 내놓았다. 그런가 하면 돌아서 초록 물감을 뿌리고, 햇볕을 가려 주고 땀을 식히는 바람을 보내 준다. 붉게 물드는 가을 숲길에서 나무는 가지에 달린 잎이 제일 아름다울 때 버린다는 자연의 순리를 보았다. 겨울 산 나목들은 북풍과 눈비를 맞으며 꿋꿋이 버텼다.

자연은 인간에게 묵묵히 베푸는 생명의 원천이 아닌가. 물도 산소도, 푸르름도 바람도 거저 얻는다. 그는 이제껏 꽃은 꽃다발이나 축하 분을 돈 주고 사는 것, 아니면 전화로 쓰임새를 주문하면 득달같이 배달해 주는 물품 정도로 알았다. 매봉산을 다니고부터 집에 있는 어린 단풍나무와 은행나무를 돌보고 있다. 그가 이사 왔을 때 아기 나무였는데 키가 훌쩍 자랐다.

오늘은 은하를 위해서 나무를 심기로 한 날이다. 나중에 은하가 따먹을 과일나무를 꼭 자기 손으로 심어 주고 싶었다. 청매실, 사과나무, 단감나무, 무화과, 이렇게 4종류를 엄선해서 구입했다. 묘목상에서 과수는 3년이 되어야 과일이 달린다고 해서 3년생 묘목으로 주문했다. 마당의 잔디밭이 줄어들었다. 시금치, 상추, 부추를 심어 먹는 정말 손바닥만 한 채소밭 옆에 눈썹 같은 둥그런 화단을 꾸몄다. 지난 토요일 은하를 데리고 꽃시장에 가서 동화책 그림 속의 꽃들, 곧 장미, 팬지, 봉선화, 채송화, 초롱꽃을 사다 화단에 심었다. 잔디 마당이 줄어 아쉽긴 하지만, 꽃을 가꾸기로 했다. 은하와 같이 꽃모종을 심으며 봉선화 꽃이 피면 손톱에 꽃물을 들여 주기로 약속했다. 은하는 폴짝폴짝 뛰었다. 아이는 언제나 기쁨을 그렇게 표현했다.

그가 마당에서 묘목을 심을 구덩이에 가져다 두고 있을 때, 은하와 지연이 나왔다.

"아찌!"

그를 보곤 은하가 달려 나온다.

"얘, 넘어져. 천천히 가."

지연이 붙잡아도 아이는 엄마 손을 뿌리치고 그에게로 달려와 덥석 안긴다. 배릿한 은하 냄새가 폴폴 풍긴다. 아이 두 팔 아래 겨드랑이에 손을 넣고 쭉 올려 빙그르르 한 바퀴 두 바퀴 바람개비처럼 돌리자, 아이는 까르르 까르르 넘어간다. 아이의 해맑은 웃음소리가 비눗방울처럼 방울방울 동동 하늘로 올라갔다.

"날이 참 좋네요. 조 선생은 나무 많이 심어 본 모양이네요. 준비해 놓은 것이. 난 시골서 자랐지만 나무를 직접 심어 보진 않았어요. 아버지가 사랑채 앞에 대추나무를 심고 개천가에 수양버들을 심으셨어요."

그는 웃기만 했다. 은하가 삽을 들었다 괭이를 들었다 부산을 떤다. 파놓은 구덩이에 사과나무를 심었다. 줄자를 대어 가며 파놓은 구덩이에 묘목을 세우고 지연이 붙잡으면, 잔뿌리들을 결대로 고루고루 펴준 다음 준비해 둔 흙으로 덮었다. 은하는 신이 나서 그가 쥐어 준 조그만 꽃삽으로 한 줌도 안 되는 흙을 담아 부지런히 묘목에 붓는다. 묘목에 흙을 다 채우곤 꼭꼭 눌렀다. 셋이서 심은 나무를 중앙으로 빙빙 돌며 흙을 다져 주었다. 은하는 엄마 손 잡았다 그의 손 잡았다 하다가 아예 폴짝폴짝 뛰었다. 물도 흠뻑 주었다. 은하는 물도 제가 주겠다고 물조리를 들고 설치다 옷이며 신발이며 온통 흙투성이가 되었다. 아이는 흙을 만지는 게 신기한지 보드라운 흙을 마구 주무르기도 하고, 두 손 가득 쥐어서 이리저리 뿌려대기도 했다. 담장을 돌아가며 햇살 잘 드는 곳에 청매와 단감나무와 무화과를 정성을 다해 심었다. 까불던 은하도 나중에는 지쳤는지 마른 잔디에 뒹굴뒹굴 구르며 놀았다. 준비한 이름표를 은하가 직접 나무에 걸도록 했다.

사과. 매실. 단감. 무화과.

"은하야, 나무 이름표야. 사과 알겠니? 새콤달콤 맛있는 빨간 사과가 어쩌면 올가을에 몇 개라도 달리면, 우리 같이 따자. 달콤한 무화과도 따 먹고."

지연의 바람막이 점퍼 소매와 바짓가랑이에도 흙이 묻었다. 흰색 장화는 아예 흙투성이가 되었다. 지연은 옷의 흙을 털면서 빙그레 웃었다.

"어째 나무를 나 혼자 다 심은 것 같네요."

"오늘 수고하셨는데요. 이 나무들 훗날 가지를 뻗어 높아지면, 전지가위로 가지치기하세요. 키가 너무 크면 과일 따기도 어렵고 관리도 어렵거든요."

"그건 그래요. 옛날에 감나무가 너무 높아서 시골집 감 따기가 힘들었거든요. 나무에 올라가 감 따다 다치기도 하고. 요즘은 사과나 단감나무들 보면 모두 키가 작아요. 그런데 심은 사람이 가지를 치든 약을 치든 관리를 해야지, 난 이런 건 잘 몰라요."

지연이 불만스러운 얼굴로 그를 흘겨본다. 그는 못 들은 척 딴소리다.

"오늘 심은 이 나무의 과일들을 은하가 따먹으면 정말 즐거울 것 같아요."

'은하 엄마, 당신 말대로 내가 이 나무들을 돌보면서 봄날에 토실 토실한 청매실을 따서 액기스를 담그고, 가을날 빨갛게 익어 가는 홍옥을 그대 그리고 은하와 똑똑 같이 딸 수 있다면 얼마나 즐거 울까요. 발갛게 익은 단감을 따서 곶감도 만들고, 잔디 마당에 앉 아 도란도란 깎아 먹을 수 있다면, 나는 여한이 없을 것 같아요. 꽃이 없는 무화과가 익으면 향긋한 열매 안에 도돌도돌한 붉은 꽃 이 가득 피는데, 얼마나 달디단 과즙이 들어 있는지 그대는 아시 나요? 내 친구가 여름방학에 시골집에 갔다 올 적에 꿀처럼 단 무 화과를 가득 가져왔지요. 나는 은하와 그대가 맛나게 먹는 것만 보아도 정말 행복할 것 같습니다.'

그들은 나무를 다 심고 폰으로 식목 기념사진을 찍었다. 은하와 둘이서도 찍고, 지연까지 셋이서도 찍었다. 그는 방금 심은 묘목들 사진도 찍어 저장했다. 지연은 식목 기념 스페셜 요리를 한다면서 주방으로 가고, 그는 은하를 안고 욕실로 갔다.

욕조에 따뜻한 물을 받아 아이를 담갔다. 아이는 기분이 좋아 그에게 물장난을 치며 즐거워한다. 천천히 씻겼다. 은하의 새까만 눈동자에 자신의 얼굴이 비쳐 어른거린다. 또렷한 쌍꺼풀, 볼그레 한 뺨, 딸기 같은 입술, 그리고 숱이 적다고 지연이 걱정하더니 이 젠 제법 많아진 머리카락이며, 조각처럼 붙은 하얀 귀가 얄미우리 만치 예쁘다. 언젠가 은하의 도드라진 하얀 이마가 어디서 본 듯했 는데, 아, 어머니의 이마를 닮았다. 은하의 갸름한 턱도 어머니를 닮은 듯하다. 지연의 턱은 약간 사각이 아닌가.

그는 소스라치게 놀라 고개를 흔들었다. 내가 새삼스레 왜 이러지? 한심하게. 그는 은하 목욕시켜 줄 때가 제일 즐거웠다. 샴푸가 눈에 안 들어가게 조심스레 머리를 감기고, 보드라운 몸에 바디샤워를 조금만 묻혀서 씻겼다. 발을 씻길 때 작은 발바닥에 '은하'라고 쓰자, 아이가 간지러워 까르르 넘어갔다.

지연이 욕실을 들여다본다.

"어머머, 쟤는 왜 저리 기분이 좋아 난리야. 애를 제대로 씻기지도 않지요?"

"애한테 빡빡 씻길 게 뭐 있어요."

"조 선생 아기 있음 진짜 잘 키우겠는데."

지연이 무심코 말하다 놀라서 손으로 입을 막고 나가 버렸다. 목욕을 마치고 바디로션을 바른 다음 뽀송뽀송한 순면 속옷으로 갈아입히고, 따뜻한 우유 한잔과 빵 한 조각을 먹였다. 그러자 아이는 꾸벅꾸벅하더니, 크림빵을 입에 물고 스르르 눈을 감았다. 고단한지 새근새근 고른 숨을 내쉬며 잠이 든 은하는 꿈을 꾸는지 방긋 웃기까지 했다. 잠든 아이의 모습이 그에게 평화와 안식을 주었다.

지연과 둘이 식사를 했다. 팥을 넣은 찰밥에 조기구이, 오색 나물과 보글보글 끓는 푸짐한 감자탕을 냈다. 나무를 심었다고, 그것도 일이라고 감자탕을 맛있게 먹고 그가 밥 한 공기를 먹고 더 달라고 하자 지연이 씽긋 웃었다. 구김살 없이 밝게 웃는 그녀가 오늘따라 아름다웠다. 그들은 맛있게 식사를 했다. 그날 그는 인터넷 일기장에 이렇게 썼다.

3월 25일. happy day!

은하랑 지연 씨와 나무를 심었다.

4그루의 과일나무를 정성을 다해 심었다.

매실, 사과, 단감, 무화과.

내 딸 은하를 위해, 은하 엄마를 위해.

은하도 나무도 무럭무럭 자라기를 빌어 본다!

　지연은 그 남자를 알다가도 모르겠다는 생각이 든다. 과일나무들을 정성스레 심는 남자에게서 감동을 받았다. 참 빈틈없는 남자이다. 그래서 점심 식사를 더 성의껏 차렸다. 다행히 남자는 시장했던지 밥 한 공기를 비우고 더 달라고 했다. 노릇하게 구운 조기, 고기도 나물들도 골고루 먹었다. 돼지갈비와 감자, 시래기를 넣은 감자탕을 덜어 먹으면서 맛있다고 했다. 시장이 반찬이라고, 일을 해서 그런지 내 입에도 맛있었다. 그 남자와 같이 먹은 식사 중 제일 푸근하고 즐거운 식사였다. 지연은 착각할 뻔 했다. 꼭 남편과 둘이 도란도란 식사하는 기분에 빠졌으니까.

　그녀는 언젠가부터 조성재가 좋아졌다. 180은 넘을 훤칠한 키에 반듯한 이마와 코, 지성적인 눈빛이며 검고 짙은 눈썹, 신중함을 보여주는 부드러운 입술 등, 잘생긴 얼굴이 보기 좋았다. 양복을 입으면 멋진 체격이었다. 보기 좋게 벌어진 어깨와 곧게 뻗은 등선이 멋있어 보이고, 스포츠 웨어를 입으면 젊음이 넘쳐 보였다. 두

산 팬인지, 두산 야구모자와 LA 다저스 야구모자를 즐겨 쓰는 남자. 모델 해도 되겠네, 소리가 절로 나오는 남자인데, 실수가 없는 사람이어서 아쉽다.

지연은 조성재가 차라리 술이라도 마시고 허점을 보이면 좋겠다 싶었다. 은하는 엄청 가까이하면서도 자신에게는 곁을 내주지 않는다. 무슨 부탁이나 당부도 여간해선 안 한다. 너무 참한 사람이라 조심스럽다 하시던 엄마 말씀이 떠오른다. 지금껏 오로지 은하 엄마로 깍듯이 대한다. 더러는 속이 타고 부아가 나도 어쩔 수가 없었다. 때론 괴로워서 은하 데리고 멀리 이사를 가버릴까도 수없이 생각했다. 이제 은하는 그 남자의 아킬레스건이 아니라 전부이다. 이사는 제일 가혹한 보복이리라.

눈을 감고 한숨을 내쉬었다. 내 인생에 다시는 남자는 없다고 맹세하지 않았던가. 그냥 친구처럼, 연인처럼 지내고 싶다. 허전하고 쓸쓸하지 않게. 그런데도 그 정서라는 아가씨만 생각하면 질투가 난다. 밖에서만 만나는지, 한번도 그 아가씨에 대해 입에 올리지 않는 그가 더 불만스럽다.

그럼 아예 자기들이 결혼을 하면 내가 백 번 마음을 접을 게 아닌가. 아니지. 그가 환자, 폐암 환자이니 아가씨 부모들이 적극적으로 반대하여 결혼을 못 하고 저러고 있는지 모른다. 직장도 쉬고 있는 남자를 어느 부모가 반기겠는가.

옛날 그 아가씨를 처음 집에 데리고 오던 날 그 남자가 환히 들떠 있던 모습이 지워지지 않는다. 누가 봐도 선남선녀처럼 잘 어울리는 한 쌍의 연인이었지.

엄마가 청도에서 올라오고 언니들도 왔다.

"엄마, 지연이 쟤 왜 저럴까? 이 바보야, 너 언제까지 어정쩡하게 그러고 살래? 쟤 헛똑똑이지? 밑져야 본전인데, 용감한 네가 이층 남자에게는 한번 대시도 못하고 기가 죽어 있냐구! 나이 몇 살 많은 게 무슨 큰 흠이라고 기가 죽냐. 요즘은 저들만 좋으면 연상연하가 대수더냐. 저번에 잠깐 보니 인물이고 체격이고 딱 됐더라."

지난번 집에 와서 실컷 떠들고 놀다 가려고 나가다가, 외출에서 돌아오는 조성재를 마당에서 만났다. 언니들은 번개같이 요모조모 살펴봤고, 조성재는 지연에게 목례를 보내고 계단을 후다닥 뛰어 올라가 버렸다.

"은하 따먹으라고 과일나무를 심지 않나, 은하는 아예 친딸처럼 돌봐주지. 사람은 그만하면 됐는데, 일도 안 다니고 성한 사람이 아니니 그게 걸리지."

"어머나 정말? 은하가 아니고 지연이 쟤 따먹으라고 심었겠지. 세상에, 정말 멋진 남자네. 일 안 해도 먹고살 만하니 놀겠지요, 뭐. 부동산이 많은 것 아냐? 돈 없으면 어떻게 놀아? 그런데 그 남자 정말 어디가 아픈데? 요양하는 거야?"

"몰라. 나도 잘 몰라. 캐물을 수도 없잖아."

지연은 모른다고 잡아뗐다. 그게 속 편하니까.

"요즘 웬만한 병은 의술이 좋아 낫더라. 우리 옆집 아저씨 위암 수술하고 지금 오 년째인데 괜찮나 봐. 엄마, 지연이도 마음은 있나 봐. 펄쩍 안 하는 거 보니. 이참에 내가 뚜쟁이로 나서 볼까?"

"언니는 참 수월하게도 말하네. 지연이도 맘대로 안 되니까 저러

겠지. 어린애도 아니고 자기가 알아서 하게 제발 간섭 그 정도만
하라니까. 언니는 만날 그러네."

"중이 제 머리 못 깎는다잖아. 벌써 몇 년이야. 세월아 네월아 하고
어정대다 쟤 파파할멈 되겠다. 그때까지 누가 목 빼고 기다려 준대?"

"아서라. 지연이가 은하 하나만 보고 산다고 했제. 뭔 짓을 하든
지 맘이 동해야지."

"아이구 엄마, 그 말을 여태 믿고 계시우? 나 참. 나는 아예 안 믿
었는데. 요즘 100세 장수라는 시대인데, 얘가 구십을 산대도 오십
년 남은 세월 적적하게 어찌 살라구요?"

"내가 결혼을 한 번만 했어도…."

"정말 그 때문이니? 결혼 한번 하나 두 번 하나 그건 오십보백보 얘."

지연은 아직도 엄마나 언니들에게 조성재가 은하의 생물학적 아
빠라는 사실을 밝히지 않았다. 안 봐도 훤하다. 큰언니가 알게 되
면 난리가 날 것이다. 당장 조성재를 불러 몰아붙이며 둘을 엮으
려 들 것이다. 그리고 큰언니의 막무가내 행동에 그 남자는 학을
뗄 것이다. 어쩌면 끝까지 밝히지 않을지도 모른다. 그리고 아무리
자매라도 남자가 자신을 소 닭 보듯 한다는 말도 차마 할 수가 없
었다. 그것은 언니들에게도 들키기 싫은 자신의 마지막 자존심인
지 모른다. 애인이 있다는 말도 하지 않았다.

그런데 암만 생각해도 전에 왔던 보험 아가씨가 그 남자의 진정
한 연인은 아닌 것 같다. '선배 폐암 환자잖아요' 하던 그 말이 너무
도 가볍게 들리지 않았던가. 아무렇지도 않게 남의 얘기하듯 내뱉
었으니 말이다. 정말 사랑하는 사람이라면 그렇게 뱉어내듯 말할

수 있을까. 똑똑해 보이는 남자가 참 바보스럽다. 어디 애인이 없어 날라리 같은 아가씨를 애인이라고 하나. 숙맥이다. 사람 보는 눈이 그렇게 어두워서야 원. 그 아가씨를 다시 만난다면 꼭 물어보고 싶다. 그 남자를 진정으로 사랑하느냐고.

파파할멈? 자신의 나이를 새삼 세어 본다. 어언 사십이 되었다. 눈아래가 조금씩 처지고, 애써 살을 빼니 사각 턱이 더 드러난다. 양악인가 하는 수술은 겁나서 못 하겠다. 한숨이 나온다. 예쁘게 봐줄 사람도 없는데 겁나는 수술은 무슨…. 저녁이면 기초화장은 열성으로 바른다. 지연은 근래 직장을 다시 나가기도 하지만, 집에서도 허술하게 입거나 하지 않았다. 문밖에만 나서도 신경을 썼다. 그러나 무슨 소용이랴. 그 남자의 눈길이 머물지 않고 지나치고 마는데.

그래, 내 복에 남자는 없지. 은하 하나로 행복하고 정말 만족했는데, 그 남자로 인해 괜스레 번민과 쓸쓸함이 찾아온 것만 같다. 가슴 한편에 울컥 미움이 싹트기 시작했다. 김지연은 큰소리로 내뱉었다.

"조성재 씨, 나도 당신 별로야. 당신 환자잖아. 그것도 폐암이라고. 그런 당신을 어떻게 믿고 사랑하겠어. 건강한 내가 어림도 없지. 그리고 당신은 참으로 나에게 냉정한 사람이야. 지독하리만치. 이제부터 나 당신을 미워할지 모르겠어. 모른다구!"

조성재는 어느 날 청천벽력 같은 끔찍한 소식을 들었다. 아니, 보았다. 나른한 오후 책을 보며 보이차를 마시고 있는데 박 대리에게서 전화가 왔다. 전 직장에서 자신을 잘 따르던 직원이다.

"과장님, 인터넷 기사 한번 검색해 보세요. 아무래도 그 여자가, 그 여자가 대형 사고를 친 것 같은데요!"

"뭔데 그래? 누가 뭔 사고를 쳤다는 건데?"

"그게, 그게, 직접 보세요. 그럼."

박 대리는 후딱 휴대전화를 끊어 버렸다. 인터넷에 들어갔다. 사건 사고가 줄을 이었다. 쭈욱 쭉 돌리니 짤막한 사건 기사 하나가 눈에 띈다.

'30년 길러 준 양부를 중태에 빠뜨린 마포구 양녀 칼부림 사건!'

클릭하자 어릴 때 입양하여 힘들게 30년 동안 돌봐 준 양부를 식칼로 찔러 중태에 빠뜨린 고아 출신 양녀 살인미수 사건에 관한 요약 기사가 올라왔다. 기사 아래에는 댓글이 줄줄이 달렸다. 은혜를 원수로 갚은 나쁜 년이라는 댓글들이 넘쳐났다. 사립 명문대까지 나온 양녀, 악녀의 화신. 한평생 감옥살이시켜야 마땅하다는 욕설들이 넘쳐났다. 그는 가슴이 부들부들 떨리고 숨통이 막혀 왔다. 정서다. 정서가 어떻게…?

양부 살인미수 사건은 TV 뉴스와 신문 사회면을 가득 메웠다. 푹 눌러쓴 모자와 마스크로 얼굴을 가리고 수갑을 찬 여자의 사진이 실렸다. 붕대가 감긴 왼손목이 회색 상의 파카에 가려져 있다.

너무도 심한 패륜적인 행위에 누가 고아들을 입양하겠느냐는 설전이 일어났다. 온갖 추측성 기사가 난무하여 부모를 버리고 외국까지 갔었다는 양녀의 파렴치한 전력들이 상세하게 실렸다. 모든 신문에서 금수보다 못한 소행에 비난의 화살을 퍼부었다. 보육원의 입양 신청에 찬물을 끼얹은 사건이라고 보도했다.

조성재도 심한 충격을 받았다. 아무리 생각해도 정서가 양부를 죽이려고 한 행동에 이해가 되지 않았다. 왜 아버지를 죽이려고까지 했을까? 지지난해 겨울, 정서 아버지를 병원에서 만난 일이 떠올랐다. 그때 노인은 머리 검은 짐승은 거두는 게 아니라고 내뱉으며 심한 악담을 하지 않았던가. 쓰레기장을 떠도는 거지새끼를 데려왔다고 했다. 미국서 돌아온 정서와 많이 싸울 것은 불 보듯 뻔하다. 정서는 집에 들어가지 않았을 것이다. 돌이켜보면 정서는 부모님에 대한 말은 여간해선 하지 않았다. 아니, 피했다.

'정서야, 어쩌면 좋니? 너를 어쩌면 좋니? 세상 모든 사람이 널 비난하고 욕하고 있어. 도대체 양부를 죽이고 네가 얻는 게 대체 무엇이기에 그런 끔찍한 일을 저질렀어?'

양부에게, 아버지라고 부르던 사람에게 칼을 휘두르다니. 정말 죽이려고 그랬을까? 곰곰 생각해 보니 정서는 한번도 아버지를 자랑하거나 좋아하지 않았다. 정서 부모님과 몇 번이나 함께 식사할 때도 정서는 엄마만 챙겼다. 엄마의 청력이 좋지 않아 그러는 줄 알았다.

충격 받은 마음을 추스르는 데 고통이 따랐다. 얼마나 시간이 흘러야 냉정해질까? 정말 개입하고 싶지 않은 시간이 흘렀다. 떨쳐지지 않는 그 무엇이 발목을 잡았다. 참 나쁜 계집애!

구치소로 면회를 갔다. 그러나 정서는 그의 면회를 거절했다. 아무리 생각해도 정서에게 무언가 밝혀지지 않은 내막이 있을 것이라는 확신이 자꾸만 들었다. 양부는 정서를 향해 머리 검은 짐승이라고 저주하지 않았던가. 그때 호텔 주차장에서 정서는 늙은이를 저주한다고 악을 썼었지.

정서는 변호사도 없었다. 국선 변호사도 거절한다고 했다. 그는 고뇌 끝에 정서에게 변호사를 선임해 주었다. 어쩌면 그것만이 지극히 사랑했던 여자에게 자신이 할 수 있는 마지막 배려가 아닐까 하는 서글픈 생각이 들었다.

얼마 뒤 정서 선임 변호사에게서 만나자는 연락이 왔다. 조용한 카페에서 만났다. 삼십 대 팔팔한 여성 변호사는 차분하게 사건의 경위를 설명했다. 사건 현장에서 양부는 팔과 배를 식칼에 찔려 중태였고, 119에 신고한 이는 양녀였다고 했다. 그 사건 이후 정서의 양모는 엄청난 충격에 실신 상태가 되었으며, 치매가 더 심해져 요양병원으로 옮겨졌다고 했다. 그리고 그들에게는 오랫동안 감추어진 끔찍한 비밀이 똬리를 틀어 저주가 무덤의 봉분처럼 쌓여 있었다.

무서운 악연이었다. 쓰레기장을 떠돌던 아이를 데려다 기른 것은 정서의 어머니였다. 슬하에 자식이 없던지라 정서를 친자식처럼 애지중지 길렀는데, 정서의 양부는 가면을 덮어쓴 짐승이었다. 술만 취하면 아내와 딸을 상습적으로 폭행했다. 자신이 뼈 빠지게 벌어오면 어미와 딸년이 다 털어먹는다고 때렸다. 모녀는 그럴 때마다 바깥으로 피했다가 양부가 잠이 들면 살그머니 집으로 들어왔다. 다정한 말 한마디 없이 성질이 난 모습만 보여주는 술 취한 아버지가 너무 무서워서, 아이는 아버지 얼굴 한번 바로 바라보지 못하고 숨죽여 살았다.

술에 취하지 않으면 비정하긴 해도 그런 폭행은 없었다. 초등학교 때 매질이 제일 심했다. 한여름에도 짧은 옷을 입지 못할 정도였다. 양부는 얼굴은 제외하고 팔다리, 특히 몸뚱이를 제일 많이 때렸다. 힘줄이 툭툭 불거진 억센 손으로도 모자라 회초리와 채찍으로 사정없이 모질게 때렸다. 엄마가 곁에 있을 때는 때리지 않았다. 그러나 엄마는 식당에 일 다녔기에 정서는 사흘이 멀다 하고 무서운 폭행을 당했다. 어린 정서는 공포와 두려움의 일상에서 굶기도 했는데, 밥도 아버지가 집에 없을 때 부엌에서 쪼그리고 앉아 허겁지겁 퍼먹었다.

초등학교 4학년 여름방학 어느 날, 낮잠 자는 어린 딸을 양부는 짐승이 되어 덮쳤다. 입을 틀어막고 옷을 홀랑 벗기고는 욕심을 채웠다. 무서움에 바들바들 떨며 비명도 못 지르고, 소리 내어 울지도 못했다. 양부가 다그쳤기 때문이다. 엄마에게 이르면 다 죽인다고 무섭게 협박하고 으름장을 놓았다.

그때부터 양부의 성폭행은 시작되었다. 엄마는 남의 식당에서 일하고 저녁 늦게 들어왔다. 그래서 엄마가 집에 들어오기 전에 정서를 덮쳤다. 학교를 마치고 무서워 집에를 못 오고 주위를 빙빙 돌다 늦게 들어오면, 어디를 쏘다녔냐고 닦달하면서 실컷 때리고는 자빠뜨려 짐승처럼 기어올랐다. 양부는 집에 있는 날이면 낮에도 문을 잠그고 아이를 홀딱 벗기고는, 전신을 물고 빨며 온갖 추악한 짓을 다 했다. 아이가 소리 내어 울거나 반항하면 노끈으로 어린 몸을 묶어 놓고, 야구 방망이로 겨우 봉우리 지는 젖가슴과 아랫도리를 모질게 짓이겼다. 몸서리치는 고통에 차라리 순순히 다리를 벌려 주고 당하는 게 나았다. 양부는 언제나 독한 술 냄새를 풍기며 개같이 덤벼드는 한 마리 짐승이었다.

귀먹은 엄마가 나중에 눈치 채고 죽네 사네 달려들자, 다시는 안 그런다고 했다. 하지만 소용없는 일이었다. 잠깐이라도 엄마가 집을 비우면, 눈알이 뒤집힌 미친개가 되어 아이에게 달려들었다.

견디다 못해 무작정 집을 나왔다. 겨울 초입의 설렁한 바람이 살갗을 파고드는 학교길 개천가에 쪼그리고 있었다. 집을 나왔으나 수중에 돈이 없어 어디에 갈 수도 갈 곳도 없었다. 날이 어두워졌을 때 주변을 얼쩡거리며 알코올 젖은 눈을 희번덕거리며 퀴퀴한 시궁창 냄새 풍기는 노숙자에게 질질 끌려가는데, 마침 찾아 나온 엄마에게 발견되어 다시 악마의 소굴로 돌아왔다.

엄마는 생활비를 벌기 위해 집을 비우고 식당을 다녔다. 아이는 빼빼 마른 몸에 키만 커서 초등학교 6학년 때부터 생리가 있었다. 양부는 생리 중에도 개의치 않고 겁탈을 했다. 중학교 2학년 때 임신을 했다. 임신인지 뭔지도 모르고 그냥 걸신들린 것처럼 돌아서면 배가 고프고, 학교에서도 집에서도 늘어지게 잠이 쏟아지곤 했다. 어느 날 또 아이를 홀딱 벗겨 혼자 흥분하여, 이젠 제법 봉긋해진 젖가슴을 물고 배와 아랫도리를 주물럭거리던 양부가 소리쳤다.

"이년아, 니 아이 뱄냐? 요기 배때지가 아주 볼록하네. 도토리만 한 게 간 큰 짓은 다 하고 자빠졌네."

놀라 벌떡 일어나면서 시작된 양부의 폭행은 도를 넘었다. 시퍼런 힘줄이 툭툭 불거진 억센 두 손으로 숨도 못 쉬게 목을 조였다.

"이년아, 바른대로 대거라! 밖에서 어떤 놈을 붙어먹었냐? 니 애미는 몇십 년을 그기 박아도 아이는커녕 돌멩이도 안 들었다. 조막만 한 가이내가 어떤 놈하고 붙어서 씨 만들었제? 어떤 새끼고? 바른말 하면 목숨은 살려 준다. 이래도 바른말 안 할 거여?"

양부는 완전히 미쳐 버린 야수가 되어 아이의 배를 채찍으로 때리고 밟고 차고 이빨로 물고 늘어졌다. 참으로 끔찍한 폭행이 이어졌다. 아이는 너무 심한 고통에 잘못했다고 피눈물을 흘리며 빌었다. 무슨 일인지, 무엇 때문인지, 자신이 무엇을 잘못했는지도 모르고 무조건 잘못했다고, 살려 달라고 빌고 빌었다.

억센 손길의 무자비한 폭행 끝에 아이의 아랫도리 질에서 붉은 선혈이 뭉텅뭉텅 쏟아졌다. 그때야 양부는 폭행을 멈추었다. 아이는 혼절했다. 얼마나 시간이 흘렀을까. 혼미한 정신이 어슴푸레 돌아왔을 때, 검은 짐승이 단단한 연장을 아랫도리에 마구 쑤셔 넣고 있었다. 아이는 처절한 비명을 지르며 다시 또 정신을 잃고 말았다.

정서는 고등학교에 진학하고부터 양부에게 당하지 않았다. 어느 날 밤 역한 술 냄새를 풍기며 방으로 들어와 강제로 옷을 벗기며 젖가슴을 더듬는 양부의 팔에 칼을 꽂았다. 머리맡에 준비한 잭나이프로. 때리려고 치켜드는 왼팔을 꺾어 버렸다.

"한번만 더 이러면 죽여 버릴 테야. 나도 죽고 말 테야!"

"독한 년, 두고 보라지. 니년이 날 찾을걸. 이젠 제법 맛을 아니까. 히히."

정서는 고등학교 때부터 본격적인 공부를 시작했다. 도서관에 가기 위해 새벽에 나와서 도서관 문이 닫히고 밤이 깊어서야 귀가했다. 그리고 방문을 새로 산 열쇠로 단단히 잠가 버렸다. 품에는 언제나 날 선 잭나이프를 감추어 두었다. 악마의 소굴에서 빠져나오기 위해서는 공부밖에 대책이 없었다. 제대로 하지 못한 중학교 과정부터 시작해야 했다. 학비며 공부에 드는 돈은 악착같이 받아 냈다. 죽어도 용서할 수 없는 양부가 행한 성폭행에 대한 대가라고 생각했다. 세상의 어떠한 고통이라도 양부에게 주고 싶었다.

이름도 바꾸었다. 순영이. 양부가 지어 준 이름이라 양부에게 코가 꿰인 것 같아 끔찍하게 싫었다. 자신이 지은 새 이름 '정서'로 바꾸었다. 턱걸이로 겨우 들어간 대학에서 정서는 한번도 장학금을 받을 수 없었다. 과외며 피시방, 24시 편의점 등 빡빡한 아르바이트를 하느라 학점을 이수하기에 급급했다. 모두 짐승의 소굴에서 나오기 위한 몸부림이었다. 정서는 옷 하나도 제대로 사 입지 못하여 진 바지 하나로 봄가을을 버티고 털 파카 하나로 겨울을 넘겼다.

그 즈음 그 소굴에서 억지로라도 나오려 했으면 나올 수도 있었다. 그러나 나올 수가 없었다. 누구와도 방을 같이 쓰지 못할 정도로 병이 깊어 밤이면 헛소리를 하고, 비명을 지르며 뛰쳐나가 공포에 벌벌 떨었다. 몽유병이란 걸 뒤늦게 알았다.

심장이 펄떡이고 가슴을 조여드는 고통과 긴장과 불면증에 우울증까지, 병은 늪처럼 깊어졌다. 그게 두려워 친구들과 놀러 한번을 못 갔다. 아이의 가슴팍에 불도장으로 찍힌 끔찍한 상처는 아이의 심장에 옹골차게 똬리를 틀어 무서운 괴물로 자라났다. 자살, 자살을 수없이 생각했다. 다량의 수면제를 비축해 두었다. 가슴을 찢는 고통에 정신신경과를 찾았다. 수치스럽고 부끄러운 무서운 사연은 숨기고 심한 정신 증상만 말했다. 병원마다 진단이 조금씩 달랐다. 외상 후 스트레스, 우울증, 정신불안증, 수면장애, 공황장애 등이었다. 항 불안, 항 우울증 약들, 심장 수축과 심장을 안정시키는 약들을 처방했다. 병원에서 받아온 약을 먹으며 그나마 눈을 조금 붙였다. 하루라도 약을 먹지 않고는 일상생활이 어려웠다. 아르바이트로 버는 돈은 병원비와 약값에 거의 다 들어갔다.

동기들보다 열 배는 힘들게 졸업을 하고, 직장을 다녀도 그녀의 정신질환은 차도가 없었다. 정서는 집 밖만 나서면 가면을 쓰고 살았다. 일부러 더 밝게 웃었다. 누가 봐도 불행하지 않은 평범한 아가씨가 되었다. 그러나 이 세상 어디를 가도, 어느 곳에 있어도, 어린 날의 그 무서운 악몽에서 벗어나기는커녕 정신병은 점점 심해져 갔다. 눈만 감으면 양부가 문을 열고 들어와 때리고 덮치는 환상이 계속되었다. 겨우겨우 눈 붙인 후 꿈에서도 양부에게 폭행을 당하다 화들짝 놀라 양부를 피해 밖으로 도망가기 일쑤였다. 고아로 버려진 트라우마와 양부의 성폭행 트라우마는 점점 커져만 갔다. 나이가 들어도, 무슨 일을 해도 어린 날 그 무서운 악몽에서 헤어나지 못하고 가슴속의 병은 늪처럼 깊어만 갔다.

정서의 눈에는 채색 빛이 없었다. 수평선에 떠오르는 태양도, 새봄의 고운 연둣빛도, 사월의 각양각색 꽃들도, 가을날의 불타는 단풍들도 전부 수묵 담채화로 비쳤다. 하늘도 땅도 언제나 칙칙했다.

단 한 사람, 사랑하는 연인이 있었다. 태어나서 처음으로 인간의 사랑을 가르쳐 준 첫 남자였다. 진실한 사랑을 받았고, 사랑을 주었다. 너무 행복하여 꿈을 꾸는 것 같았다. 그러나 날이 갈수록 사랑하는 사람을 속이는 게 그녀는 너무도 힘들었다. 그래도 그 사랑을 붙잡기 위해 더럽혀진 몸을 처녀처럼 아낌없이 연인에게 주었다. 자신의 몸을 너무도 소중히 사랑으로 대해 주는 연인이기에 '선배, 미안해요.'라는 말이 언제나 자신도 모르게 나와 버렸다.

그러나 사랑하는 사람과는 한번도 긴 밤을 함께할 수 없었다. 헛소리와 비명, 몽유병만은 절대로 들키고 싶지 않았다. 연인은 자신을 산소처럼 맑은 목소리를 가진 여자, 아침이슬처럼 깨끗한 여자로만 알고 있으니 죽어도 할 말이 아니지 않은가.

자신은 결혼할 수 없는 몸이기에 연인과의 결혼은 진즉 포기했다. 끔찍하게 파괴된 육신, 영혼마저 갉아먹는 정신질환에 시달리는 환자가 아닌가. 그러면서도 사랑하는 사람에게 죽어도 숨기고 싶은 마음을 어이하랴. 위선자! 나는 가면을 덮어쓴 위선자! 그 사람이 집으로 인사 오겠다는 것도, 부모를 만나겠다는 것도 온갖 핑계를 대어 막았다.

그런데 양부가 어느 날 퇴근하는 그들 앞에 불쑥 나타났을 때, 눈앞이 캄캄했다. 더구나 양부가 술이 거나하게 취했을 때 정서는 하늘이 노랗게 보였다. 내 사랑도 이젠 끝이구나 싶었다. 양부는 정서의 연애를 눈치 채고부터 악마의 얼굴로,

"니년이 그놈 속이고 있는 거 다 알제. 이따가 나가 다 일러주지. 니년 아랫도리 내가 옛날에 길 잘 내놨더라고잉, 히히." 하고 윽박지르며 겁을 주었기 때문이다. 콜택시를 불러 허둥지둥 그 자리를

떠났다.

양부는 그 후 연인이 고급 식당에 초대하고 큰 선물도 손에 들려주자 얼굴에 철판을 깔았는지, 부모가 없고 재산이 있는 그 사람을 사윗감으로 흡족해 시시때때로 결혼을 독촉했다. 음흉하게 자신들의 노후까지 의탁하려고 들었다. 몸서리가 쳐져 온갖 핑계를 대며 결혼을 미루었다. 나중에 그가 폐암 환자라고 하자, 몇 년 살다 죽으면 더 잘됐다며 결혼을 부추겼다. 자신과 살면 된다고 흉측한 속내를 드러냈다.

피가 거꾸로 섰다. 누구 좋으라고 내가 결혼을 해? 미친 영감탱이. 늑대보다, 구렁이보다 더 사악한 인간! 어린 몸을 그렇게 구타하고 다 망가뜨리고도, 단 한번이라도 용서를 빌었던가.

정서가 결혼을 자꾸 미루자 양부는 정서가 사랑하는 사람을 만나겠다고 으름장을 놓았다. 니년의 가면을 벗기겠다고 윽박질렀다. 정서는 하루하루가 불안해서 견딜 수가 없었다. 정서는 이 땅을 훨훨 떠나기로 했다. 원수와 같은 하늘 아래 살지 않으면 골수 깊은 병이 나아질까. 한번도 자신의 보호막이 되어주지 못하고 치매까지 겹친 청각장애 엄마가 걸릴 뿐이었다. 연인에게서 깨끗이 떠나기로 했다. 오천만 원으로 오래도록 나쁜 년으로 남게 되리라.

그러나 먼 나라 낯선 이국땅에 살아도 불도장으로 찍힌 무서운 기억에서 도저히 헤어나지 못했다. 모든 걸 잊고 새로이 시작하고 싶었다. 그러나 시간이 흐를수록 아무것도 할 수가 없었다. 오랜 세월 정신신경과에서 수월하게 약을 처방받아 복용하던 습관이 있어서인지, 영주권도 없는 처지에 언어가 소통되지 않는 곳에서의 정신과 병원 진료와 약 처방은 너무도 힘들었다. 약 없이 밤을 꼬박 새우는 일은 정말 힘든 고문이었다. 주위 사람들에게 자의든 타의든 폐가 되었고, 병은 더욱 깊어 갔다.

한국으로 돌아왔다. 정신과 병원을 마음대로 다니고 한 움큼의 약을 입에 털어 넣었다. 그녀는 무엇에 미친 듯 몰두하지 않으면 배길 수가 없었다. 자기 자신을 잊어야 살 수 있는 몸이 되었다. 무엇이든 미치게 집중했다. 보험 외판에 미치고, 양부 같은 노인네를 골탕 먹이며 끝없이 자신을 자학했다.

정서에겐 부모에게 귀염 받는 어린 날도, 학창시절도, 청춘도, 젊음도 아무것도 없었다. 보이지 않는 회색 벽에 갇혀 있었다. 정신도 몸도 망가질 대로 망가진 몸으로 주위 사람들에게 가면을 쓰고 사는 자신이 넌더리 나게 지겨웠다. 쓰레기장에 자식을 버리고 간 얼굴도 모르는 친부모를 끝없이 저주했다. 자신들이 키우지 못할 바엔 차라리 죽이고 가지, 거지로 살아남아 그 무서운 치욕을 당하게 버렸던가.

양부를 도저히 용서할 수가 없었다. 진저리나게 먹는 정신과 약도 모자라, 양부가 옮긴 외음부의 이상으로 죽는 날까지 소염제와 항생제를 달고 살아야 하는 자신의 몸이 너무도 저주스러워 한강에도 몇 번이나 갔었다. 눈을 못 붙이는 지옥의 어둠에서 그만 헤어나고 싶었다. 구제 못 받을 지긋지긋한 삶을 간절히 끝내고 싶었다.

양부를 찾아갔다. 엊그제 당한 일처럼 너무도 끔찍한 성폭력의 기억! 당신이 잘못했다는 말 한마디를 두 귀로 듣고 싶었다. '잘못했다. 용서해 다오.'라는 말 한마디를 들으면 깨끗이 이 세상을 하직할 것 같았다. 양부는 흉물스럽게 늙어 있었다.

용서를 빌라는 정서의 요구에 늙은이는 히죽히죽 웃었다. 거지 새끼를 데려와 키워 주고 대학공부까지 시켜 줬더니, 부모 봉양도 하지 않고 미국으로 내뺀 나쁜 년, 은혜를 원수로 갚는 년이라고 욕설을 퍼부었다. 그러다가 겁나게 이뻐졌다고 침을 흘리며 들러붙었다.

용서? 무얼 용서해? 용서도 용서를 구해야 용서를 하지! 악마! 지옥의 악마! 악마의 화신! 인면수심! 같이 죽어! 같이 죽자구! 이 세상 삶을 이젠 끝내자고요!

좁은 집구석, 바로 등 뒤 싱크대의 식칼을 손에 들었다. 눈에 칼도 보이지 않는지 허둥지둥 덮쳐오는 양부의 왼팔을 찔렀다. 그리고 그 더러운 늙은 배때기를 힘을 다해 푹 찔렀다.

"이년이! 이년이 키워준 은공도 모리고 나를…!"

정서의 눈에서 피눈물이 흘러내렸다.

"난, 나는 죽고 싶어도 죽지 못하고, 살고 싶어도 살지도 못하고, 그렇게 유령처럼 이제껏 살아왔어! 난 사람이 아니었어. 사람의 형상을 했지만 절대 사람이 아니었어. 아, 이제는 편히 눈 감고 싶어라. 슬픈 내 인생 제발 끝내고 싶어라."

119에 전화를 하고 정서는 왼손목의 경동맥을 끊었다.

면회를 갔다. 정서는 그간 그의 면회를 내내 거절했다. 변호사의 설득으로 면회가 이루어졌다. 정서는 많이 야위었고, 얼굴이 백납처럼 희었다. 고개를 돌리고 얼굴을 외면했다.

"정서야!"

"이 세상에서 선배 보기가 죽기보다 부끄러워요. 차라리 벼락을 맞을지언정 하느님 앞이 백 번 천 번 편해요. 다시는 절 찾지 마세요. 정말, 정말 싫어요. 제가 이 자리에서 연기처럼 사라질 수 있다면 얼마나 좋을까요. 소원 하나 들어 준다면 그냥 사라지고 싶어요!"

"지옥 같은 내 가슴을 녹여 주는 선배의 진실한 사랑에 안주하고 싶은 내 허망한 욕심이 감히 해서는 안 될 사랑을 했어요. 정말 따뜻한 사람의 사랑을 받고 싶었어요. 그러면 무섭고 슬픈 과거도 잊고 행복하게 살 줄 알았어요. 그러나 그건 불가능했어요. 불면의 고통만 늘어 갔어요. 선배, 그렇게 가슴 졸인 선배와의 만남이 내 누더기 인생에서 제일 행복하고 머물고 싶은 순간들이었어요. 저한테는 꿈만 같았어요. 저는 사람을 사랑할 자격도 없지만, 선배에 대한 내 사랑만은 거짓이 아니고 진심이었어요. 절대 나를 용서하지 마세요!"

정서는 떨리는 목소리로 겨우 말을 이어 갔다. 정서의 목소리가 꺽꺽 했다. 정서는 끝까지 그를 외면했다. 눈물도 흘리지 않았다. 창백하게 굳어진 얼굴이 산 사람 같지 않았다. 조성재의 가슴은 쇳덩이를 누른 듯 무거워졌다. 정서는 언제 저 지옥에서 헤어날까?

아, 생각이 난다. 언젠가 남도의 벚꽃이 만개한다는 주말, 정서와 여행을 떠났다. 진해 군항제와 쌍계사 벚꽃을 둘러보고 처음으로 하룻밤 묵은 호텔에서 사랑을 나누고 곤히 잠든 밤, 비명에 눈을 뜨니 정서가 바들바들 떨며 커튼 뒤에 몸을 숨긴 채 울고 있었다.

"선배, 나 너무 무서운 꿈을 꾸었어요!"

그는 너무 놀라 알몸의 정서를 아기처럼 포근히 안아 주었다.

정서야, 미안해. 나는 오로지 내 생각만 하여 언제나 네게서 위로를 찾았어. 나의 허전함을, 그리움을, 외로움을, 네게서 위로받고 사랑받고 삶의 즐거움을 느끼려고 산소같이 청량한 목소리를 가진 아름다운 너를 만났던 거야. 강물처럼 깊었던 그 눈빛에서 너의 아픔을, 고통을, 잠옷 이루는 번민을 한번도 헤아리지 못했으니, 어찌 너를 사랑했다고 할 수 있으리. 진정으로 사랑한다면, 사랑하는 사람의 눈빛만 봐도 그 고통과 아픔을 헤아렸어야 할 것을. 나는 단절된 벽처럼, 벽창호처럼 무심히 네 앞에 목석으로 있었으니, 나는 너를 사랑한 게 아니고 나 자신만 사랑했던 것이 아닐까 싶구나. 정서야, 미안해. 정말 미안하다.

어디서 들리는가, 정서가 즐겨 듣던 '보리수'가 귓전을 파고들었다.

성문 밖 우물곁에 서 있는 보리수
나는 그 그늘 아래 단꿈을 꾸었네
가지에 희망의 말 새기어 놓고서
기쁘나 슬플 때나 찾아온 나무 밑
오늘밤도 지났네 보리수 곁으로
캄캄한 어둠속에 눈감아 보았네
가지는 흔들려서 말하는 것같이
그대여 여기 와서 안식을 찾아라.

아빠의 이름으로

어느 날부터 어깨 결림이 느껴졌다. 간간이 기침도 나왔다. 약간의 체중 감소에도 가슴이 뜨끔했다. 정서로 인한 충격인가. 창백하게 야윈 정서 얼굴이 나타났다 사라진다.

"아찌!"

까르르 웃는 은하 얼굴이 보름달처럼 떠올랐다.

"은하야! 은하야!"

나직이 불러 본다. 기분이, 마음이 끝도 없이 가라앉는다. 순간순간 어이없이 무너지는 자신이 한심스럽다. 얼마나 더 마음을 비우고 얼마나 더 내려놓아야 편해질까?

병원을 갔다. 담당 주치의는 별 이상이 없다고 했다. 한숨이 터져 나왔다. 검진을 잘한 것일까? 나타날 게 나타나지 않은 걸까? 병이 나아졌다고 해도 믿어지지 않고, 나빠졌다고 해도 더 안 믿어진다. 그냥 불안하다. 언제 또 뒤통수를 칠지 알 수 없는 병마가 아닌가. 이런 자신이 미래를 말할 수 있을까. 누구와 무슨 약속을 한단 말인가. 은하와도 약속만은 삼가야 하리라. 지키지 못할 약속이라면 안 하는 게 나을 테지. 지연 씨와도 말조심해야겠다. 병은 사람을 겸손하게도 하지만, 자꾸만 불안하고 심약하게 이끌고 간다. 제발 수술 같은 것 없이 조금씩 긴장되게끔 아프면 좋으련만.

조성재는 편지를 쓰기 시작했다. 참으로 오랫동안 미루어 온 일이다.

사랑하고 사랑하는 내 딸 은하에게!

나는 우리 은하가 중학교나 고등학교에 입학하고 나서 이 글을 읽었으면 하고 바란다. 그러나 한편으로는 네가 제발 이 글을 읽지 않게 되었으면 하고 바라는 마음이 더 간절하구나. 언제까지고 너를 바라보고 너를 지켜 주었으면 하는 게 내 소망이지만, 가끔 체중 감소가 오거나 가슴에 통증이 느껴지면, 나는 미래에 대해 아무런 약속을 할 수 없구나.

은하야! 나는 네가 보통의 삶을 살았으면 좋겠다. 평범한 보통의 삶 말이다. 언뜻 보면 보통이나 평범이란 말은 참 시시해 보이는 단어일 테지. 특히 너희 또래한텐. 그러나 은하야, 알고 보면 사람들은 그 보통의 삶을 살지 못해 절망하고 낙심한단다. 그것은 너무 지루하고 따분한 일상이겠지만, 그 평범한 일상이 어느 날 예기치 않게 무너지면 보통으로 살아가는 평범한 삶이 얼마나 행복하고 고마운지 절실하게 느낀단다.

은하야, 사람이 이 세상에 올 때는 고귀한 생명으로 태어나 부모의 사랑을 받으며 무탈하게 잘 자라고 남들처럼 학교를 마치고 어떤 길이든 자신의 길을 걷게 된다. 그리고 대개는 성장하며 사랑을 하고 결혼을 하여 자녀를 낳고 뒷바라지하지. 그렇게 바쁘게 살다 어떤 날 번개처럼 후딱 가버린 젊은 날을 돌아보며 노후를 보내는 것이다. 평범한 사람들의 일생. 그러나 그런 평범한 삶을 살기도 어려운 사람이 정말 많단다. 자의든 타의든 자신이 원하지 않는 길을 걸어온 사람도 많을 것이다.

은하야, 공동체의 일원이 되어라. 학교에서 직장에서 외톨이로 있지 말고 참여하는 사람이 되어라. 함께 즐거워하고 함께 아파하고. 누가 말했던가. 슬픔을 나누면 반이 되고, 기쁨을 나누면 배가 된다고. 꼭 유념하라고 당부하고 싶은 말이 있다. 네 주위의 사람들에게 좋은 일이 있으면 기꺼이 축하해 주고, 슬픔을 당한 이에겐 진정으로 위로할 줄 아는 사람이 되어라. 따뜻한 식사 한번, 차 한 잔을 나누면서 말이다.

"얼마나 기쁘니, 나도 너무 기뻐!"

"얼마나 마음 아프세요. 그러나 힘내세요!"

우리 주위에는 아름다운 이런 말을 평생 안 쓰는 사람들도 많단다. 대개의 사람들이 너무나도 잘 알면서도 사용하지 않는 말이 축하와 위로의 말이란다. 얼마나 정겨운 우리말인데.

돈, 나로선 네가 동화책 뒤적이듯, 인형 좋아하듯, 아이돌 스타에게 빠져 그들 일거수일투족에 관심을 가지고 지켜보는 그 반반만큼만 경제 관련 뉴스나 경제신문 정도는 봤으면 한다. 자본주의 사회에서 돈을 얕봐선 절대 안 된다. 돈은 여전히 변함없는 개인의 권력이란다. 돈이란 없으면 첫째, 사람이 초라해지고 비굴해지고, 먹고사는 데 매달려서 하고 싶은 일도 못하지. 둘째, 주위의 사람들에서 대우를 받지 못하지. 만나면 돈 빌려 달라고 조르는 사람이 예뻐 보이진 않겠지. 셋째, 가족이나 지인 그리고 주위에 민폐를 끼치게 된단다. 인간이 직립보행을 한 순간부터 사람은 먹고사는 문제가 제일 우선이었지. 돈이란 글쎄, 인간의 제일 기본적인 삶의 품위를 지켜 주고, 가족, 친구들과 배낭여행도 갈 수 있게 해주고, 마음이 가는 사회단체에 기부도 할 수 있게 해준단다.

은하야, 세상을 살다 보면 긴 삶의 여로에는 따뜻한 봄날이나 꽃길만 있는 게 아니고, 뜻밖의 거센 태풍이나 암초에 부딪히기도 한 단다. 산다는 것은 대체 무엇일까. 온갖 어려움을 이겨내고 꿋꿋이 나아가는 길이란다. 발길에 짓밟힌 들꽃이 삼동을 이겨내고 새봄에 보시시 되살아나 꽃을 피우듯이. 나는 네가 스스로 선택한 소망하는 삶을 즐기며 살았으면 좋겠구나. 성공은 그 뒤에 오는 결실의 열매란다.

건강, 나로선 정말 할 말이 없구나. 건강은 생존이고 삶이다. 건강 이란 평소에 건강을 생각하고, 건강을 위하여 시간을 투자하고, 바른 식생활로 건강을 지키는 사람 곁에 머무는 귀중한 친구이지. 예쁜 옷, 맛난 음식, 재미난 오락을 찾는 것처럼, 내 몸에도 꾸준히 운동이란 자양분을 주어야 마땅하지 않겠니. 너무 자만해서, 너무 바빠서 한참 잊고 지내다 보면, 삐쳐 버리는 친구라고 할까. 테니스, 수영, 탁구, 배드민턴 등 많고도 많은 운동 중에 하나쯤은 즐기라는 말을 하고 싶다. 건강을 잃으면 전부 다 잃는다는 흔히 듣는 그 말이 참말이라는 사실을 나는 늦게야 알았단다. 나를 생각하고 현명하게 건강도 동무하리라 믿는다.

그리고 또 하나, 인생을 즐겁게 살려무나. 자신이 좋아하는 일이면 서 수입도 나는 직업이면 금상첨화이겠지만, 현실은 반대로 가는 경우가 더 많단다. 취미 생활을 한다는 것이 꼭 거창한 것만은 아니란 다. 노래를, 영화를, 사진을, 색소폰을, 등산을, 동호회에서 마음 맞는 이들과 즐거운 모임을 틈틈이 갖는 것 자체가 즐기며 사는 삶이 아닐까. 애창곡, 아, 얼마나 설레는 정겨운 단어인가.

은하야! 이 세상에서 영원한 것은 아무것도 없단다. 눈에 보이지 않아도 시간은 단 1분 1초도 머뭇거리지 않고 정확히 간단다. 세월 따라 사랑도 가고 사람도 가게 마련이란다. 하루 이틀은 마라톤 주자가 내 옆을 휙 지나가는 시간보다 더 빠르지. 언젠가 나의 고객이 20대엔 세월이 20㎞로 가고, 30대엔 세월이 30㎞로, 50대엔 세월이 50㎞로 간다고 했지. 새해 새날에 건 캘린더가 돌아서니 12월이 되더라는 그 말이 당시엔 내 귓등에도 안 들렸는데, 나도 이제야 실감한단다. 하루 24시간은 이 세상에 태어난 모든 인간에게 너무나도 공평하게 주어지는 신의 선물 아니겠니. 그러나 살다 보면, 억척스레 지겹게 살다 보면, 시간이 강철에 붙들어 맨 듯 아주 더디 가는 날이 있는가 하면, 그 하루가 너무 감사하고 고마워서 눈물 흘리는 날도 있단다. 그리고 밤새 앓은 환자일지라도, 여명의 아침이 오면 오늘도 살아 있음에 행복하여 희망을 꿈꾸게 된단다.

은하야! 우리 한번 길게 보자꾸나. 우리의 국력이 압록강 넘어 중원의 대륙까지 뻗어갔던 고구려를, 찬란한 신라 천 년을, 고려 오백 년을, 조선왕조 오백 년을, 후세 사람들은 한 시대로 보고 있구나. 고구려 시대, 신라 시대, 백제 시대로. 그 시대에 백 년을 앞서 살았던 사람이나 백 년 뒤에 살았던 사람이나, 우리는 그냥 우리의 조상 고구려인, 신라인 또는 고려인으로 보고 있다. 즉 개개인으로 치자면 일찍 죽거나 또 오래 장수하는 게 큰 불행, 행복인데도, 먼 훗날 사람들은(역사가들의 안목이 아닌) 그들을 그냥 동시대(同時代)를 산 사람들이라고 생각하는구나. 그러나 나의 이러한 편협한 생각도 아마 어영부영 살아온 나 자신이 절실히 위로받기 위한 한갓 방편일 거야. 그래서 나는 너와 동시대를 살았다고 자부한단다. 한반도의 허리가 잘린 우리 대한민국이라는 나라에서 너를 보았고, 너를 만졌고, 가슴으로 너를 한없이 느꼈기 때문이리라. 비록 부끄러운 생물학적 아빠이지만, 너를 알고부터 너를 향한 사랑만은 본능이고 진심이었다.

외국선 가족이 죽어도 죽었다고 생각지 않는다는구나. 남아 있는 이들에게 잊히는 그때부터 죽은 사람이 된단다. 그리고 자식을 남기고 죽으면 아주 죽는 게 아니라는 말도 있단다. 나는 그 말의 뜻을 일찍 알았단다. 나는 너의 할아버지 할머니를 잊은 적이 없기에, 그분들은 항상 내 안에 계시는구나. 할머니는 나에게 '몸 조심해라. 차 조심하래도, 쯧쯧.' 이런 잔소리를 늘 하신단다. 아빠는 그분들을 너무도 사랑하고 그리워한단다. 아마도 할머니는 혼자 남겨진 자식이 너무 보고 싶어 눈가가 짓물러지셨겠지. 그리고 그분들도 은하를, 네가 잘 쓰는 말처럼 하늘만큼 땅만큼 사랑하고 계실 것이다. 은하야, 너는 신기하게도 할머니를 많이 닮았단다. 예쁜 이마와 갸름한 얼굴, 도톰한 코까지, 그래서 더욱 사랑스럽구나.

사랑하고 사랑하는 내 딸 은하야!

언제나 네 엄마를 많이 사랑해 드려라. 아빠 몫까지. 이 말은 백 번을 말해도 모자랄 것이다. 너를 얻기 위해 얼마나 큰 아픔과 인내와 기도로 임했는지 너는 잘 모르겠지만, 네가 부르는 엄마라는 그 이름에 모든 게 함축되어 있으니 말이다. 외국인 작가의 책에서 보았다. '신은 모든 곳에 있을 수 없기에 어머니를 만들었다.'고. 훗날 네가 결혼하여 자식을 낳으면, 너는 엄마보다 더 사랑을 많이 주는 엄마가 되겠지. 그게 내리사랑이란다. 김지연이란 이름의 엄마는 자신의 생이 다할 때까지 은하 너를 끝없이 사랑하고 지켜줄 큰 나무란다. 네가 나중에 친구가 좋고 지극히 사랑하는 사람이 생겨도, 엄마를 너무 쓸쓸하게 하거나 슬프게 하는 일만은 없기를 바란다. 물론 네 엄마는 씩씩하게 여생을 즐기는 실버 할머니가 될 사람이므로 큰 염려는 하지 않아도 될 것이다.

은하야! 너는 사랑을 많이 받으며 태어난 소중한 사람임을 항시 잊지 말아라.

사랑하는 내 딸 은하야, 나는 감히 아빠라는 이름으로 네게 이 편지를 쓴단다.

어느 가을날에. 아빠의 이름으로 조성재

은하 엄마 김지연 씨,

나는 그대를 믿기에 이 세상 떠나는 날 맘 편히 떠날 수 있습니다. 생존을 가늠할 수 없는 암 환자이기에 당신에게 또 한번 상처를 줄 수 없어 그대의 마음을 받아들이지 못했습니다. 당신의 딸 은하로 인해 참 많이 행복했습니다!

언제부터인가 그대 옆에 있으면 나는 진실로 심신이 편안했어요. 은하를 내 가까이 있게 하여 정말 너무도 고마웠습니다. 은하와 그대의 수호신이 되어 언제까지고 지켜주고 싶은 마음뿐이에요. 늦게나마 그대의 진심을 알게 되어, 당신을 사랑했다고 말합니다.

사랑하는 김지연 씨!

어느 가을날에. 조성재

그는 A4 용지에 또 하나의 글을 만년필로 작성하기 시작했다.

<유언장>(상속)

부동산

주식

펀드

정기예금

일반예금

1. 지금 현재 사는 부동산 전원주택은….

그는 여기까지 적다 그만 펜을 놓아 버렸다. 상속 유언장도 작성해 두는 게 옳다고 생각한다. 갑자기 한순간에 떠나가신 부모님을 생각하더라도 준비해 두는 것이 마땅하다. 더구나 자신은 앞으로 얼마큼 살 수 있을지 알 수 없는 폐암 환자가 아닌가. 최대한의 생존 기한을 가늠해 본다. 은하의 초등학교, 아니, 중학교 교복 입은 모습만 볼 수 있어도 행복할 텐데.

문득 옛날 고교 시절 국어 시간이 떠올랐다. 담임 선생님이 어떤 마음에선지 각자 유언장을 한번 작성해 보라고 하셨다. 그때 교실은 시끌벅적 난리가 나고, 나중엔 유언장을 적어 놓고 우는 녀석까

지 있었다. 그는 끝내 유언장을 쓰지 않았던 것으로 기억한다. 그
런데 왜 안 썼는지는 기억이 나지 않는다.

그때 그 친구들은 지금 무엇을 하고 있을까? 나처럼 옛날을 기억
하는 녀석이 있을까?

그는 새로 이곳에 지점을 낸 H 증권에 복직하여 새해부터 출근
하기로 했다. 그는 정말 일을 하고 싶었다. 쉬는 것도 이젠 힘들고
지겨웠다. 몸도 가벼웠다. 일, 하고 싶은 일은 사람에게 기쁨과 희
망을 주고 활력을 충전시켜 준다.

지연은 며칠 전부터 컨디션이 좋지 않았다. 과로려니 하고 좀 쉬
어야겠다고 생각하고 있는데, 간밤부터 이상하게 배가 자꾸 당기
고 명치가 좋지 않아 잠을 못 잤다. 출근하려다 병원을 가야겠다
싶어 직장에 전화로 말하고는, 잠시 누웠다는 게 그만 깜빡 잠이
들었다. 그런데 바짝바짝 조여드는 극심한 통증에 눈을 떴다. 갑
자기 허리가 끊어질 듯 심하게 아팠다. 지연은 지금껏 이렇게까지
아파 본 적이 없었다. 두려움이 몰려오고 더럭 겁이 났다. 자신이
생각해도 건강한 몸이어서 은하 낳을 때 말고는 입원은커녕 병원
에도 잘 가지 않았다. 부모님에게 건강 하나는 물려받았다고 감사
하고 있었는데….

제일 걱정되는 건 은하였다. 언뜻 무서운 생각이 들었다. 만약
내가 잘못되면 우리 은하는 어쩌나? 저 어린 우리 은하를 어찌하

나? 그러다 정말 숨도 못 쉬게 통증이 몰려왔다. 엄마 얼굴을 본 은하가 놀라서 후다닥 뛰어나가더니 아찌를 데려왔다. 은하는 통증에 쩔쩔매는 엄마가 무서운지 옆에 가지도 못하고 숨죽이고 있다가 엉엉 울며 그에게 안겼다. 지연의 얼굴이 하얗게 질려 있었다.

"배가, 옆구리가 너무 아파요!"

"어쩌 사람이 이 지경이 되도록 있었어요? 차 뺄게요!"

언제나 침착하던 남자가 놀라 뛰어 나가더니 도로 들어왔다.

"119 불렀어요. 그게 빠를 것 같아서. 조금만 기다려요."

지연은 배를 끌어안고 방바닥을 구르며 땀을 팥죽같이 흘렸다. 비명을 지르지 않으려고 안간힘을 쏟았다. 조성재는 자신도 모르게 지연을 부둥켜안았다. 지연의 온몸에 열이 펄펄 나고, 얼마나 아픈지 전신을 부들부들 떨기까지 했다. 그는 여자를 있는 힘을 다해 가슴에 끌어안으면서 귓전에 속삭였다.

"조금만, 조금만 더 참아요. 곧 병원 갑니다."

지연의 눈에 눈물이 그렁그렁했다. 성재는 옆에 있는 티슈로 여자의 눈물과 콧물, 이마에 흐르는 땀을 닦아 주었다.

언제나 씩씩하게 보이던 여자, 언제나 강건하게 보이던 여자였는데… 가슴이 먹먹해졌다. 놀이공원에서 은하 잃어버렸을 때 쓰러지던 모습보다 더 그의 가슴을 아프게 했다. 은하까지 그에게 매달려 엉엉 울어, 한쪽 팔에 지연을 껴안고 한쪽 팔에는 은하를 껴안았다.

"은하야, 괜찮아. 엄마 병원 가서 주사 맞고 약 먹으면 낫는 거야. 울지 마."

조성재는 깨달았다. 자신이 보호하고 지켜 주어야 할 사람이 은하만이 아니라는 사실을.

곧 119가 도착했다. 통증에 거실을 구르던 지연은 그에게 안겨 들것에 옮겨져 구급차에 실렸다. 그도 은하를 안고 차에 올랐다. 모자를 쓰지 않고 있다는 것도 몰랐다.

비상 사이렌을 울리며 질주하는 차 안에서 구급대원이 환자가 언제부터 아팠느냐고 환자 상태를 물었다. 그는 갑자기 심한 복통이 왔다고 답했다.

지연이 진통이 조금 덜한지 겨우 눈을 떴다. 두려움에 떨고 있는 은하가 보였다. 토끼 새끼 같은 저 어린 은하를 두고 만약에 내가 잘못된다면, 우리 은하는, 내 생명보다 더 귀한 우리 은하는 이 세상 어느 구석에 처박혀져 설움을 받을까. 부부가 있으면 남은 한쪽이 돌보기 마련이지만, 우리 은하는 그럼 천애 고아가 아닌가. 불쌍한 내 딸 은하야! 은하야!

지연의 뒤집힌 눈에 은하를 안고 있는 사람이 눈에 들어왔다. 지연은 다급했다. 또다시 숨도 못 쉴 통증이 오기 전에 어서 말해야 한다. 다짐을 받아야 해. 얼굴의 땀을 닦아 주는 그의 손길을 붙잡았다. 헉헉 숨을 모았다.

"만약에, 만약에 말인데요. 내가 잘못되면 우리 은하 부탁해도 될까요? 은하 정말 사랑하잖아요. 내가 믿고 은하 부탁할 사람은 당신뿐인 것 같아요."

"아픈 사람이 별걱정을. 치료받으면 곧 좋아질 테니, 그런 걱정은

하지 마세요."

"아니요. 내가 보통 아픈 게 아니라서 그래요. 이렇게 아파 본 적 없어요. 대답해 주세요. 만에 하나 내가 혹 잘못되면 우리 은하 맡아 주시겠어요? 예? 엄마는 연세가 많고, 이모들은 다들 바쁘게 살아 우리 은하 돌보지 못해요."

"그렇게 걱정이 되면 맡을게요. 아무래도 입원하게 될 테니, 그동안 내가 은하 유치원도 보내고 씻기고 먹이고 할게요. 제발 그런 걱정은 하지 말아요."

성재는 지연이 안쓰러워 잡은 손에 지긋이 힘을 주었다.

"고마워요. 이젠 안심이 돼요. 여기 증인분들도 있어요."

지연은 그제야 두 눈을 감고 앓는 소리를 크게 냈다. 여명의 거리를 구급차는 속력을 내어 달렸다.

지연의 병명은 신장결석이었다. 의사 말로는 쓸개에 있는 결석 2개가 자리를 이동하면서 진통이 왔다고 했다. 일단 입원하고 결석을 좀 더 검사하여 초음파로 깨든, 아니면 수술을 하든 결정하자고 했다. 그도 휴, 하고 안도의 긴 한숨을 내쉬었다. 링거를 달고 죽은 듯이 잠든 여자는 얼마나 아팠는지, 해쓱해진 얼굴에 핏기라고는 없었다. 눈두덩도 푹 꺼져 있다. 결석이 그렇게 심하게 아픈 병인 줄 미처 몰랐다. 엄마 옆에 가지도 못하고 두려움에 풀이 팍 죽어 있는 은하를 보자 가슴에 비가 내렸다.

'신이시여! 모든 악업은 제가 다 지고 가겠습니다. 저 여자 김지연, 제발 은하랑 행복하게 살게 하여 주십시오!'

자신은 스무 살이 넘어 어머니를 잃었어도 이렇게 사무치는데, 은하에게 그런 고통은 주고 싶지 않았다. 이윽고 지연이 깨어나서 정신을 차려 일반 병실로 옮겨진 후, 성재는 병원 매점에 가서 칫솔과 비누, 수건, 물통, 종이컵 등 필요한 물품들을 사다 놓았다. 그리고 간병인을 지연에게 붙여주고 은하를 데리고 집으로 왔다. 은하도 뭘 알겠는지 엄마 옆에 있겠다고 고집도 부리지 않고 순순히 그를 따랐다. 밥을 챙겨 먹이고, 몸을 씻기고, 잠옷으로 갈아입혀 침대에 뉘었다. 은하는 눈물이 글썽글썽, 입을 삐쭉삐쭉하더니, 피곤했는지 이내 잠이 들었다.

성재는 은하 옆에 누워 무척 길었던 오늘 하루를 돌아보았다. 잠이 오지 않았다. 지연의 빈자리가 크게 느껴졌다. 곤히 자던 은하가 새벽 1시가 되어 깨어났다. 아이는 그때부터 엄마를 찾으며 울며 보채기 시작했다. 콧물, 눈물범벅이 되어 줄기차게 엄마를 불렀다.

"엄마, 보고 싶어! 엄마, 보고 싶어! 아찌, 우리 엄마 데려와. 엄마 보고 싶단 말이야!"

그가 아무리 달래도 소용이 없었다. 과자를 줘도 아이스크림을 줘도 다 던져 버렸다. 동화책도 인형도 소용없었다. 펑펑 울면서 엄마만 줄기차게 찾았다. 문득 갓난아기 때 은하가 밤마다 울던 게 생각났다. 밤이면 은하 울음소리로 인해 얼마나 스트레스를 받았던가. 꼭 그때처럼 울고 있다. 갓난아기가 저렇게 울었으니, 지연 씨가 얼마나 힘들었을까?

"은하야, 날 밝으면 엄마에게 가자. 자, 아찌와 약속! 은하 착하지!"

"싫어! 싫어! 아찌 미워! 지금 엄마 보고 싶단 말이야!"

지금 당장 엄마가 보고 싶다는 아이에겐 어떤 설명도 약속도 소용없었다. 은하에게 엄마가 없다면 불쌍해서 어떻게 볼 것인가. 그 꼴은 정말 못 볼 것 같다. 은하야, 아찌도 엄마가 몹시 보고 싶단다. 이 나이가 되어도.

성재는 우는 은하를 달래다 못해 업었다. 포대기를 두르고 업었다. 은하가 훌쩍이며 그의 등에 찰싹 붙었다. 깃털처럼 가볍고 보드라운 은하의 살 감촉이 따뜻했다. 은하의 눈물, 콧물이 그의 등을 축축하게 적셨다. 은하가 껄떡이는 울음을 그치지 않아, 잘 부를 줄도 모르는 자장가를 불렀다. 은하 할머니의 노래를 불렀다.

자장자장, 자장자장 우리 아기 잘도 잔다.
멍멍 개야 짖지 마라 꼬꼬 닭아 우지 마라
우리 아기 잠 못 잔다
자장자장 자장자장 우리 아기 잘도 잔다.
우리 아기 먹고 자고 먹고 놀고 우리 은하 잘도 잔다.

노래를 불러 주자 은하는 울지 않고 그의 등에 엎드려 가만히 있었다. 칭얼대지도 않았다. 그러다 노래가 끝나자 다시 칭얼댔다.

"은하 목마르지? 우유 줄까?"

"응. 바나나 우유 줘."

은하는 업혀 있던 그의 등에서 내려 바나나 우유를 한 컵이나

마셨다. 쉬까지 했다. 그리고선 다시 큰 소리로 울기 시작했다

"은하 너 또 울어?"

"엄마한테 가! 엄마 보고 싶단 말이야!"

울음이 끝난 줄 알았던 그는 다시 우는 은하를 업었다. 그래, 그렇지. 우리 은하 옛날에 밤새워 울던 고집이 있지.

"은하야, 어쩌면 좋아. 아까 그 노래 다시 할까?"

"잉잉 그 노래 말고 있잖아."

"응? 무슨 노래 부를까?"

"잉잉, 새야 새야 있잖아."

"알았어, 그 노래 불러 줄게. 제발 울지 마, 알았지."

새야 새야 파랑새야 녹두밭에 앉지 마라

녹두꽃이 떨어지면 청포장수 울고 간다.

새야 새야 파랑새야 녹두밭에 앉지 마라

녹두꽃이 떨어지면 청포장수 울고 간다.

새야 새야 파랑새야 우리 논에 앉지 마라

새야 새야 파랑새야 우리 밭에 앉지 마라.

은하가 어느새 사르르 잠이 들었다. 새근새근 고른 숨소리다. 그는 업힌 아이를 내리면 깨어나 또 엄마를 찾아 밤새도록 울지 않을까 걱정되어 은하를 업고 밤을 새웠다. 거실 창밖은 먹장 같은 어둠뿐이다. 전날에 암 수술하고 긴 밤을 뒤채다가 커튼 사이로 본

병실 창밖의 캄캄했던 어둠과 똑같다. 그는 지그시 눈을 감았다.

이튿날 은하는 눈뜨자마자 엄마한테 가자고 졸라 대기 시작했다. 아침밥을 먹어야 엄마한테 데려간다고 하자, 꼬맹이는 밥을 푹푹 퍼먹었다. 어이가 없어 웃음이 나왔다. 아이는 재빨리 양치와 세수까지 하고 기다린다. 소견이 멀쩡하다. 어린이집에 전화를 넣고, 은하 머리를 꼼꼼히 빗겨 리본으로 예쁘게 묶었다. 옷도 은하가 골라온 옷을 입혀 주었다.

은하를 자신의 차에 태워 병원으로 갔다. 지연은 내내 기다렸는지, 은하를 몇 년 만에 본 듯이 두 팔을 벌려 꼭 끌어안고 볼을 비비며 행복하게 웃었다. 얼굴이 온통 부었는데, 두 눈두덩이가 더 심하게 퉁퉁 부어 있었다. 환자복을 입고 링거를 단 여자가 이제는 아프지 않다고 부끄러운 듯 말했다. 은하는 엄마 품에서 떨어질 줄 몰랐다.

"은하 밤새도록 칭얼댔지요? 자꾸 폐를 끼쳐 어떡해요?"

"아니요. 할머니 노래 불러주니 잘 자던데요."

"세상에, 엄마가 맨날 부르시던 자장가, 그거 아세요?"

지연이 부은 얼굴에 함박웃음을 짓는다. 그리고 오후에 은하 할머니가 청도에서 올라온다면서, 은하 걱정은 안 해도 된다고 했다.

성재는 지연의 병세가 그만하기가 진정으로 고마웠다. 그는 언뜻 그녀를 포용해 주고 어깨라도 다독여 주고 싶었으나 눈을 감았다. 아이가 병원에 오래 있어 좋을 게 없다는 지연의 독촉에 잠깐 나가서 간식을 사다 지연에게 건네주고 은하를 데리고 병실 문을 나서려 했다. 그러자 지연이 속사포같이 말했다.

"조 선생, 어제 구급차 안에서 내가 한 말 미안하지만 다 취소예요!"

그가 돌아보니 지연이 부끄러운지 두 손으로 얼굴을 가린다. 그는 그녀를 향해 따뜻한 미소를 보내고 병실을 나왔다. 그날 밤 그는 인터넷 일기를 적었다.

김지연 씨 신장결석으로 입원.

은하에게 엄마가 없으면? 아이는 얼마나 불쌍한 아이가 될 것일까. 겨우 하룻밤 떨어져 있는데, 아이도 엄마도 긴 시간이었나 보다. 이제껏 없었던 아빠는 없어도 문제가 없다.

인류에게 어머니는 영원한 생명의 어머니이다. 어제도 오늘도 그 여자가 내 가슴에 들어왔다. 아름다운 모습으로.

은하네 거실이 시끌벅적하다.

은하의 다섯 살 생일파티이다. 요즘은 아이들이 돌아가며 생일 초대를 하기에, 생일을 맞아 은하가 동무들을 초대한 것이다. 은하가 다니는 유치원 별님반 아이들이다. 남자 동무도 왔고 여자 동무들도 왔다. 지연은 바쁘게 주방을 들락거리고, 작은언니 지애도 와서 주방 일을 거든다.

성재도 초대받았다. 은하가 자랑 자랑하면서 초대했다. "아찌도 꼭 와." 하고 손가락을 걸어 약속까지 했다. 생일선물로 무얼 살까?

정말 고민을 하다 백화점에서 은하의 아주 멋진 옷 한 벌과 예쁜 구두를 샀다. 은하의 꼬마 친구들을 위해 스케치북과 크레파스도 각각 15개씩 샀다. 그가 선물들을 들고 은하네 거실에 들어가니 피자와 떡볶이, 치킨 등 애들 좋아할 갖가지 음식들이 기다란 상에 차려져 있다. 중앙에 놓인 과일 케이크에는 색색의 촛불이 다섯 개 꽂혀 있다. 열두어 명 꼬마 손님들이 빙글빙글 돌면서 손뼉을 치고 노래를 부르고 있다. 자주색 벨벳 원피스를 입은 은하는 왕관 머리띠를 하고 색종이 꽃목걸이를 걸고 함빡 웃고 있다. 아이들은 다들 똑같은 색종이 꽃목걸이를 목에 걸고 있었다.

"생일 축하합니다! 생일 축하합니다! 사랑하는 김은하, 생일 축하합니다!"

그도 꼬마들을 따라 빙글빙글 돌면서 노래 부르며 손뼉을 쳤다. 그때 맨 먼저 그를 본 한 아이가 커다랗게 소리쳤다.

"은하야, 너 아빠 오셨어. 은하 너 아빠!"

아이들의 시선이 일제히 그에게로 옮겨왔다. 춤을 추며 빙글빙글 돌던 아이들이 멈춰 섰다.

"으응, 아빠? 우리 아빠?"

은하가 깜짝 놀라 두 눈을 두리번거리며 누군가를 찾다가, 드디어 동무들 뒤에 선 큰 키의 그를 발견하고는 까무러칠 듯 반기며 동무들을 밀치고 달려왔다.

"아빠!"

그는 두 팔을 벌려 은하를 품에 꼭 안았다. 마치 어미 닭이 병아리를 품에 품듯이. 깃털처럼 가벼운 몸, 보드라운 살, 젖내 같은 배릿한 은하 냄새가 폴폴 난다. 아이가 그의 목을 안 놓치려고 두 팔로 힘껏 끌어안았다.

"아빠! 은하 아빠?"

"그래, 아빠야, 은하 아빠!"

얼마나 듣고 싶었던 이름인가!

은하가 갑자기 그의 뺨에 마구 뽀뽀를 하고는 보름달 같이 웃었다. 그는 심장이 멎는 듯했다. 아이들이 다시 거실을 빙빙 돌며 춤추기 시작하자, 케이크 위의 색색 촛불들이 바람에 일렁거렸다. 그도 은하를 번쩍 안고 아이들 뒤를 따라 빙글빙글 돌았다. 은하는 그에게 안겨 두 손을 높이 쳐들고 춤을 추었다. 아이의 두 눈이 별처럼 반짝인다. 아이들 뒤에서 멍하니 이 광경을 지켜보던 지연이 눈물이 글썽해져 주방으로 들어가 버린다. 그는 은하의 보드라운 뺨에 입을 맞췄다. 발그레한 복숭앗빛 뺨과 뽀얀 작은 귀가 너무도 앙증스럽다. 프리지아 꽃보다 더 향기로운 은하 냄새가 그의 가슴속 심장에까지 솔솔 스며들었다.

"은하, 우리 은하야!"

"아빠! 아빠!"